D0921780

# EL marido

# DEAN KOONTZ

Título original: *The Husband*

© Dean Koontz, 2006

© De la traducción: Agustín Pico Estrada, 2007

© Santillana Ediciones Generales, S. L., 2008

© De esta edición: Aguilar, Altea, Taurus, Alfaguara de Ediciones S.A., 2008
Leandro N. Alem 720 (1001), Ciudad de Buenos Aires
www.sumadeletras.com.ar


ISBN: 978-987-04-1059-1


Diseño de cubierta: Elsa Suárez



Hecho el depósito que indica la ley 11.723
Impreso en Uruguay. *Printed in Uruguay*
Primera edición: agosto de 2008




Koontz, Dean R.
  El marido. - 1a ed. - Buenos Aires : Aguilar, Altea, Taurus, Alfaguara, 2008.
  408 p. ; 24x15 cm.

  Traducido por: Agustín Pico Estrada
  ISBN 978-987-04-1059-1

  1. Narrativa Estadounidense. 2. Novela. I. Agustín Pico Estrada, trad. II. Título
  CDD 813

*Esta novela está dedicada a Andy y Anne Wickstroms,*
*y a Wesley J. Smith y Debra J. Saunders:*
*dos buenos maridos y dos buenas mujeres,*
*que también son buenos amigos y siempre alumbran*
*el lugar en el que se encuentran.*

*El coraje es gracia bajo presión.*

ERNEST HEMINGWAY


*Que el Amor lo es todo*
*es todo lo que sabemos del Amor...*

EMILY DICKINSON

EL MARIDO

# ¿Qué harías por amor?

PARTE 1

# Capítulo

## 1

Uno comienza a morir desde el momento en que nace. La mayoría de las personas vive negando el paciente cortejo de la muerte, hasta que, cuando ya es tarde en la vida y están sumidas en la decadencia o la enfermedad, toman conciencia de que la tienen sentada a su cabecera.

En su momento, Mitchell Rafferty llegaría a ser capaz de recordar el minuto en que comenzó a reconocer que su muerte era inevitable. Fue el martes 14 de mayo a las once cuarenta y tres de la mañana, cuando faltaban tres semanas para su vigésimo octavo cumpleaños.

Hasta entonces, rara vez había pensado en que había de morir. Como era un optimista nato, al que le encantaba la belleza de la naturaleza y le divertía la humanidad, no tenía motivo alguno para preguntarse cuándo y cómo quedaría demostrada su condición de mortal.

Al llegar la llamada, estaba de rodillas.

Aún quedaban por plantar tres bandejas de alegrías rojas y moradas. Las flores no tenían fragancia, pero el olor fértil de la tierra le agradaba.

A sus clientes, en particular a los dueños de aquella casa, les gustaban los colores saturados y vivos, preferían el rojo, el morado, el amarillo fuerte, el rosa intenso. No aceptaban flores de tonos pastel, ni blancas.

Mitch los entendía. Tras criarse en la pobreza, habían forjado un negocio pujante a fuerza de trabajar duro y de arriesgarse. Para ellos, la vida era intensa, y los colores saturados reflejaban la verdad de la vehemencia de la naturaleza.

En esa mañana, al parecer ordinaria, pero, de hecho, importante, el sol californiano era como una bola oronda. El cielo tenía una textura oleosa.

Aunque el día era agradablemente cálido, más que sofocante, provocaba una sudoración pegajosa en Ignatius Barnes. Su frente brillaba. El mentón le chorreaba.

Trabajando sobre el mismo parterre, a tres metros de Mitch, Iggy estaba rojo como un cangrejo. De mayo a junio, su piel no respondía al sol con melanina, sino con un rubor ígneo. Durante una sexta parte del año, antes de que, por fin, se bronceara, parecía perpetuamente abochornado.

Iggy no comprendía la simetría y la armonía en el diseño paisajístico, y no se podía confiar en que podase las rosas como es debido. Sin embargo, por más que no resultara estimulante en el terreno intelectual, trabajaba duro y era un buen compañero.

—¿Oíste lo que le ocurrió a Ralph Ghandi? —preguntó Iggy.

—¿Quién es Ralph Ghandi?

—El hermano de Mickey.

—¿Mickey Ghandi? Tampoco lo conozco a él.

—Claro que lo conoces —dijo Iggy—. Mickey, el que a veces anda por el Rolling Thunder.

El Rolling Thunder era un bar de surferos.

—Hace años que no voy por allí.

—¿Años? ¿Me hablas en serio?

—Muy en serio.

—Creí que aún ibas de cuando en cuando.

—Ya veo que me extrañan, ¿eh?

—Creo que te equivocas, nadie le puso tu nombre a ninguno de los asientos de la barra. ¿Qué pasó? ¿Encontraste un lugar mejor que el Rolling Thunder?

—¿Te acuerdas de mi boda, hace tres años?

—Claro. Los tacos de pescado eran muy buenos, pero la banda de música daba pena.

—No daba pena.

—Vamos, por favor, si tocaban panderetas.

—Es que estábamos cortos de presupuesto. Al menos, no tenían acordeón.

—Porque no tenían la suficiente habilidad como para tocar el acordeón. Era demasiado para ellos.

Mitch cavó un hoyo en la tierra suelta.

—Tampoco es que tocaran campanillas.

Enjugándose la frente con el antebrazo, Iggy se quejó.

—Debo de tener genes esquimales. En cuanto la temperatura sube de diez grados me pongo a sudar.

—Ya no voy de bares como antes. Estoy casado.

—Sí, pero ¿no puedes estar casado e ir al Rolling Thunder?

—Prefiero mi casa a cualquier otro lugar.

—Caramba, jefe, eso es triste.

—No es triste. Es lo mejor.

—Por mucho que encierres a un león en el zoológico durante años, nunca olvidará cómo era la libertad.

Plantando alegrías moradas, Mitch relexionó un momento.

—¿Y cómo lo sabes? ¿Se lo preguntaste a un león?

—No necesito hacerlo. Yo soy un león.

—Eres un surfero perdido, no una fiera.

—Y me enorgullezco de ello. Me alegro de que hayas encontrado a Holly. Es una gran mujer. Pero yo tengo mi libertad.

—Mejor para ti, Iggy. ¿Y qué haces con ella?

—¿Con quién?

—Con tu libertad ¿Qué haces con tu libertad?

—Lo que me da la gana.

—Por ejemplo, ¿qué?

—Cualquier cosa. Por ejemplo, si quiero pizza con chorizo para la cena, no tengo que preguntarle a ninguna mujer si eso es lo que ella quiere.

—Impresionante.

—Si quiero ir a beber unas cervezas al Rolling Thunders, nadie se queja.

—Eso sí que es increíble.

—Si quiero, puedo beber cerveza hasta quedar inconsciente cada noche, sin que nadie me llame para preguntar cuándo regreso a casa.

Mitch se puso a silbar *Born Free*.

—Si alguna chica se me acerca —dijo Iggy—, soy libre de ponerme en acción.

—¿Así que esas chicas sexis se te acercan continuamente?

—Hoy en día las mujeres son osadas, jefe. Cuando ven algo que les agrada, van y lo toman.

—Iggy, la última vez que te encamaste con una fue cuando John Kerry aún creía que sería presidente.

—Eso no sucedió hace tanto.

—¿Y qué fue lo que le ocurrió a Ralph?

—¿Qué Ralph?

—El hermano de Mickey Ghandi.

—Ah, sí. Una iguana le arrancó la nariz de un mordisco.

—Qué feo asunto.

—Había olas de tres metros de alto, así que Ralph y algunos otros fueron a La Cuña a hacer surf nocturno.

La Cuña era un famoso lugar idóneo para surfear situado en el extremo de la península Balboa, en la playa de Newport.

—Llevaron heladeras llenas de sándwiches y de cerveza —dijo Iggy—, y uno llevó a *Ming*.

—¿*Ming*?

—La iguana.

—¿Así que era una mascota?

—*Ming* siempre había sido dócil, incluso dulce, hasta entonces.

—Yo pensaba que las iguanas tenían mal carácter.

—No, son afectuosas. Lo que ocurrió es que un idiota, que ni siquiera era surfero, sino uno de esos aspirantes a surferos que siempre andan detrás de los auténticos, le dio a *Ming* un cuarto de dosis de metaanfetamina en un trozo de salami.

—Reptiles y anfetas —dijo *Mitch*— es una mala mezcla.

—*Meta Ming* se convirtió en un animal completamente diferente del *Ming* limpio y sobrio —confirmó Iggy.

Mitch dejó la pala y se puso en cuclillas sobre los talones.

—¿De modo que ahora Ralph Ghandi no tiene nariz?

—*Ming*, en realidad, no le comió la nariz. Sólo se la arrancó y después la escupió.

—Tal vez no le gusta la comida india.

—Tenían una heladera grande llena de agua helada y de cerveza. Metieron la nariz allí y fueron al hospital a toda velocidad.

—¿También llevaron a Ralph?

—Claro que lo llevaron. Era su nariz.

—Bueno, pudo haber querido quedarse —dijo Mitch—. Estamos hablando de un fanático del surf.

—Dicen que, cuando la sacaron del agua helada, la nariz estaba como azul, pero un cirujano plástico se la cosió, y ahora ya no está azul.

—¿Qué le ocurrió a *Ming*?

—Aterrizó después de pasar un día entero volando, colocada. Ha vuelto a ser como antes.

—Eso está bien. Dar con una clínica que se ocupe de rehabilitar iguanas debe ser difícil.

Mitch se puso de pie, recogió tres docenas de macetas de plástico vacías y las llevó a su camioneta, un vehículo con un compartimento amplio.

La camioneta estaba estacionada frente al cordón, a la sombra de los laureles de Indias. Aunque el barrio había sido construido hacía sólo cinco años, el gran árbol ya había conseguido levantar la vereda. Con el tiempo, sus persistentes raíces bloquearían los desagües de los jardines e invadirían las alcantarillas, probablemente todo el sistema de saneamiento de alrededor.

La decisión del constructor de ahorrarse cien dólares por no instalar una barrera de contención contra raíces produciría decenas de miles de dólares de beneficios para fontaneros, paisajistas y albañiles, que pronto se verían llamados a hacer tareas de reparación y mantenimiento.

Cuando Mitch plantaba un laurel de Indias, siempre ponía una barrera contra raíces. No necesitaba garantizarse trabajos para el futuro. El crecimiento de la verde naturaleza bastaba para mantenerlo ocupado.

La calle estaba silenciosa; no había tráfico. Ni el más pequeño hálito de brisa agitaba los árboles.

A cierta distancia, en el extremo más lejano de la calle, un hombre y un perro parecían aproximarse hacia ellos. El animal, un labrador, le dedicaba menos tiempo a caminar que a olfatear los mensajes dejados aquí y allá por sus congéneres.

El silencio se hizo tan hondo que a Mitch casi le pareció que podía oír el jadeo del lejano can.

Todo le parecía dorado, el sol y el perro, el aire y la promesa del día, las bellas casas y sus amplios jardines.

Mitch Rafferty no podía permitirse comprar una casa en este vecindario, pero le bastaba con poder trabajar allí.

Además, que a uno le gusten las obras de arte no significa que quiera vivir en un museo.

Notó que en el punto donde se unían la calle y el jardín había una boca de riego averiada. Tomó sus herramientas de la camioneta y se inclinó sobre la hierba, abandonando las flores por el momento.

De pronto sonó su celular. Se lo quitó del cinturón y lo abrió. En la pantalla se veía la hora, las once cuarenta y tres, pero no el número de quien llamaba, que al parecer usaba la opción «identidad oculta» . De todas maneras, atendió la llamada.

—Big Green —dijo. Era el nombre que le había dado hacía nueve años a su pequeña empresa de dos únicos empleados, aunque ya no recordaba por qué.

—Mitch, te amo —dijo Holly.

—Hola, cariño.

—Ocurra lo que ocurra, te amo.

Gritó de dolor. Un lejano estrépito y un golpe sugirieron que donde se hallara había lucha.

Alarmado, Mitch se puso de pie.

—¿Holly?

Un hombre dijo algo, un hombre que ahora tenía el teléfono. Mitch no oyó las palabras, pues sólo prestaba atención al ruido de fondo.

Holly chilló. Nunca la había oído emitir un sonido como ése, tan lleno de miedo.

—Hijo de puta —dijo, antes de que un fuerte chasquido, que sonó como una bofetada, la hiciera callar.

El desconocido del teléfono volvió a hablar.

—¿Me oyes, Rafferty?

—¿Holly? ¿Dónde está Holly?

Ahora, el tipo no le hablaba al teléfono.

—No seas estúpida. Quédate en el suelo.

Oyó hablar a otro hombre, al fondo, aunque no entendió lo que decía.

Al que tenía el teléfono sí se le escuchaba claramente.

—Si se levanta, dale un puñetazo ¿Quieres perder unos dientes, cariño?

Ella estaba con dos hombres. Uno de ellos la había golpeado. ¡Golpeado!

La mente de Mitch no lograba hacerse cargo de la situación. De pronto, la realidad parecía tan inasible como el argumento de una pesadilla.

Una iguana enloquecida por la metaanfetamina era más real que lo que escuchaba.

Cerca de la casa, Iggy plantaba alegrías. Sudoroso, enrojecido por el sol, tan sólido como de costumbre.

—Así está mejor, cariño. Buena chica.

Mitch no podía respirar. Un gran peso le oprimía los pulmones. Trató de hablar, pero no le salía la voz, ni sabía qué decir. Allí, a la clara luz del sol, se sentía encerrado, sepultado en vida.

—Tenemos a tu esposa —dijo el tipo del teléfono.

Mitch preguntó, casi como un atómata

—¿Por qué?

—¿Tú qué crees, imbécil?

Mitch no creía nada. No quería saber nada. No quería razonar para llegar a una respuesta, porque toda respuesta posible sería un paso más hacia el horror.

—Estoy plantando flores.

—¿Qué te pasa, Rafferty?

—Eso es lo que hago. Planto flores. Arreglo aspersores.

—¿Estás drogado o qué?

—Sólo soy un jardinero.

—Tenemos a tu mujer. Danos dos millones en efectivo y te la devolvemos.

Mitch sabía que no se trataba de una broma. Si lo fuera, Holly tendría que ser parte de ella, pero su sentido del humor no era cruel, nunca se prestaría a un juego así.

—Cometen un error.

—¿Oíste lo que te dije? Dos millones.

—Hombre, tú no me oíste a mí. Soy un jardinero.

—Lo sabemos.

—Tengo unos once mil dólares en el banco.

—Lo sabemos.

Mitch, paralizado por el miedo y la confusión, ni siquiera era capaz de sentir ira. Se sintió obligado a aclarar aún más las cosas, quizás más para sí que para su interlocutor.

—La mía es una empresa pequeña, de dos personas.

—Tienes hasta la medianoche del miércoles. Sesenta horas. Nos pondremos en contacto contigo para darte los detalles.

Mitch sudaba.

—Esto es una locura. ¿De dónde sacaría yo dos millones?

—Encontrarás la manera.

La voz del desconocido era dura, implacable. En una película, la muerte hablaría así.

—No es posible —dijo Mitch.

—¿Quieres oírla gritar otra vez?

—No. No lo hagas.

—¿La amas?

—Sí.

—¿La amas de verdad?

—Ella lo es todo para mí.

Era increíble sudar de aquella manera cuando sentía tanto frío.

—Si lo es todo para ti —dijo el desconocido—, encontrarás la manera de conseguir el dinero.

—Es que no hay ninguna manera.

—Si acudes a la policía, le cortaremos los dedos uno a uno e iremos cauterizando las heridas. Después le arrancaremos la lengua. Y los ojos. Finalmente, la abandonaremos para que se muera tan rápido o tan despacio como el destino quiera.

El tono del desconocido no era de advertencia, sino de convicción fanática, como si en lugar de amenazarlo le estuviera explicando los detalles de una propuesta de negocio.

Mitchell Rafferty no tenía experiencia alguna en el trato con hombres de ese tipo. Lo mismo podría haber estado hablando con un visitante del extremo más lejano de la galaxia.

No podía hablar, porque de pronto le pareció que, sin quererlo, fácilmente podía decir algo indebido, precipitando la muerte de Holly en lugar de ayudarla.

—Sólo para que sepas —dijo el secuestrador— que hablamos en serio...

Tras un silencio, Mitch preguntó.

—¿Qué?

—¿Ves al tipo que hay al otro lado de la calle?

Mitch se volvió y vio a un único peatón, el hombre que paseaba al perro calmoso. En el tiempo transcurrido desde que lo había mirado la primera vez habían avanzado media manzana.

El día soleado tenía un brillo de porcelana. El disparo de un fusil quebró el silencio, y el que paseaba al perro cayó, con un tiro en la cabeza.

—El miércoles a medianoche —dijo el hombre del teléfono—. Hablamos muy en serio.

# Capítulo
## 2

El perro se detuvo como si se lo hubiesen ordenado. Se quedó con una pata delantera levantada, el rabo extendido, pero inmóvil, el hocico alzado, en busca de un rastro.

Lo cierto era que el perro dorado no había detectado a la persona que había disparado. Se quedó paralizado, sorprendido por el desplome de su amo, inmovilizado por la confusión.

Al otro lado de la calle, frente al perro, Mitch también estaba paralizado. El secuestrador cortó la comunicación, pero Mitch aún tenía el celular apretado contra el oído.

Un sentimiento irracional le decía que mientras la calle continuara en silencio, mientras ni él ni el perro se movieran, la violencia podría desvanecerse, el tiempo rebobinado, la bala devuelta al cañón del arma.

La razón se sobrepuso al pensamiento mágico. Cruzó la calle, vacilando primero, corriendo después.

Si el caído aún vivía, tal vez se pudiera hacer algo por él.

Cuando Mitch se aproximó, el perro le dedicó un único meneo de rabo.

Un vistazo a la víctima disipó toda esperanza de que los primeros auxilios pudieran mantenerlo con vida hasta que llegasen los paramédicos. Le faltaba una parte considerable del cráneo.

Como Mitch nunca se había tropezado con la violencia real, sino sólo con la variedad editada-analizada-excusada-neutralizada que se ve en las noticias de la televisión y con la violencia de ficción de las películas, se sintió impotente ante semejante horror.

Más que conmoción, lo que lo invadió fue una repentina conciencia de dimensiones que hasta entonces no había experimentado. En ese momento era como una rata que viviese en un laberinto sellado y que, al alzar por primera vez la vista de los familiares pasillos, descubriera un mundo nuevo al otro lado del vidrio, con formas, figuras y movimientos misteriosos.

Echado en la vereda junto a su amo, el labrador de color canela temblaba y gimoteaba.

Mitch notó que no sólo el perro lo acompañaba. Se sentía observado, y algo más que eso. Estudiado. Acosado. Perseguido.

Su corazón era como una manada en plena estampida, un tronar de pezuñas sobre la piedra.

Miró a su alrededor, pero no vio a ningún tirador. El fusil podía haber sido disparado desde cualquier casa, cualquier azotea o ventana, o desde cualquier coche estacionado.

En todo caso, la presencia que notaba no era la de quien había disparado. No se sentía observado a distancia, sino desde un lugar de vigilancia íntimo. Como si alguien estuviese parado junto a él.

Apenas había pasado medio minuto desde que mataron al hombre que paseaba al perro.

La detonación del fusil no había hecho que nadie saliera de las hermosas casas. En un vecindario semejante, rico y tranquilo, donde nunca pasaba nada, el disparo de un arma podía confundirse con el sonido de una puerta que se golpea, y es olvidado mientras aún resuena.

Al otro lado de la calle, en la casa del cliente, Iggy Barnes, que estaba arrodillado, se había puesto de pie. No parecía alarmado, sino sólo desconcertado, como si también él hubiese oído una puerta y no entendiera qué significaban el hombre caído y el perro afligido.

La medianoche del miércoles. Sesenta horas. Sesenta horas. El tiempo se incendiaba, los minutos ardían, se consumían a toda prisa. Mitch no podía permitirse el lujo de verse enredado en una investigación policial que hiciese que las horas se volviesen ceniza.

En la vereda, una columna de hormigas cambió el rumbo, dirigiéndose al banquete que ofrecía el cráter abierto en el cráneo del caído.

El cielo estaba casi totalmente despejado, pero una nube extraviada cruzó frente al sol. El día palideció. Las sombras se desvanecieron.

Helado, Mitch le volvió la espalda al cadáver, bajó del cordón y se detuvo.

No era posible que hicieran como que no había pasado nada, que Iggy y él simplemente cargaran en la camioneta las alegrías que quedaban sin plantar y se marcharan. Tal vez alguien pasara y viese al muerto antes de que lo hicieran. Su indiferencia hacia la víctima y su huida los harían parecer culpables para el transeúnte más distraído, y, ciertamente, para la policía.

Mitch aún tenía en la mano su celular, cerrado. Lo miró con aprensión.

«Si acudes a la policía, le cortaremos los dedos uno a uno...».

Los secuestradores supondrían que llamaría a las autoridades, o que aguardaría a que alguien avisara. Pero lo que estaba prohibido era que hiciera mención alguna de Holly, y del secuestro, y del hecho de que quien paseaba al perro había sido asesinado a modo de ejemplo para advertir a Mitch.

De hecho, podía ser que sus desconocidos adversarios lo hubieran colocado en esa situación con el verdadero propósito de poner a prueba su capacidad de mantener cerrada la boca en momentos en que su estado de conmoción era tal que bien podía perder el dominio de sí mismo.

Abrió el teléfono. La pantalla se iluminó con la imagen de peces de colores nadando en un agua oscura.

Tras pulsar el nueve y el uno, Mitch titubeó, pero finalmente marcó el dígito que faltaba, otro uno.

Mientras tanto, dejando caer su pala, Iggy se movió hacia la calle.

Cuando, al segundo timbrazo, el empleado de la comisaría respondió a la llamada, Mitch cayó en la cuenta de que, desde el momento en que viera la cabeza destrozada del cadáver, su respiración se había vuelto desesperada, irregular, agitada. Durante un momento, no le salieron las palabras. Instantes después brotaron, en forma de una voz áspera que apenas reconoció como suya.

—Le han disparado a un hombre. Estoy muerto. Digo, está muerto. Le dispararon y está muerto.

# Capítulo
## 3

La policía había cerrado ambos extremos de la calle. Coches patrulla, camionetas de la unidad de policía científica y una ambulancia forense estaban estacionados a lo largo de la calle, con el descuido propio de aquellos a quienes no se les aplican las normas de estacionamiento.

Bajo la mirada fija del sol, los parabrisas relucían y los adornos de las carrocerías centelleaban. No había ya nube alguna que velara al astro rey, y la luz era implacable.

Los policías llevaban anteojos de sol. Miraban a Mitchell Rafferty desde detrás de sus cristales oscuros con un aire misterioso, que tanto podía implicar suspicacia como indiferencia.

Frente a la casa de su cliente, Mitchell estaba sentado en el césped, con la espalda contra el tronco de una palmera datilera.

De vez en cuando oía ratas que se deslizaban entre las enormes hojas del árbol. Les gustaba anidar en lo alto de esas palmeras, en la parte baja de la copa.

Las sombras alargadas, espectaculares, de las palmeras no lo ayudaban a pasar desapercibido. Más bien se sentía como en un escenario.

Lo habían interrogado dos veces en las últimas dos horas. Dos detectives de paisano lo habían entrevistado la primera vez, sólo uno la segunda.

Le parecía que se había desenvuelto bien. Pero aún no le habían dicho que podía irse.

Hasta ahora, a Iggy sólo lo habían interrogado una vez. Él no tenía una esposa en peligro, ni nada que ocultar. Además, Iggy tenía menos talento para el engaño que la mayor parte de los niños de seis años, lo cual, sin duda, habría sido evidente enseguida para aquellos expertos interrogadores.

Tal vez el hecho de que los policías se interesaran más por Mitch fuera una mala señal. O quizás no significase nada.

Iggy había regresado al parterre hacía más de una hora, y seguía en lo suyo. Ya casi había terminado de plantar las flores.

Mitch hubiera preferido imitarlo, mantenerse atareado, plantando. La inactividad le producía una aguda conciencia del paso del tiempo. Ya habían pasado dos de sus sesenta horas.

Los detectives sugirieron con firmeza que Iggy y Mitch debían permanecer separados, pues, si hablaban entre sí del crimen, por más que lo hiciesen con toda inocencia, podían influirse el uno al otro, llevándolos a confusión respecto a lo que habían visto, lo que tal vez hiciera que se perdiese algún detalle importante de sus respectivos testimonios.

Quizás fuese cierto, o tal vez se tratase de una estrategia. El motivo para mantenerlos separados podía ser más siniestro. A lo mejor deseaban aislar a Mitch para asegurarse de que no se sintiera tranquilo. Ninguno de los policías que le hicieron preguntas llevaba en ese momento lentes de sol, pero a Mitch le había resultado imposible leer nada en sus ojos.

Sentado bajo la palmera, hizo tres llamadas telefónicas, la primera al número de su casa. Le respondió un contestador.

Después del pitido habitual, habló.

—Holly, ¿estás ahí?

Los secuestradores no se arriesgarían a tenerla en su propio hogar.

Aun así, Mitch insistió.

—Si estás, atiende el teléfono, por favor.

Se negaba a sí mismo lo que ocurría, porque era una situación que no tenía sentido. Los secuestradores no acostumbran a elegir a las esposas de hombres que tienen que preocuparse por el precio de los alimentos y de la gasolina.

«—No me escuchaste. Soy un jardinero.

»—Lo sabemos.

»—Tengo unos once mil dólares en el banco.

»—Lo sabemos».

Debían de estar locos. Deliraban. Su plan estaba basado en alguna demencial fantasía, imposible de entender para una persona racional.

O tenían un plan que aún no le habían revelado. Tal vez quisieran que asaltara un banco para ellos.

Recordó una noticia divulgada un par de años antes, sobre un hombre inocente que, con un collar de explosivos al cuello, asaltó un banco. Quienes le habían puesto el collar procuraban emplearlo como a un robot controlado a distancia. Cuando la policía arrinconó al pobre desgraciado, detonaron la bomba a distancia, reventándolo, decapitándolo, para que no pudiese delatarlos ni testificar contra ellos.

Pero había un problema. Ningún banco tiene dos millones en efectivo a mano, en las cajas normales o en los cajeros; probablemente, ni siquiera en la cámara acorazada.

Tras no recibir respuesta en el teléfono de su casa, probó con el celular de Holly, igualmente sin resultado.

También telefoneó a la agencia inmobiliaria en la que trabajaba como secretaria, mientras estudiaba para obtener una licencia de agente de bienes raíces.

Nancy Farasand, otra secretaria, atendió el teléfono.

—Llamó para decir que estaba enferma y no podía venir, Mitch. ¿No lo sabías?

—Cuando me fui esta mañana no se sentía del todo bien —mintió—, pero supuse que se le pasaría.

—No se le pasó. Dijo que era un resfriado estival. Parecía muy molesta por el contratiempo.

—Llamaré a casa, entonces.

Había hablado con Nancy hacía ya más de noventa minutos, entre sus dos conversaciones con los detectives.

El muelle de algunos relojes se va aflojando con el correr del tiempo; pero Mitch se tensaba cada vez más con el paso de los minutos. Sentía como si algo estuviese a punto de saltar en el interior de su cabeza.

Un enorme abejorro se le acercaba de vez en cuando, revoloteando, merodeando, atraído quizás por el intenso color amarillo de su camiseta.

Al otro lado de la calle, cerca de la esquina, dos mujeres y un hombre habían salido al jardín delantero de una casa y miraban a la policía. Eran vecinos, reunidos para ver el espectáculo. Permanecían allí desde que las sirenas llamaron su atención.

Uno de ellos entró a una casa y al cabo de un rato regresó con una bandeja con vasos llenos de un líquido que parecía té helado.

Antes, la policía había interrogado a ese trío. Sólo lo hicieron una vez.

Ahora, los tres tomaban su té y charlaban, como si no les preocupara especialmente que un francotirador hubiese abatido a alguien que caminaba por su barrio. Parecían disfrutar del hecho novedoso, como si se tratara de una bienvenida interrupción de su rutina habitual, aun cuando el precio de ésta hubiese sido una vida.

A Mitch le parecía que los vecinos lo miraban más a él que a ningún policía o técnico forense. Se preguntó si los detectives les habrían preguntado sobre él y, de ser así, qué querrían saber.

Ninguno de los tres usaba los servicios de Big Green. Sin embargo, sin duda lo conocerían de vista, pues él se ocupaba de cuatro de las quintas de esa calle.

Aquellos bebedores de té le caían mal. No los conocía ni sabía cómo se llamaban, pero los contemplaba con una aversión que llegaba casi al encono.

No le desagradaban por la perversa manera en que parecían divertirse, ni por lo que pudiesen haber dicho de él a la policía. Los tres le desagradaban, e incluso podría haber llegado a detestarlos, porque sus vidas aún estaban en orden, porque no vivían bajo la amenaza de que alguien que amaban fuera a ser víctima de violencias indescriptibles de un momento a otro.

Aunque su animosidad era irracional, le servía de algo, lo aliviaba. Lo distraía de su temor por el destino de Holly. También lo mantenía cuerdo su continuo, obsesivo análisis de las acciones de los detectives.

Si se atreviera a entregarse del todo a la preocupación por su esposa, perdería la razón. No se trataba de una exageración. Se sorprendió por lo frágil que se sentía, más vulnerable que nunca en su vida.

Cada vez que el rostro de ella aparecía en su mente, se veía obligado a borrarlo, porque le ardían los ojos y se le nublaba la vista. Su corazón adoptó un ritmo fuerte que no presagiaba nada bueno.

Una reacción emotiva tan desproporcionada, exagerada incluso para quien ha visto cómo pegaban un tiro a un hombre, hubiese sido motivo de explicaciones en caso de ser detectada por los policías. No se atrevía a revelar la verdad y no confiaba en poder inventar una historia que convenciese a los detectives.

Uno de los agentes de homicidios, Mortonson, llevaba zapatos caros, pantalones negros y una camisa azul claro. Era alto, fuerte y muy serio.

El otro, el teniente Taggart, llevaba zapatos deportivos blancos, pantalones ligeros y una camisa hawaiana de colores rojo y castaño. Tenía un aspecto menos intimidatorio que Mortonson, y su estilo era menos formal.

Taggart le inspiraba a Mitch mucho más recelo y preocupación que el imponente Mortonson. El cabello bien recortado del teniente, su afeitado perfecto, su dentadura impecable, sus inmaculadas zapatillas, sugerían que en él todo estaba estudiado, que adoptaba un atuendo informal y una actitud relajada para contribuir a que los sospechosos que tuvieran la desgracia de caer bajo su escrutinio se confiaran.

Primero, los dos entrevistaron a Mitch juntos. Después, Taggart regresó solo, supuestamente para que Mitch «afinara» alguna respuesta que había dado antes. De hecho, el teniente repitió cada una de las preguntas que él y Mortonson le hicieran antes, tal vez esperando que en sus contestaciones apareciesen contradiciones con lo que dijera la primera vez.

En apariencia, Mitch sólo era un testigo. Sin embargo, para un policía, cuando no se ha identificado al asesino, cada testigo también es un sospechoso.

No tenía motivo para matar a un desconocido que paseaba su perro. Si, de todos modos, estaban lo suficientemente locos como para creer que era así, tendrían que pensar que Iggy era su cómplice. Y estaba claro que Iggy no les interesaba.

Lo más probable era que, aunque sabían que no había tenido nada que ver con el disparo, su instinto les estuviese diciendo que les ocultaba algo.

Y allí regresaba Taggart, con su reluciente atuendo.

Cuando el teniente se le aproximó, Mitch se puso de pie, receloso y enfermo de preocupación, pero procurando parecer sólo fatigado e impaciente.

# Capítulo
## 4

El detective Taggart lucía un bronceado playero que hacía juego con su camisa hawaiana. En contraste con su rostro atezado, sus dientes aparecían tan blancos como un paisaje ártico.

—Lamento seguir incomodándolo, señor Rafferty. Pero tengo que hacerle un par de preguntas antes de permitirle partir.

Mitch podría haberle respondido con un encogimiento de hombros o una inclinación de cabeza. Pero pensó que su silencio quizás pareciese raro, que un hombre sin nada que ocultar se mostraría comunicativo.

Tras una desgraciada pausa, lo suficientemente prolongada como para sugerir que estaba calculando algo, habló.

—No me quejo, teniente. El muerto bien podría haber sido yo. Tengo suerte de estar con vida.

El detective pugnó por mantener una actitud despreocupada, pero sus ojos parecían los de un ave de presa, agudos como los de un halcón, inquisitivos como los de un águila.

—¿Por qué dice eso?

—Bueno, si fue un tiro hecho al azar...

—No sabemos si lo fue —dijo Taggart—. De hecho, la evidencia sugiere que se trató de algo fríamente calculado. Un solo tiro, perfectamente certero.

—¿Un chiflado con un arma no puede ser un tirador experto?

—Claro que sí. Pero, por lo general, los chiflados quieren matar a la mayor cantidad de gente que les sea posible. Un psicópata con un fusil le habría disparado a usted también. Éste sabía exactamente a quién disparar.

Irracionalmente, Mitch se sentía un poco responsable por esa muerte. El asesinato había sido cometido para asegurarse de que tomara en serio al secuestrador y no buscara ayuda de la policía.

Tal vez el detective había detectado algún rastro de esa sensación de culpa, absurda pero persistente.

Mirando hacia el cadáver que estaba al otro lado de la calle, en torno al cual un equipo forense seguía trabajando, Mitch se interesó por el muerto.

—¿Quién era la víctima?

—Aún no lo sabemos. No llevaba identificación. Ni billetera. ¿No le parece raro?

—No hace falta billetera para salir a pasear al perro.

—Es un hábito que tiene la gente —dijo Taggart—. Incluso cuando sale a lavar el coche frente a su propia casa, todo el mundo lleva billetera.

—¿Cómo lo identificarán?

—No hay licencia en el collar del perro. Pero ese labrador dorado es casi de exposición, así que quizás tenga un microchip implantado. En cuanto nos traigan un escáner lo averiguaremos.

El labrador color canela, que había sido llevado a un lado de la calle y atado a un buzón, reposaba a la sombra, donde, con aire digno, recibía la atención de una continua procesión de admiradores.

Taggart sonrió.

—Los canela son los mejores. De niño tuve uno. Adoraba a ese perro.

Volvió a centrar su atención en Mitch. Seguía sonriendo, pero de otra manera.

—Acerca de esas preguntas... ¿Estuvo usted en las fuerzas armadas, señor Rafferty?

—¿Fuerzas armadas? No. De joven cortaba el césped por cuenta de otra empresa, hice un curso de jardinería y, al año de terminar la escuela secundaria, puse en marcha mi propio negocio.

—Creí que tal vez fuese usted un ex militar, por la forma en que reaccionó ante el disparo. No lo asustó.

—Oh, sí que me asustó.

La mirada directa de Taggart era deliberadamente intimidatoria.

Mitch tenía ahora la sensación de que sus propios ojos eran lentes transparentes a través de las cuales sus pensamientos se volvían visibles, como los microbios bajo el microscopio. Sentía deseos de evitar la mirada del detective, pero no se atrevía a hacerlo.

—Oye usted el disparo de un fusil —dijo Taggart—, ve que un hombre resulta herido, y así y todo se apresura a cruzar la calle, poniéndose en la línea de fuego.

—No sabía que estaba muerto. Pensé que tal vez podía hacer algo por él.

—Eso es admirable. La mayor parte de la gente intentaría ponerse a cubierto.

—Pero no soy un héroe. Lo que ocurrió fue, simplemente, que mi instinto pudo más que mi sentido común.

—Tal vez un héroe sea eso. Alguien que hace lo correcto de forma instintiva.

Mitch se atrevió al fin a dejar de mirar a los ojos de Taggart, esperando que, en este contexto, su evasión fuese interpretada como humildad.

—Fui estúpido, teniente, no valeroso. No me paré a pensar que podía correr peligro.

—Entonces, ¿creyó usted que quizás le hubiesen disparado por accidente?

—No. Tal vez. No sé. No pensé nada. No pensé, sólo reaccioné.

—¿Y realmente no sintió que estuviese en peligro?

—No.

—¿Ni siquiera cuando vio la herida en la cabeza del muerto?

—Tal vez un poco. Lo que más sentí, de todas formas, fue repulsión.

Las preguntas se sucedían con demasiada rapidez. Mitch sintió que perdía el equilibrio. Tal vez revelara involuntariamente que sabía por qué habían matado al que paseaba al perro.

El abejorro regresó con el inconfundible zumbido de sus alas. No le interesó Taggart, sino que revoloteó en torno al rostro de Mitch, como si fuese un agente de policía y el jardinero su sospechoso número uno.

—Vio que estaba herido en la cabeza, pero, así y todo, no procuró ponerse a cubierto.

—Así es.

—¿Y por qué?

—Supongo que habré pensado que si nadie me había disparado todavía, ya no lo harían.

—De modo que no se sentía en peligro.

—No.

Abriendo su pequeño cuaderno de notas de lomo anillado, Taggart siguió interrogando.

—Le dijo al operador del 911 que usted estaba muerto.

Sorprendido, Mitch volvió a mirar al detective a los ojos.

—¿Que yo mismo estaba muerto?

Taggart leyó del anotador: «Le han disparado a un hombre. Estoy muerto. Digo, está muerto. Le dispararon y está muerto».

—¿Eso dije?

—Oí la grabación. Usted estaba sin aliento. Parecía completamente aterrorizado.

Mitch había olvidado que las llamadas al 911 quedan grabadas.

—Supongo que en realidad habré tenido más miedo de lo que recuerdo.

—Es evidente que sí se dio usted cuenta de que corría peligro, pero aun así, no se puso a cubierto.

Tanto si Taggart podía leer algo de los pensamientos de Mitch como si no, las páginas de su propia mente se mantenían cerradas. Sus ojos eran de un azul cálido, pero enigmático.

—«Estoy muerto» —volvió a leer el detective.

—Una confusión. En la agitación, sería cosa del pánico.

Taggart volvió a mirar al perro, y sonrió de nuevo. Con voz más amable que la que venía usando hasta el momento dijo:

—¿Debería haberle preguntado alguna otra cosa? ¿Hay algo más que quiera decir?

Mitch oyó el grito de dolor de Holly retumbando en su cabeza.

Los secuestradores siempre amenazan con matar a sus víctimas si se acude a la policía. Para ganar, no hay que jugar según las reglas que ellos ponen.

La policía se pondría en contacto con la Oficina Federal de Investigación. El FBI tenía una amplia experiencia en casos de secuestro.

Como Mitch no tenía posibilidad alguna de reunir dos millones, al principio la policía dudaría de su historia. Pero se convencerían cuando el secuestrador volviera a llamar.

¿Y si no había una segunda llamada? ¿Y si el secuestrador, sabiendo que Mitch había acudido a la policía, llevaba a cabo su amenaza, mutilaba a Holly, la mataba y no volvía a llamar nunca?

Entonces, tal vez pensaran que Mitch había inventado lo del secuestro para ocultar el hecho de que Holly ya estaba muerta, que él mismo la había matado. El marido siempre es el sospechoso número uno.

Si la perdía, ya nada importaría. Nunca más. No había poder capaz de sanar la herida que eso abriría en su vida.

Pero que sospecharan que él le había hecho daño, sería como añadir dolor a la herida, siempre ardiendo, eternamente lacerante.

Tras cerrar su cuaderno y metérselo en el bolsillo trasero, Taggart volvió a preguntar.

—¿Alguna cosa que añadir, señor Rafferty?

En algún momento del interrogatorio, el abejorro se había marchado. Mitch se dio cuenta ahora de que el zumbido había cesado.

Si mantenía lo del secuestro de Holly en secreto, estaría solo frente a sus raptores.

Solo no tenía fuerzas ni recursos, no servía para nada. Se había criado con tres hermanas y un hermano, todos nacidos en un período de siete años. Habían sido confidentes, consejeros, compañeros y defensores los unos de los otros. Estaba acostumbrado a compartir problemas y soluciones.

Al año de terminar la enseñanza secundaria se había marchado de la casa de sus padres, a un departamento compartido. Después, se fue a vivir solo, lo que hizo que se sintiera aislado. Trabajaba sesenta horas por semana, o más, simplemente para no estar solo en su departamento.

Sólo cuando Holly irrumpió en su vida se volvió a sentir completo, pleno, conectado al mundo. «Yo» era una palabra fría; «nosotros» tenía un sonido más cálido. «Nuestro» es más dulce al oído que «mío».

Los ojos del teniente Taggart parecían menos severos que antes.

—Bueno... —dijo Mitch.

El detective se lamió los labios.

El aire estaba caliente y poco húmedo. Mitch también sentía los labios secos.

Aun así, el rápido paso de la lengua rosada de Taggart por sus labios tuvo algo de gesto de reptil, que sugería que saboreaba mentalmente su próxima presa.

Sólo la paranoia justificaba la retorcida idea de que un detective de homicidios pudiera estar aliado con los secuestradores de Holly. De hecho, aquel encuentro a solas entre testigo e investigador podía ser el examen final para ver si Mitch estaba dispuesto a seguir las instrucciones del delincuente.

Todas las señales de alarma del miedo, racional e irracional, se activaron en su mente. Tal sucesión de desenfrenados temores y oscuras sospechas no lo ayudaba a pensar con claridad.

Estaba casi convencido de que si le decía la verdad a Taggart el detective, con una mueca, respondería: «Ahora la tendremos que matar, señor Rafferty. Ya no podemos confiar en usted. Pero le permitiremos decidir qué le cortamos primero, si los dedos o las orejas».

Al igual que antes, cuando se acercó al muerto, Mitch se sentía observado, no sólo por Taggart y por los vecinos que bebían té, sino por alguna presencia invisible. Vigilado, analizado.

—No, teniente —dijo—. No hay nada más.

El policía sacó unos lentes de sol del bolsillo de su camisa y se los puso.

Mitch casi no se reconoció al ver reflejado su rostro en los lentes de espejo del otro. La curva, al distorsionarlo, lo hacía parecer viejo.

—Le di mi tarjeta —le recordó Taggart.

—Sí, señor, la tengo.

—Llámeme si recuerda algo que le parezca importante.

El brillo frío e impersonal de los anteojos de sol era como la mirada de un insecto, sin emociones, penetrante, voraz.

—Parece usted nervioso, señor Rafferty —dijo Taggart.

Alzando las manos para mostrar cómo temblaban, Mitch se explicó.

—Nervioso no, teniente. Conmocionado, por así decirlo. Muy sacudido.

Taggart volvió a mojarse los labios.

—Nunca había visto asesinar a un hombre —añadió Mitch.

—Uno nunca se acostumbra —dijo el detective.

—Me imagino que no.

—Es peor cuando se trata de una mujer.

Mitch no supo cómo interpretar esa aseveración. Podía ser la simple realidad de la experiencia de un detective de homicidios, o una amenaza.

—Una mujer o un niño —dijo Taggart.

—No me agradaría hacer su trabajo.

—No. No le agradaría. —El detective se dio la vuelta—. Nos vemos, señor Rafferty.

—¿Nos vemos?

Mirando por encima del hombro, Taggart añadió:

—Usted y yo seremos testigos en un tribunal algún día.

—Parece un caso difícil de resolver.

—«Oigo cómo la sangre clama desde el suelo», señor Rafferty —dijo el detective, al parecer citando alguna frase célebre—. «Oigo cómo la sangre clama desde el suelo».

Mitch lo vio alejarse.

Luego miró la hierba que había a sus pies.

El avance del sol había hecho que las sombras de las palmeras quedaran detrás de él. Estaba al sol, pero éste no lo calentaba.

# Capítulo

# 5

E l reloj del tablero era digital, como también lo era el de pulsera que llevaba Mitch. Pero aun así, oía el tic tac del tiempo, corriendo tan veloz como los golpecitos de una rueda de la fortuna que choca contra las tarjetas numeradas al girar.

Quería ir a toda velocidad a su casa desde la escena del crimen. La lógica indicaba que Holly debió de ser raptada allí. No la hubiesen capturado camino del trabajo, en plena vía pública.

Quizás hubiesen dejado involuntariamente alguna pista, algo que permitiera averiguar sus identidades. Incluso, más probablemente, quizás hubieran dejado un mensaje para él, con nuevas instrucciones.

Como de costumbre, Mitch había comenzado la jornada recogiendo a Iggy en su departamento de Santa Ana. Ahora debía llevarlo de vuelta.

Dirigiéndose al norte, desde los legendarios y ricos vecindarios costeros del condado de Orange, donde trabajaban, hacia sus barrios, más humildes, Mitch pasó de la atestada autopista a las calles de la ciudad, para ir más rápido, pero también en éstas había mucho tráfico.

Iggy quería hablar del asesinato y de la policía, de lo que acababan de presenciar. Mitch estaba obligado a mostrarse tan ingenuamente excitado como Iggy por lo novedoso y tremendo de la experiencia, cuando en realidad su mente seguía ocupada con pensamientos sobre Holly y la preocupación por lo que podía ocurrir a continuación.

Por fortuna, la conversación de Iggy, como de costumbre, pronto cambió de rumbo y comenzó a enredarse, a dar vueltas como un ovillo con el que juega un gatito.

Aparentar que seguía ese discurso incoherente le suponía a Mitch menos esfuerzo que concentrarse, sin adornos, en el tema del hombre asesinado mientras paseaba con su perro.

—Mi primo Louis tenía un amigo llamado Booger —dijo Iggy —. Le ocurrió lo mismo, le dispararon mientras paseaba al perro, sólo que no con un fusil, y tampoco llevaba un perro.

—¿Booger?* —preguntó Mitch.

—Booker —corrigió Iggy—. B-o-o-k-e-r. Tenía un gato llamado *Bola de Pelo*. Le dispararon cuando paseaba a *Bola de Pelo*.

—¿La gente pasea a sus gatos?

—No. En realidad *Bola de Pelo* iba muy cómodo en su jaula de viaje; Booker lo llevaba al veterinario.

Mitch miraba una y otra vez los espejos retrovisores, incluidos los laterales. Un Cadillac utilitario negro había dejado la autopista a su zaga. Calle a calle, seguía tras su estela.

—De modo que Booker no estaba paseando al gato —dijo Mitch.

—Paseaba con el gato, y un chico de doce años, un niño retrasado y mocoso, le disparó a Booker con una pistola de las que lanzan balas de pintura.

—Así que no lo mató.

—No lo mató, no, y era un gato, no un perro, pero Booker se quedó totalmente azul.

---

* *Booger* significa «moco». *(N. del T.)*

—¿Azul?

—Cabello azul, cara azul. Totalmente embadurnado de azul.

El Cadillac se mantenía persistentemente a dos o tres vehículos de distancia de ellos. Tal vez el conductor tuviese la esperanza de que Mitch no lo notara.

—Y después de que Booker se quedara azul, ¿qué ocurrió con el chico? —preguntó Mitch.

—Booker estaba tentado de arrancarle la mano, pero el pequeño retrasado le disparó en la entrepierna y huyó. Eh, Mitch, ¿sabías que en Pensilvania hay un pueblo que se llama Blue Balls?*

—No lo sabía.

—Está en la zona amish. Cerca hay otro pueblo que se llama Intercourse.**

—Vaya, vaya.

—Tal vez, al fin y al cabo esos amish no sean tan cuadriculados y estrictos como dicen.

Mitch aceleró para pasar un cruce antes de que el semáforo se pusiera rojo. Detrás de él, el utilitario negro cambió de carril, aumentó la velocidad y pasó con el semáforo en amarillo.

—¿Alguna vez comiste pastel de melaza de los amish? —preguntó Iggy.

—No. Nunca.

—Es lo más dulce que he probado, más empalagoso que seis películas de Gidget. Como comer puro azúcar. Un pastel traicionero, amigo.

El Cadillac regresó al carril de Mitch. Una vez más, tres vehículos los separaban.

---

* *Blue balls,* literalmente «bolas azules», también significa «testículos congestionados». *(N. del T.)*

** *Intercourse,* «intercambio», «cópula». *(N. del T.)*

—Earl Potter —decía Iggy— perdió una pierna por comer pastel de melaza.

—¿Earl Potter?

—El padre de Jim Potter. Era diabético, pero no lo sabía, y se tragaba algo así como kilos de dulces cada día. ¿Alguna vez comiste el pastel que hacen los cuáqueros?

—¿Qué pasó con la pierna de Earl? —preguntó Mitch.

—No lo vas a creer, hermano. Un día, se le durmió el pie y no podía caminar bien. Resultó que casi no tenía circulación en él, por una diabetes grave. Le amputaron la pierna izquierda por encima de la rodilla.

—Mientras comía pastel de melaza.

—No. Se dio cuenta de que tenía que renunciar a los dulces.

—Bien hecho.

—De modo que, el día antes de que lo operaran, se comió un último postre. Escogió un pastel de melaza con toda la crema que es capaz de producir una vaca. ¿Viste esa película amish tan complicada, la de Harrison Ford y la chica de las tetotas estupendas?

Así, charlando de Bola de Pelo, Blue Balls, Intercourse, pastel de melaza y Harrison Ford, llegaron al edificio de departamentos donde vivía Iggy.

Mitch se detuvo junto a la vereda y el utilitario negro pasó de largo sin aminorar la marcha. Sus ventanillas eran de cristal oscurecido, de modo que no pudo ver al conductor ni a ningún pasajero.

Cuando abrió la puerta para bajar de la camioneta, Iggy se interesó por su ánimo.

—¿Estás bien, jefe?

—Estoy bien.

—Se te ve mal, como hundido.

—Vi cómo mataban a un hombre de un disparo —le recordó Mitch.

—Sí. ¿No fue impresionante? Ya me imagino quién va a ser el rey del Rolling Thunder esta noche. Tal vez deberías darte una vuelta.

—No me reserves mesa, no iré.

El Cadillac utilitario se fue perdiendo hacia el oeste. La luz de la tarde envolvía al vehículo sospechoso en un fulgor deslumbrante. Centelleó y pareció desaparecer entre las fauces del sol.

Iggy salió de la camioneta y miró a Mitch adoptando una expresión de tristeza.

—Estás encadenado al amor —dijo.

—Soy libre como el viento.

—Vamos, ya sabes que no lo eres.

—Ve a emborracharte, anda.

—Pues sí, tenía intención de emborracharme —le aseguró Iggy—. El doctor Iggy recomienda al menos seis latas de cerveza. Dile a la señora Mitch que creo que es una «superchica».

Iggy cerró la puerta de golpe y se alejó, fornido y leal, dulce e ignorante.

Con manos que, de pronto, temblaban sobre el volante, Mitch volvió con su camioneta a la calle.

Cuando se dirigía hacia el norte, se había sentido impaciente por librarse de Iggy y llegar a casa. Ahora, el estómago le dio un vuelco al verse solo y pensar en lo que podía hallar allí.

Lo que más temía era encontrar sangre.

Capítulo

6

Mitch conducía con las ventanas abiertas. Necesitaba escuchar los sonidos de la calle, notar indicios de vida.

El Cadillac no reapareció. Ningún otro vehículo tomó su lugar. Era evidente que había sido presa de su imaginación.

La sensación de que lo vigilaban pasó. De cuando en cuando, sus ojos se dirigían al espejo retrovisor, pero ya sin el temor de ver algo sospechoso.

Se sentía solo y, algo peor, aislado. Casi anhelaba que el utilitario reapareciera.

Su casa estaba en uno de los barrios más viejos de Orange, que a su vez era una de las ciudades más antiguas del condado. Circular por sus calles era como viajar en el tiempo y encontrarse en 1945. Sólo faltaban los coches y los camiones de época.

El bungaló, de tablones de color amarillo claro, con vivos tonos blancos, y techumbre de cedro, se alzaba tras una valla de madera por donde trepaban rosales. Había algunas casas más grandes y bonitas en la manzana, pero ninguna tenía un jardín tan hermoso.

Estacionó junto al camino de entrada que flanqueaba la casa, bajo un inmenso y viejo falso pimentero. Se apeó y se enfrentó a la quietud de la tarde.

Veredas y jardines estaban desiertos. En aquel barrio, la mayoría de las familias tenía doble ingreso; todos estaban en sus trabajos. A las tres de la tarde, ninguno de los niños, acostumbrados a moverse sin sus padres, había regresado aún de la escuela.

No se veían criadas, ni limpiaventanas, ni jardineros de alguna empresa afanándose con sus aspiradoras de hojas. Estos propietarios barrían sus propias alfombras y cortaban su propio césped.

El falso pimentero descomponía la luz del sol entre sus ramas, que caían en cascadas, tachonando el suelo sombreado con recortes de luz de formas elípticas.

Mitch abrió una puerta lateral de la valla. Cruzó el césped hasta llegar a los escalones de entrada.

El porche era profundo y fresco. Había sillas blancas de mimbre con almohadones verdes junto a mesitas, también de mimbre, con superficie de vidrio.

Los domingos por la tarde, Holly y él solían sentarse allí a conversar y leer el periódico, mientras miraban cómo los colibríes revoloteaban entre las flores de la begonia que trepaba por los postes del porche.

A veces, desplegaban una mesa de juego entre las sillas de mimbre. Ella siempre lo aplastaba jugando al Scrabble. Él dominaba en los juegos de preguntas y respuestas.

No gastaban mucho en diversiones. Nada de vacaciones de esquí, ni de fines de semana en la Baja California. Rara vez iban a ver una película. Estar juntos en el porche delantero les daba tanto placer como estar juntos en París.

Estaban ahorrando para cosas importantes. Para permitirle a ella que se arriesgara a cambiar de carrera, y pasara de secretaria a agente inmobiliaria. Para que él pudiera pagar algo de publicidad, comprar otra camioneta, expandir su empresa.

También para los niños. Iban a tener niños. Dos o tres. Algunos días festivos, cuando se ponían más sentimentales, hasta cuatro hijos no parecían demasiados.

No querían el mundo entero para ellos solos, ni tampoco aspiraban a cambiarlo. Sólo deseaban tener un pequeño rincón de él, y la oportunidad de llenarlo con una familia y muchas risas.

Observó la puerta de entrada. Estaba sin llave. La empujó hacia dentro y titubeó en el umbral.

Miró hacia la calle, casi esperando ver el utilitario negro. No estaba allí.

Una vez adentro, se detuvo un momento para que sus ojos se adaptasen a la penumbra. La sala de estar sólo estaba iluminada por la luz que se filtraba por los árboles y entraba por las ventanas.

Todo parecía en orden. No se veían señales de lucha.

Mitch cerró la puerta detrás de sí. Durante un momento, necesitó apoyarse en ella.

Si Holly hubiera estado en casa, escucharía música. Le gustaban las grandes bandas de otro tiempo. Miller, Goodman, Ellington, Shaw. Decía que la música de la década de los cuarenta era la adecuada para la casa. También le sentaba bien a ella. Era clásica.

Un arco conectaba la sala de estar con el pequeño comedor. En este segundo espacio tampoco había nada fuera de lugar.

Vio una gran polilla muerta sobre la mesa. Era gris, con motas negras en sus alas puntiagudas.

La polilla debió de entrar la noche anterior. Habían pasado algún tiempo en el porche, con la puerta abierta.

Tal vez estuviese viva, durmiendo. Si la ponía en el hueco de sus manos y la lanzaba, quizás volase hasta un rincón del techo del porche, donde esperaría a que saliese la luna.

Vaciló. Era renuente a tocar aquella criatura que tal vez no volvería a volar. Al tocarla, quizás se deshiciera en una especie de polvo sucio, como ocurre a veces.

Mitch no tocó la mariposa nocturna. Prefería creer que seguía viva.

La puerta que separaba el comedor de la cocina estaba entornada. Había una luz encendida al otro lado.

Se percibía en el aire un olor a tostadas quemadas. Se hizo más intenso cuando abrió la puerta y entró a la cocina.

Allí sí encontró señales de lucha. Una de las sillas estaba volcada. Había trozos de platos rotos esparcidos por el suelo.

De la tostadora emergían dos rebanadas de pan ennegrecido. Alguien la había desenchufado. La mantequilla había quedado en la mesada, derritiéndose a medida que el día se volvía más cálido.

Los intrusos debían haber entrado por la parte delantera de la casa, sorprendiéndola mientras hacía las tostadas.

Los muebles de cocina estaban pintados de un blanco satinado. Manchas de sangre salpicaban una puerta y el frontal de dos cajones.

Durante un momento, Mitch cerró los ojos. En su mente, vio cómo la polilla batía las alas y se elevaba volando desde la mesa. Algo aleteó también en su pecho, y quiso creer que se trataba de un aliento de esperanza.

Sobre la heladera blanca, la sangrienta huella de una mano de mujer indicaba que había ocurrido algo malo, con tanta fuerza como podría haberlo hecho un grito. Otra huella completa de una mano, y una más, parcial y borrosa, oscurecían los dos armarios más altos.

La sangre manchaba las baldosas del suelo. Parecía mucha sangre. Parecía un océano de sangre.

La escena aterrorizó tanto a Mitch que quiso volver a cerrar los ojos. Pero se le ocurrió la loca idea de que si cerraba los ojos dos veces ante esta sombría realidad se quedaría ciego para siempre.

El teléfono sonó.

No tuvo que pisar sangre para llegar al teléfono. Levantó el auricular al tercer timbrazo y oyó su propia voz, aterrada.

—¿Sí?

—Soy yo, amor. Nos están oyendo.

—Holly. ¿Qué te hicieron?

—Estoy bien —dijo. Sonaba fuerte, pero no bien.

—Estoy en la cocina.

—Lo sé.

—La sangre...

—Ya lo sé. No pienses en eso ahora. Mitch, dicen que tenemos un minuto para hablar, sólo un minuto.

Él entendió qué le quería decir «un minuto y tal vez nunca más».

Las piernas no lo sostenían. Tomó una de las sillas de la mesa de la cocina y, dejándose caer en ella, apenas pudo balbucear.

—Lo siento tanto.

—No es tu culpa. No te atormentes.

—¿Quiénes son estos locos, son desequilibrados, o qué?

—Son crueles, monstruosos, pero no están locos. Parecen profesionales. No lo sé. Pero quiero que me hagas una promesa.

—Estoy a punto de morirme de preocupación.

—Escucha, cariño. Quiero tu promesa. Si algo me ocurriera...

—No te va a ocurrir nada.

—Si algo me ocurriera —insistió ella—, prométeme que seguirás adelante.

—No quiero ni pensar en eso.

—Sigue adelante, por favor. Sigue tu camino y lleva una buena vida.

—Mi vida eres tú.

—Sigue adelante, jardinero, o me voy a enojar de verdad.

—Haré lo que me digan. Te recuperaré.

—Si no sigues adelante, mi fantasma no dejará de acosarte, Rafferty. Será como la película *Poltergeist* elevada al cubo.

—Dios, te amo —dijo él.

—Lo sé. Y yo te amo a ti. Quisiera abrazarte.

—Te amo tanto.

Ella no respondió.

—¿Holly?

El silencio lo galvanizó, haciendo que se levantara de su silla.

—¿Holly? ¿Me oyes?

—Te oigo, jardinero —dijo el secuestrador con el que había hablado antes.

—Hijo de puta.

—Entiendo tu ira...

—Eres una basura.

—Sí, y no tengo mucha paciencia con ella.

—Si le haces daño...

—Ya le hice daño. Y si no haces lo que te digo, despedazaré a esta puta como a una res.

Un agudo sentimiento de indefensión hizo que Mitch pasara de la ira a la humildad.

—Por favor. No vuelvas a hacerle daño. No lo hagas.

—Tranquilo, Rafferty. Sólo quédate tranquilo mientras te explico unas pocas cosas.

—Muy bien. De acuerdo. Necesito que me expliques las cosas. Estoy perdido en este asunto.

Las piernas le volvían a flaquear. En lugar de volver a sentarse en la silla, retiró un plato roto con el pie y se arrodilló en el suelo. Por algún motivo se sentía más cómodo de rodillas que en la silla.

—En cuanto a la sangre —dijo el secuestrador—, la derribé de un bofetón cuando quiso resistirse, pero no le hice ningún corte.

—Toda esa sangre...

—Eso es lo que te estoy diciendo. Le pusimos un torniquete en el brazo hasta que una vena se hinchó, le clavamos una jeringa y sacamos cuatro tubos de sangre, como hacen los médicos cuando necesitan hacer un análisis.

Mitch apoyó la frente en la puerta del horno. Cerró los ojos y procuró concentrarse.

—Le embadurnamos las manos de sangre e hicimos que dejara esas huellas. Salpicamos un poco en las mesadas, en los armarios. La rociamos por el suelo. Es una escenografía, Raffery. Para que parezca que la asesinaron allí.

Mitch era la tortuga, que ahora arrancaba de la línea de salida, mientras que el del teléfono era la liebre, ya a mitad de camino de la larga carrera. Mitch no podía apurarse, no sabía qué hacer, ignoraba a qué se enfrentaba.

—¿Escenografía? ¿Por qué?

—Si te pones nervioso y acudes a la policía, nunca se tragarán el cuento del secuestro. Verán esa cocina y creerán que la mataste.

—No les conté nada.

—Ya lo sé.

—Con lo que le hicieron al que paseaba el perro, me di cuenta de que no tienen nada que perder. Supe que no podía meterme con ustedes.

—Sólo se trató de una pequeña garantía adicional —dijo el secuestrador—. Nos agrada estar seguros. Falta un cuchillo de los que tienes a la vista en tu cocina.

Mitch ni se molestó en verificar la aseveración.

—Lo envolvimos en una de tus camisetas y en unos jeans tuyos. Todo quedó manchado con la sangre de Holly.

Estaba claro que eran profesionales, tal como ella dijo.

—Ese paquete está escondido en tu casa —continuó el secuestrador—. No te será fácil encontrarlo. A los perros de la policía, sí.

—Ya veo cómo viene el asunto.

—Así lo supuse. No eres estúpido. Por eso tomamos tantas precauciones.

—¿Y ahora qué? Explícame todo esto de manera que lo entienda.

—Aún no. En este momento, la emoción te domina, Mitch. Eso no es bueno. Si uno no controla sus emociones, es posible que cometa un error.

—Estoy lúcido —le aseguró Mitch, aunque el corazón le seguía dando saltos y el torrente de su propia sangre le retumbaba en los oídos.

—No puedes cometer errores, Mitch. Ni siquiera uno solo. De modo que quiero que te tranquilices, como te dije. Cuando estés con la cabeza serena, discutiremos esta situación. Llamaré a las seis.

Siempre de rodillas, Mitch abrió los ojos y miró su reloj.

—Faltan más de dos horas y media.

—Aún llevas tu ropa de trabajo. Estás sucio. Date una buena ducha caliente. Te sentirás mejor.

—Me estás tomando el pelo.

—En cualquier caso, debes tener un aspecto más presentable. Dúchate, cámbiate y después deja la casa. Ve a otro lugar, el que sea. Sólo asegúrate de que tu celular tenga la batería bien cargada.

—Preferiría esperar aquí.

—Eso no sería bueno, Mitch. Mires donde mires, la casa está llena de recuerdos de Holly. Se te pondrán los nervios de punta. Necesito que no te domine la emoción.

—Sí. Muy bien.

—Una cosa más. Quiero que oigas esto...

Mitch supuso que harían gritar a Holly de dolor otra vez, para dejar claro cuán incapaz era él de protegerla.

—No lo hagas.

Pero en lugar de oír a Holly, escuchó dos voces grabadas, claras, sobre un leve siseo de fondo. La primera voz era la suya:

«—Nunca había visto asesinar a un hombre.

»—Uno nunca se acostumbra.

»—Me imagino que no.

»—Es peor cuando se trata de una mujer... Una mujer o un niño».

La segunda voz era la del detective Taggart.

El secuestrador habló.

—Si le hubieses contado algo, Mitch, Holly ya estaría muerta.

En el oscuro vidrio ahumado de la puerta del horno, vio el reflejo de un rostro que parecía mirarlo desde una ventana del infierno.

—Taggart es uno de ustedes.

—Tal vez sí, tal vez no. Deberías dar por sentado que todos son de los nuestros. Será más seguro para ti y mucho más seguro para Holly. Todos son de los nuestros.

Habían construido una caja fuerte en torno a él. Ahora ponían el cierre.

—Mitch, no quiero que nos despidamos hablando de un tema tan oscuro. Voy tranquilizarte con respecto a una cosa. Quiero que sepas que no la tocaremos.

—Ya la golpeaste.

—Y lo volveré a hacer si no haces lo que te diga. Pero no la tocaremos de otra manera. No somos violadores, Mitch.

—¿Y por qué habría de creerte?

—Es evidente que te estoy controlando, Mitch. Hago contigo lo que quiero. Y claro que hay muchas cosas que no te diré...

—¿Son asesinos pero no violadores?

—Lo importante es que todo lo que te dije ha resultado cierto. Repasa nuestra relación, y verás que he sido veraz y he mantenido mi palabra.

Mitch quería matarlo. Nunca antes había sentido la necesidad de ejercer violencia en serio contra otro ser humano, pero ahora deseaba, necesitaba destruir a ese hombre.

Agarraba el teléfono con tal ferocidad que le dolía la mano. No lograba aflojar la presión.

—Tengo mucha experiencia trabajando con sustitutos, Mitch. Eres un instrumento para mí, una valiosa herramienta, una máquina sensible.

—¿Máquina?

—Sigue mi razonamiento. No tiene sentido maltratar una máquina valiosa y sensible. No me compraría un Ferrari para después no cambiarle el aceite ni lubricarlo.

—Al menos soy un Ferrari.

—Mientras yo sea quien te maneje, Mitch, nunca te presionaré para que hagas algo que exceda tu capacidad. Esperaría un alto rendimiento de un Ferrari, pero no pretendería emplearlo para atravesar un muro de ladrillo.

—Pues me siento como si ya hubiese atravesado un muro de ladrillo.

—Eres más duro de lo que crees. Pero para lograr que te desenvuelvas de la mejor manera posible, quiero que sepas que trataremos a Holly con respeto. Si haces todo lo que queremos, regresará a ti viva... E intacta.

Holly no era débil. No sería fácil quebrantarla mentalmente con el maltrato físico. Pero la violación no sólo afecta al cuerpo. La violación también quiebra la mente, el corazón, el espíritu.

Tal vez el captor hubiese sacado el tema con la sincera intención de aplacar algunos de los temores de Mitch. Pero ese hijo de puta lo había hecho, además, a modo de advertencia.

—No me parece que hayas contestado mi pregunta —dijo Mitch—. ¿Por qué habría de creerte?

—Porque debes hacerlo.

Era una verdad indiscutible. Insistió.

—Debes creerme Mitch. De no ser así, puedes darla por muerta desde este preciso instante.

El secuestrador cortó.

Durante un rato, una abrumadora sensación de impotencia mantuvo a Mitch de rodillas.

Al fin, una grabación, la voz de una mujer con el tono condescendiente de una profesora que no termina de estar cómoda con los niños, le pidió que colgara el teléfono. En vez de hacerlo, dejó el auricular en el suelo. Desde allí, un pitido continuo lo urgió a que obedeciera la sugerencia de la operadora.

Siempre de rodillas, volvió a apoyar la cabeza contra la puerta del horno y cerró los ojos.

Su mente era un caos. Imágenes de Holly, remolinos de recuerdos fragmentarios que daban vueltas, impresiones angustiosas lo atormentaban. Algunos recuerdos eran buenos, dulces, pero lo torturaban igualmente porque sabía que tal vez fuesen lo único que le quedaría de ella. Miedo e ira. Arrepentimiento y pesar. No sabía lo que era la pérdida de un ser querido. Su vida no lo había preparado para eso.

Pugnó por calmarse, porque presentía que había algo que podía hacer por Holly, allí mismo y en ese momento, si lograba acallar su miedo y pensar. No tenía que esperar las órdenes de los secuestradores. Podía hacer algo importante por ella ya mismo. Podía actuar para ayudarla. Podía hacer algo por Holly.

Las rodillas, mucho tiempo apoyadas en las baldosas de cerámica, comenzaron a dolerle. La incomodidad física despejó su mente poco a poco. Los pensamientos ya no le atravesaban el cráneo como esquirlas, sino que se depositaban en la cabeza como las hojas que caen en un apacible río.

Podía hacer algo valioso por Holly, y aquello que podía hacer estaba justo por debajo de la superficie, flotando, casi al alcance de su capacidad de percepción, de sus preguntas. El duro suelo era implacable, y comenzó a parecerle que estaba arrodillado en un lecho de vidrios rotos. Podía hacer algo por Holly. La respuesta se le escapaba. Algo. Le dolían las rodillas. Trató de ignorar el dolor, pero al fin tuvo que incorporarse. La inminente revelación retrocedió. Colgó el auricular del teléfono. Tendría que esperar la próxima llamada. Nunca se había sentido tan inútil.

# Capítulo
## 8

Aunque aún faltaban horas para la noche, su lenta aproximación impulsaba todas las sombras hacia el este, alejándolas del sol que se dirigía al oeste. Las sombras de las palmeras se extendían, anhelantes, cruzando el amplio terreno.

Para Mitch, de pie en el porche trasero, este lugar, que antes fuera una isla de paz, ahora parecía tan lleno de tensión como la red de cables que sustenta un puente colgante.

En el extremo del jardín, detrás de una valla de tablones, había un callejón. Más allá se veían otros jardines, otras casas. Quizás un centinela apostado en una de esas ventanas lo observara ahora con prismáticos de gran alcance.

Por teléfono, le había dicho a Holly que se encontraba en la cocina, y ella le había respondido «ya lo sé». La única explicación de que ella pudiera saberlo era que sus captores también lo sabían.

Al fin y al cabo, pensó, el Cadillac utilitario resultó ser inofensivo. Lo único que lo había convertido en una amenaza era su imaginación. Ningún otro vehículo lo había seguido. No era así como lo controlaban.

Habían supuesto que regresaría a su casa, de modo que, en lugar de seguirlo, la vigilaban. Lo estaban observando en ese mismo instante.

Alguna de las viviendas del extremo más alejado del callejón podía ofrecer un buen punto de observación, pero sólo si quien vigilaba tenía dispositivos ópticos de alta tecnología que le permitieran ver dentro de la casa de Mitch desde esa distancia.

Prefirió centrar sus sospechas en el garaje independiente que había al fondo de su propiedad. Se podía acceder a él por el callejón y también desde la calle de enfrente, si uno se aproximaba por el camino de entrada a la casa.

El garaje, donde estacionaban la camioneta de Mitch y el Honda de Holly, tenía ventanas en la planta baja y en el altillo que empleaban como almacén. Algunas se veían ahora oscuras, otras, doradas por el reflejo del sol.

En ninguna se avistaba un rostro fantasmal o un movimiento delator. Si alguien vigilaba desde el garaje, no se descuidaría. Sólo se haría visible si lo deseaba, con el fin de intimidar.

El sol arrancaba colores luminosos, como los de los haces radiantes que forma al pasar por un vitral coloreado, de las rosas, los ranúnculos, las campanillas de coral.

El cuchillo de carnicero, envuelto en ropa ensangrentada, posiblemente había sido enterrado en un parterre.

Si lo encontraba, lo recuperaba y limpiaba la sangre de la cocina, recuperaría parte del control de la situación. Podría afrontar con mayores posibilidades los desafíos que se le presentaran en las horas venideras, cualesquiera que fuesen.

Sin embargo, si lo vigilaban, sus secuestradores no se quedarían de brazos cruzados. Habían fingido el asesinato de su mujer para tenerlo atrapado en una trampa, y no dejarían que se escapara de ella.

Para castigarlo, le harían daño a Holly.

El hombre del teléfono había prometido que no la «tocarían», con lo que quería decir «violarían». Pero no tenía inconveniente alguno en golpearla.

Era de suponer que volvería a hacerlo. Le daría puñeta-
zos. La torturaría. No había prometido nada a ese respecto.

Para preparar el decorado del asesinato simulado, le habían extraído sangre con una jeringuilla. Pero tampoco habían
jurado que jamás iban a herirla con un cuchillo.

Para hacerle comprender cuán indefenso estaba en realidad, tal vez la hiriesen, la mutilasen. Cualquier lveredación
que ella sufriera cercenaría los tendones mismos de su voluntad de resistencia.

No osarían matarla. Para seguir controlando a Mitch, debían permitirle hablar con ella cada cierto tiempo.

Pero podían producirle cortes, desfigurarla, ordenándole
luego que le describiera a él sus mutilaciones por teléfono.

A Mitch lo sorprendió su capacidad de anticipar tan odio-
sas posibilidades. Hasta hacía unas pocas horas, no había tenido
ningún contacto con el mal en estado puro.

Lo vívido de su imaginación a este respecto sugería que, a
nivel subconsciente, o a un nivel todavía más hondo que aquél,
siempre había sabido que el mal verdadero andaba por el mundo, manifestándose mediante abominaciones que ningún análisis psicológico o sociológico podría explicar. El secuestro de
Holly hizo que esa conciencia deliberadamente reprimida saliera de los rincones donde se ocultaba, haciéndose visible.

La sombra de las palmeras, extendiéndose hacia la valla
del patio trasero, parecía tensarse, llegando al punto de casi
romperse, y las flores que el sol iluminaba parecían frágiles como el vidrio. Y la tensión de la escena seguía creciendo.

Ni las sombras alargadas ni las flores se quebrarían. Fuera lo que fuese lo que se tensaba hasta el punto de ruptura, no
se encontraba en el exterior, sino que estaba en el interior de
Mitch. Y aunque la ansiedad le revolvía el estómago y le hacía
apretar los dientes, sentía que, cuando ese cambio, esa ruptura
llegara, no sería algo malo.

Desde el garaje, las ventanas oscurecidas, y también las que reflejaban el sol, se burlaban de él. El mobiliario del porche y el del jardín, dispuestos con la idea de disfrutar de perezosas tardes estivales, también se burlaban de él.

El lozano y bien mantenido jardín, donde tantas horas había pasado, se burlaba de él. Ahora, toda la belleza nacida de su trabajo le parecía superficial, y esa superficialidad se convertía en fealdad.

Regresó a la casa y cerró la puerta trasera. No se molestó en cerrar con llave.

Lo peor que podía haber invadido su hogar ya lo había hecho y ya se había marchado. Fueran cuales fuesen las atrocidades que vinieran a continuación, no serían más que fruslerías, comparadas con ese primer horror.

Cruzando la cocina, entró al pequeño vestíbulo al que daban dos habitaciones. La primera de ellas contenía un sofá, dos sillas y un televisor de pantalla grande.

Últimamente, era raro que vieran algún programa. Los *reality shows* dominaban la programación, junto con los dramas de asunto jurídico o policial, pero todo ello lo aburría, pues no se parecía nada a la realidad tal como la conocía. Más ahora, que sabía aún mejor cómo eran las cosas.

Al final del vestíbulo se encontraba el dormitorio principal. Sacó ropa interior y calcetines limpios del cajón de una cómoda.

Porque ahora, por imposible y hasta descabellado que pareciera emprender cualquier tarea cotidiana en semejantes circunstancias, no podía hacer más que aquello que le habían ordenado.

El día había sido cálido, pero era posible que durante la noche, a mediados de mayo, refrescase. Sacó del armario unos pantalones limpios y una camisa de franela que colgaban de las perchas. Los puso sobre la cama.

Se encontró mirando fijamente el pequeño tocador de Holly, donde ella se sentaba cada día, en el taburete acolchado, para cepillarse el cabello, aplicarse maquillaje, ponerse lápiz de labios.

Había agarrado su espejo de mano sin darse cuenta de lo que hacía. Lo miró, como si esperase que algún milagro le permitiera ver el futuro, le mostrase en él el hermoso rostro sonriente de Holly. La visión de su propio semblante le resultaba insoportable.

Se afeitó, duchó y vistió, y se dispuso a encarar la dura prueba que le aguardaba.

No tenía ni idea de qué esperaban de él, de cómo pretendían que reuniese dos millones de dólares para pagar el rescate de su esposa, pero ni intentó imaginar los posibles escenarios. En momentos en los que uno está de pie, en lo alto de una cornisa, es mejor no pasar demasiado tiempo estudiando la profundidad del abismo.

Cuando, sentado sobre el borde de la cama, terminaba de atarse los cordones de los zapatos, sonó el timbre de la puerta de entrada.

El secuestrador había dicho que llamaría a las seis, no que iría de visita. Además, el reloj de la mesa marcaba las cuatro y cuarto.

No responder al timbre era una posibilidad que tenía que descartar. Debía mostrarse bien dispuesto, fuera cual fuese el método que los captores de Holly escogieran para contactar con él.

Aunque la visita no tuviera nada que ver con el secuestro, Mitch estaba obligado a atenderla para mantener un aire de normalidad en su vida, para no levantar sospechas.

Su camioneta estaba en el camino de entrada, lo que demostraba que se encontraba en casa. Si se trataba de un vecino, al ver que no respondía al timbre, tal vez diera la vuelta a la casa para golpear la puerta de la cocina.

Los seis paneles de la cristalera de esa puerta le permitirían ver con claridad el suelo de la cocina, donde había trozos de platos esparcidos y sangrientas huellas de manos en los armarios y la heladera.

Debió haber corrido las cortinas.

Dejó el dormitorio, salió al vestíbulo y cruzó la sala de estar antes de que el visitante tuviese tiempo de volver a tocar el timbre.

La puerta delantera no era acristalada. La abrió, y se encontró al detective Taggart en el porche.

# Capítulo
# 9

La mirada de mantis religiosa de los anteojos espejados atravesó a Mitch, paralizándole la voz a medio camino de la garganta.

—Me encantan estos barrios viejos —dijo Taggart, estudiando el porche delantero—. Así era California del Sur en los buenos tiempos, antes de que talaran todos los naranjos para construir un gigantesco erial de casas de estuco.

Mitch consiguió emitir una voz que sonaba casi como la suya, aunque más débil.

—¿Vive usted por aquí, teniente?

—No. Vivo en uno de los eriales. Me resulta más práctico. Pero, casualmente, andaba por su barrio.

Taggart no era hombre que anduviera casualmente por ningún lado. Incluso si caminara dormido, lo haría con un propósito, un plan, un objetivo.

—Surgió algo, señor Rafferty. Y ya que andaba por aquí, me pareció que pasar a visitarlo era más fácil que llamar. ¿Tiene unos minutos para atenderme?

Si Taggart no era uno de los secuestradores, si su conversación con Mitch había sido grabada sin que lo supiera, permitirle cruzar el umbral sería una temeridad. En esa casa pequeña, la sala de estar, la imagen misma de la tranquilidad, y la cocina, embadurnada de evidencias acusadoras, estaban a sólo unos pasos una de la otra.

—Claro —dijo Mitch—. Pero mi esposa volvió a casa con migraña. Está acostada.

Si el detective era uno de ellos, si sabía que Holly estaba cautiva en algún otro lado, no delató tal conocimiento con ningún cambio de expresión.

—¿Qué tal si nos sentamos en el porche? —dijo Mitch.

—Me parece muy bien.

Mitch cerró la puerta tras de sí y se sentaron en las sillas blancas de mimbre.

Taggart llevaba un sobre blanco de treinta por cuarenta centímetros. Lo dejó en su regazo, sin abrirlo.

—Cuando era niño, el porche de mi casa era como éste —dijo—. Solíamos sentarnos ahí a ver pasar los coches, a mirar el tránsito de vehículos, nada más.

Se quitó los anteojos de sol y se los metió en el bolsillo de la camisa. Su mirada era penetrante como un taladro eléctrico.

—¿La señora Rafferty usa ergotamina?

—¿Si usa qué?

—Ergotamina. Para las migrañas.

Mitch no tenía ni idea de si la ergotamina era un verdadero medicamento o una palabra que el detective acababa de inventarse.

—No. Se arregla con aspirinas.

—¿Con qué frecuencia le ocurre?

—Dos o tres veces al año —mintió Mitch. Holly nunca había tenido una migraña. Era raro que sufriese ningún tipo de dolor de cabeza.

Una polilla gris y negra estaba posada sobre el poste del porche que se alzaba a la derecha de los escalones de entrada.

Dormía a la sombra, a la espera de que el sol se pusiera para echar a volar.

—Yo padezco migrañas oculares —explicó Taggart—. Son completamente visuales. Veo una luz deslumbrante y se me produce un punto ciego temporal durante unos veinte minutos, pero sin dolor.

—Si uno tiene que sufrir migraña, ésa parece la mejor.

—Los médicos no le recetarían ergotamina, a no ser que tuviese una migraña al mes.

—Sólo son dos veces al año. O tres —dijo Mitch.

Deseó haber recurrido a otra mentira. Que Taggart tuviese experiencia personal con las migrañas era mal asunto.

Esa charla intrascendente lo ponía tenso. Le parecía que su propia voz sonaba recelosa, forzada.

Era indudable que Taggart se habría acostumbrado desde hacía mucho a que la gente se mostrase tensa y recelosa con él. Incluso las personas inocentes, y hasta su propia madre. Gajes del oficio.

Mitch había evitado la mirada fija del detective. Con un esfuerzo, volvió a mirarlo a los ojos.

—Finalmente encontramos un DIVA en el perro —dijo Taggart.

—¿Un qué?

—Un Dispositivo de Identificación Veterinario Americano. La identificación con microchip de la que le hablé.

—Ah, claro.

Antes de que Mitch se diera cuenta de que su sensación de culpabilidad volvía a delatarlo, su mirada se desvió de Taggart para seguir a un coche que pasaba por la calle.

—Lo insertan en el músculo que está en el lomo del perro —explicó Taggart—. Es diminuto. El animal ni lo siente. Le pasamos un escáner al animal y así obtuvimos su número de DIVA. Es de una casa ubicada a una manzana al este y dos al norte del lugar del asesinato. El nombre del propietario es Okadan.

—¿Bobby Okadan? Yo cuido su jardín.

—Sí, lo sé.

—El tipo al que mataron... No era el señor Okadan.

—No.

—¿Quién era? ¿Un familiar, un amigo?

Taggart eludió la pregunta.

—Me sorprende que no haya reconocido usted al perro.

—Los color canela son todos iguales.

—En realidad, no. Cada uno es un individuo.

—*Mishiki* —recordó Mitch.

—Así se llama el perro —confirmó Taggart.

—Nos ocupamos de ese jardín los martes, y el dueño siempre procura que *Mishiki* se quede dentro mientras estamos ahí, para que no nos incomode. Habitualmente, lo veo a través de la puerta del patio.

—Es evidente que *Mishiki* fue robado del patio trasero de los Okadan esta mañana, posiblemente en torno a las once y media. La cadena y el collar que llevaba no pertenecen a los Okadan.

—¿Quiere decir que el perro fue robado por el tipo al que mataron?

—Así parece.

Esta revelación solucionó el problema que Mitch tenía para mirar a los ojos a Taggart. Ahora, le era imposible apartar la mirada del rostro del detective.

Taggart no estaba allí sólo para compartir una desconcertante novedad del caso. Al parecer, el descubrimiento había suscitado en la mente del policía una pregunta acerca de algo que Mitch había dicho, o dejado de decir, antes.

Desde el interior de la casa se oyó, amortiguado, el timbre del teléfono.

Se suponía que los secuestradores no llamarían antes de las seis. Pero si llamaban antes y no lo encontraban, tal vez se enojaran.

Cuando Mitch comenzó a incorporarse, Taggart le detuvo.

—Preferiría que no respondiera. Probablemente sea el señor Barnes.

—¿Iggy?

—Él y yo hablamos hace media hora. Le pedí que no llamara aquí antes de que yo pudiera hablar con usted. Es probable que, desde ese momento, haya estado luchando con su conciencia, y que, al fin, ella haya vencido. O perdido, según como se mire.

Mitch se quedó en su sitio, desconcertado.

—¿De qué se trata, qué pasa?

Taggart ignoró la pregunta y siguió con su tema.

—¿Con qué frecuencia cree usted que se roban perros, señor Rafferty?

—Nunca pensé ni siquiera que los robaran.

—Pues ocurre. No con tanta frecuencia como los robos de coches, claro. —Su sonrisa no era contagiosa, sino inquietante—. No se puede desguazar un perro y vender las partes, como se hace con un Porsche. Pero aun así, cada cierto tiempo se llevan alguno.

—Si usted lo dice.

—Los perros de pura raza pueden valer miles de dólares. Pero quienes los roban no siempre lo hacen para venderlos. A veces sólo quieren conseguir un buen perro sin pagar por él.

Aunque Taggart hizo una pausa, Mitch no dijo nada. Quería acelerar la conversación. Estaba ansioso por saber a qué conducía. Toda esta charla sobre perros ocultaba una trampa, o al menos una sorpresa.

—Algunas razas son más codiciadas que otras, porque se sabe que son amistosas y dóciles y que es poco probable que vayan a resistirse al ladrón. Los labradores canela son una de las razas caninas más sociables y menos agresivas.

El detective agachó la cabeza, bajó los ojos y se quedó en silencio durante un momento, como si pensara lo que diría a continuación.

Mitch no creía que Taggart necesitase recapacitar. Los pensamientos del detective tenían un orden tan preciso como el de las prendas del ropero de un obsesivo-compulsivo.

—Por lo general, se llevan los perros de coches estacionados —continuó Taggart—. La gente deja al animal solo, con las puertas sin echar el seguro. Cuando regresan, *Fido* ya no está. Alguien ya le cambió el nombre, y ahora es *Duque*.

Al darse cuenta de que agarraba los brazos del asiento de mimbre como si fueran los de la silla eléctrica y estuviese esperando a que el verdugo accionara el interruptor, Mitch hizo un esfuerzo por parecer relajado.

—O si no —prosiguió el policía—, el dueño ata su perro a un parquímetro antes de entrar a una tienda. El ladrón deshace el nudo y se marcha con su nuevo mejor amigo.

Otra pausa. Mitch la soportó como pudo.

Siempre con la cabeza gacha, el teniente Taggart continuó.

—Es raro, señor Rafferty, que se robe un perro del jardín de su amo en una soleada mañana de primavera. Y todo lo raro, todo lo inusual, excita mi curiosidad. Confieso que, cuando las cosas son de veras anormales, me pongo nervioso.

Mitch se llevó una mano a la nuca y se la frotó, porque le pareció que eso era algo que un hombre relajado, un hombre tranquilo y despreocupado, podría hacer.

—Es extraño que un ladrón entre a un barrio como ése a pie y se vaya caminando con una mascota robada. Es raro que no lleve identificación. Y más que extraño diría que es insólito que lo maten de un tiro tres calles más allá. Y lo que es sorprendente, señor Rafferty, es que usted, el testigo principal, lo conociera.

—Pero no lo conocía.

—En una época —insistió Taggart— lo conoció usted muy bien.

# Capítulo
## 10

Techo blanco, vigas blancas, suelo blanco, sillas de mimbre blancas, armonía rota por la polilla gris y negra. Todo lo que había en el porche era familiar, abierto, aireado; pero ahora, a Mitch le parecía oscuro, desconocido.

Siempre con la mirada baja, Taggart volvió a hablar:

—En algún momento, uno de los sabuesos que acudieron a la escena vio a la víctima de cerca y lo reconoció.

—¿Sabuesos?

—Uno de los agentes uniformados. Dijo que hace unos dos años había arrestado a ese hombre por posesión de drogas, tras detenerlo por una infracción de tráfico. Nunca estuvo preso, pero sus huellas dactilares se encontraban en nuestras computadoras, en la base de datos, de modo que identificarlo fue fácil. El señor Barnes dice que usted y él fueron a la escuela secundaria con la víctima.

Mitch deseó que el policía lo mirara a los ojos. Con lo intuitivo y perceptivo que era, Taggart sabría reconocer que su sorpresa era genuina, si la veía.

—Se llamaba Jason Osteen.

—No sólo fui al colegio con él —dijo Mitch—. Jason y yo compartimos un departamento durante un año.

Taggart restableció al fin el contacto visual.

—Lo sé.

—Iggy se lo habrá dicho.

—Sí.

Ansioso por mostrarse comunicativo, Mitch siguió explicándose.

—Cuando terminé la secundaria, viví con mis padres durante un año, mientras hacía un curso de...

—Jardinería.

—Así es. Luego, conseguí empleo en una empresa de paisajismo y me mudé. Quería un departamento propio. No podía permitirme pagar uno para mí solo, de modo que Jason y yo compartimos uno durante un año, pagándolo a medias.

El detective volvió a agachar la cabeza y a quedarse en una actitud contemplativa. Se diría que su estrategia era forzar a Mitch a mirarlo a los ojos cuando ello lo ponía incómodo, y evitar el contacto visual cuando Mitch lo quería.

—El muerto de la vereda no era Jason —dijo Mitch.

Taggart abrió el sobre blanco que tenía en el regazo.

—Además de la identificación que hizo el agente y de las huellas dactilares, tengo una identificación positiva que hizo el señor Barnes basándose en esto.

Sacó del sobre una foto en color de veinticinco centímetros y se la dio a Mitch.

Un fotógrafo de la policía había movido el cadáver para obtener la mejor imagen posible del rostro. La cara estaba vuelta hacia la izquierda apenas lo suficiente para ocultar lo peor de la herida.

Las facciones habían quedado sutilmente deformadas por la entrada por una sien, el tránsito y la salida por detrás de la otra sien del disparo de alta velocidad. El ojo izquierdo estaba cerrado, el derecho, completamente abierto, en lo que parecía una sorprendida mirada de cíclope.

—Podría ser Jason —dijo Mitch.

—Lo es.

—Cuando me acerqué a él, sólo vi un lado de su rostro. El perfil derecho, el peor, donde está el orificio de salida.

—Y, probablemente, no lo miró muy de cerca.

—No. No lo hice. Una vez que me di cuenta de que tenía que estar muerto, no quise mirar muy de cerca.

—Y tenía sangre en la cara —dijo Taggart—. Se la limpiamos antes de tomar la foto.

—Sangre y sesos. Por eso no quise mirar de cerca.

Mitch no podía despegar los ojos de la foto. Sentía que era profética. Un día habría una foto así de su cara. Se la mostrarían a sus padres: «¿Es éste su hijo, señor y señora Rafferty?».

—Es Jason. Hace ocho años, quizás nueve, que no lo veo.

—Vivió con él a los dieciocho años, ¿no es así?

—Dieciocho, diecinueve. Sólo durante un año.

—Hace unos diez años.

—No llegan a diez.

Jason siempre había exhibido una actitud relajada, tan tranquilo que parecía que se hubiese encerado el cerebro como una tabla de surf, pero al mismo tiempo parecía conocer los secretos del universo. Los demás surferos lo llamaban Breezer y lo admiraban, lo envidiaban, incluso. Nada sorprendía ni desconcertaba a Jason.

Ahora sí parecía sorprendido. Un ojo muy abierto, la boca también. Se diría que estaba conmocionado.

—Fueron juntos al colegio, vivieron juntos. ¿Por qué no se mantuvieron en contacto?

Mientras Mitch miraba la foto, fascinado, Taggart no había dejado de observarlo atentamente. La mirada del agente tenía la penetrante agudeza de un puñal.

—Teníamos... distintos modos de ver las cosas —explicó Mitch.

—No estaban casados. Sólo compartían la vivienda. No era necesario que aspiraran a las mismas cosas.

—Queríamos algunas de las mismas cosas, pero diferíamos en cuanto al modo de obtenerlas.

—Jason quería conseguir las cosas de la manera más rápida y fácil —supuso Taggart.

—Me parecía que iba derecho a meterse en grandes problemas y yo no quería ser parte de eso.

—Usted hace las cosas como se debe, no se desvía de la buena senda...

—No soy mejor que nadie, sí peor que algunos, pero no robo.

—Aún no sabemos mucho de él, pero nos consta que había alquilado una casa en Huntington Harbor, por siete mil al mes.

— ¿Al mes?

—Linda casa, sobre el mar. Y por lo que sabemos, parece que no tenía trabajo.

—Jason creía que trabajar era sólo para los de tierra adentro, los monstruos del smog. —Mitch vio que debía explicarse—. Así llaman los surferos a quienes no viven para las olas.

—¿Y usted vivió para las olas en algún momento, Mitch?

—Hacia el final de secundaria, y durante un tiempo después de terminarla. Pero no me acababa de convencer.

—¿Qué le faltaba?

—La satisfacción de trabajar. Estabilidad. Familia.

—Ahora tiene todo eso. Su vida es perfecta, ¿no?

—Es buena. Muy buena. Tan buena, que a veces me pone nervioso.

—¿Pero no es perfecta? ¿Qué le falta ahora, Mitch?

Mitch no lo sabía. Pensaba en ello de vez en cuando, pero sin encontrar respuesta.

—Nada. Quisiéramos tener hijos. Tal vez sólo eso.

—Tengo dos hijas —explicó el detective—. Una de nueve años y otra de doce. Los hijos te cambian la vida.

—Me encantará comprobarlo.

Mitch se dio cuenta de que no mantenía la guardia tan alta como antes. Se recordó que no estaba en condiciones de enfrentarse a un hombre tan agudo como Taggart.

—Dejando a un lado el cargo por posesión de drogas —dijo Taggart—, Jason se mantuvo limpio todos estos años.

—Siempre fue afortunado.

Taggart señaló la foto.

—No siempre.

Mitch no quería volver a mirar. Le devolvió la foto al detective.

—Le tiemblan las manos —dijo Taggart.

—Seguramente. Jason fue mi amigo. Nos divertimos juntos. Todo eso me vuelve a la mente ahora.

—De modo que usted no lo vio ni habló con él en diez años.

—Casi diez.

Metiendo la foto dentro del sobre, Taggart volvió a la carga:

—Pero ahora sí lo reconoció.

—Sin sangre, y viendo mejor su cara.

—Cuando lo vio paseando al perro, antes de que lo mataran, ¿no pensó usted que le resultaba conocido?

—Estaba al otro lado de la calle, lejos. Apenas lo vi, y el disparo se produjo enseguida.

—Y usted estaba distraído, hablando por teléfono. El señor Barnes dijo que usted estaba al teléfono cuando se oyó el tiro.

—Así es. No estaba prestando atención al tipo del perro. Sólo lo vi.

—El señor Barnes me parece incapaz de incurrir en dobleces. Cualquiera diría que si mintiese se le encendería una luz en la nariz.

Mitch no supo si debía inferir que él mismo, en contraste con Iggy, era enigmático y poco fiable. Sonrió.

—Iggy es un buen hombre.

Mirando el sobre, cuya solapa cerró, Taggart soltó la pregunta esperada.

—¿Con quién hablaba usted por teléfono?

—Con Holly. Mi esposa.

—¿Lo había llamado para decirle que tenía migraña?

—Sí. Para decirme que regresaría temprano a casa porque tenía una migraña.

Taggart echó una mirada a la casa que se alzaba a sus espaldas.

—Espero que se sienta mejor.

—A veces le dura todo el día.

—De modo que el tipo al que dispararon resultó ser su antiguo compañero de departamento. ¿Se da cuenta de por qué me parece insólito?

—Lo es —asintió Mitch—. Me da un poco de miedo pensarlo.

—Hacía nueve años que no se veían. No habían hablado por teléfono ni nada.

—Él tenía amigos nuevos, un grupo diferente. No me caía bien ninguno de ellos y no me lo volví a cruzar en los sitios que solíamos frecuentar.

—A veces, las coincidencias sólo son coincidencias. —Taggart se incorporó y se dirigió a los escalones del porche.

Aliviado, secándose las palmas de las manos en los pantalones, Mitch también se levantó de la silla.

Taggart se detuvo junto a los escalones y agachó la cabeza.

—Aún no hemos registrado a fondo la casa de Jason. Acabamos de comenzar, pero ya hemos encontrado la primera cosa extraña.

El sol se ocultaba y la decadente luz de la tarde entró por una brecha entre las ramas del pimentero. Un resplandor anaranjado dio en la cara a Mitch, haciéndole entornar los ojos.

Fuera de la repentina luz, entre las sombras, Taggart seguía explicándose.

—En la cocina, tenía un cajón lleno de objetos diversos, donde guardaba el dinero suelto, recibos, bolígrafos, llaves... Sólo encontramos una tarjeta de visita en el cajón. La suya.

—¿La mía?

—«Big Green —citó Taggart—. Diseño, instalación y mantenimiento de jardines. Mitchell Rafferty».

Esto era lo que había llevado al detective a visitarlo. Había acudido a Iggy, y éste, que no era capaz de cometer malicia alguna ni de ocultar nada, le había confirmado que, ciertamente, existía una conexión entre Mitch y Jason.

—¿Usted le dio la tarjeta? —preguntó Taggart.

—Por cuanto puedo recordar, no. ¿De qué color era el papel de la tarjeta?

—Blanco.

—Sólo he usado el blanco durante los últimos cuatro años. Antes utilizaba papel verde claro.

—Y hace unos nueve años que no lo veía.

—Algo así como nueve años.

—Así que, aunque usted perdió el rastro a Jason, él no perdió el suyo. ¿Tiene idea de por qué?

—No. Ninguna.

Tras un silencio, Taggart dictó sentencia.

—Tiene usted un problema.

—Teniente, puede haber obtenido mi tarjeta de mil maneras. Que la tuviera no significa que me estuviese siguiendo el rastro.

Sin alzar los ojos, el detective señaló la barandilla del porche:

—Me refiero a esto.

Sobre el antepecho blanco, un par de insectos alados se retorcían, como si jugaran.

—Termitas —dijo Taggart.

—Pueden ser hormigas voladoras.

—¿No es ésta la época del año en que las termitas se reproducen? Debería hacer revisar el lugar. Una casa puede tener buen aspecto y parecer sólida y segura, en el momento mismo en que la están ahuecando y socavando bajo sus pies.

Por fin, el detective alzó la vista y miró a Mitch a los ojos.

—Son hormigas voladoras —dijo entonces Mitch.

—¿Quiere decirme alguna otra cosa, Mitch?

—No se me ocurre nada.

—Tómese un momento. Piense. Cerciórese.

Si Taggart hubiese estado aliado con los secuestradores, se conduciría de otra manera. No sería tan persistente ni concienzudo. Se habría notado que para él esto era un juego, una farsa.

«Si le hubieses contado algo, Mitch, Holly ya estaría muerta».

Su anterior conversación quizás hubiese sido grabada a distancia. Hoy en día, los micrófonos direccionales de alta tecnología, conocidos como micrófonos escopeta, podían captar claramente voces y sonidos a decenas de metros de distancia. Lo había visto en una película. Poco de lo que veía en las películas estaba basado en hechos reales, pero le parecía que los micrófonos escopeta sí existían. Taggart podía haber sido tan ignorante de que lo grababan como el mismo Mitch.

Por supuesto, lo que se había hecho una vez, podía hacerse dos. Una furgoneta que nunca había visto estaba estacionada frente a la vereda, al otro lado de la calle. Tal vez hubiese un vigilante apostado en su interior.

Taggart estudió la calle; era evidente que buscaba el objeto del interés de Mitch.

Las casas también eran sospechosas. Mitch no conocía a todos los vecinos. Una de ellas estaba vacía y en venta.

—No soy su enemigo, Mitch.

—Nunca creí que lo fuera —mintió.

—Todos creen que lo soy.

—Me gusta pensar que no tengo enemigos.

—Todos tienen enemigos. Hasta los santos.

—¿Por qué había de tener enemigos un santo?

—Los réprobos odian a los buenos sólo porque son buenos.

—La palabra «réprobo» suena tan...

—Anticuada —sugirió Taggart.

—Supongo que, en el trabajo de usted, todo parece blanco o negro.

—Por debajo de todos los matices del gris, todo es blanco y negro, Mitch.

—No me educaron para pensar de esa manera.

—Lo entiendo. Por más que la veo demostrada a diario, me cuesta creer esa verdad. Matices del gris, menos contraste, menos certezas... Eso es mucho más cómodo.

Taggart extrajo los anteojos de sol del bolsillo de la camisa y se los puso. Sacó una tarjeta de visita del mismo bolsillo.

—Ya me dio una tarjeta —dijo Mitch—. La tengo en la billetera.

—En ésa sólo figura el número de teléfono del departamento de homicidios. Escribí el de mi celular en el dorso de ésta. Es raro que lo dé, no crea. Me puede llamar el día que quiera, a cualquier hora.

Mitch tomó la tarjeta.

—Le dije todo lo que sé, teniente. Que Jason haya aparecido en este asunto me confunde por completo.

Taggart lo miró desde detrás de los impenetrables espejos de sus anteojos.

Mitch leyó el número del celular y luego se metió la tarjeta en el bolsillo de la camisa.

Una vez más, el detective hizo una especie de cita.

—«La memoria es una red. Uno la encuentra llena de peces cuando la saca del río, pero toneladas de agua han pasado por ella de largo».

Taggart bajó los escalones del porche. Se dirigió a la calle por el camino de entrada.

Mitch sabía que todo lo que le había dicho a Taggart había quedado en la red del detective, cada palabra y cada entonación, cada énfasis y cada titubeo, cada expresión facial y cada matiz de su lenguaje corporal, es decir, no sólo lo que las palabras decían, sino también lo que sugerían. En aquel montón de peces, que el policía leería con la agudeza de una verdadera adivina al escrutar las hojas de té, encontraría un presagio o un indicio que lo haría regresar con más advertencias y nuevas preguntas.

Taggart cruzó la puerta principal y la cerró tras de sí.

El sol dejó de verse por la brecha abierta entre las ramas del falso pimentero, y Mitch quedó a la sombra. Pero no sintió más frío, porque, de todos modos, el sol no lo había calentado.

Capítulo

11

En la habitación del televisor, éste parecía un gran ojo
ciego. Aunque Mitch hubiera empleado el control remoto para llenar la pantalla de brillantes visiones idiotas, ese
ojo no hubiese podido verlo; así y todo, se sentía observado
por una presencia que lo contemplaba con fría diversión.

El contestador automático estaba sobre un escritorio, en
un rincón de la estancia. Sólo había un mensaje, de Iggy:

—«Perdón, hermano, debí haberte llamado en cuanto
se marchó. Pero ese Taggart es como una de esas olas gigantes
que ocupan todo el horizonte. Te asustan tanto que te hacen
caer de la tabla de surf y desear que te hubieses quedado en la
playa a verlas romper desde allí».

Mitch se sentó frente al escritorio y abrió el cajón donde
Holly guardaba la chequera y los documentos bancarios.

En su conversación con el secuestrador, había dado una
estimación excesiva de su balance de cuenta corriente, que era
de 10.346,54 dólares.

El resumen mensual más reciente mostraba una cuenta
de ahorros adicional, con 27.311,40 dólares.

Tenían cuentas pendientes. Estaban en otro cajón de ese
mismo escritorio. No las miró. Sólo contaba los activos.

El pago hipotecario mensual se descontaba de forma automática de su cuenta corriente. El resumen indicaba que aún quedaban 286.770 dólares por pagar.

Recientemente, Holly había calculado que la casa valía 425.000. Era una suma increíble para un pequeño bungaló en un barrio viejo, pero era cierta, ajustada al precio de mercado. Aunque antiguo, el barrio era atractivo, y la mayor parte del valor correspondía al amplio terreno.

Sumado al efectivo disponible con que contaban, el precio que podía obtener por la casa llegaba a un total de unos 175.000 dólares. Esto distaba mucho de dos millones, y el secuestrador no le había dado la impresión de tener la intención de querer negociar en absoluto.

De todas formas, el valor de la casa no podía convertirse en dinero en efectivo a no ser que firmaran un nuevo préstamo o la vendieran. Y en ambos casos, como la propiedad de la casa era compartida, habría necesitado la firma de Holly.

No tendrían la casa si Holly no la hubiese heredado de su abuela, Dorothy, que la había criado. A la muerte de ésta, la hipoteca era más baja, pero habían tenido que negociar un nuevo préstamo para pagar los impuestos sobre la herencia y salvar la propiedad.

De modo que la suma disponible para el pago del rescate era de aproximadamente 37.000 dólares.

Hasta ahora, Mitch no se había considerado un fracasado. La imagen que tenía de sí mismo era la de un joven que estaba construyendo su vida de forma responsable.

Tenía veintisiete años. Nadie es un fracasado a esa edad.

Pero había un hecho indiscutible. Aunque Holly era el centro de su vida, y tenía un valor incalculable, en el momento de verse forzado a ponerle precio, sólo podía pagar por ella 37.000 dólares.

Lo abrumó una amargura que sólo pudo dirigir contra sí mismo. Eso no servía de nada. La amargura podía volverse autocompasión, y si se entregaba a ese sentimiento se convertiría de verdad en un fracasado. Y Holly moriría.

Aunque la casa no estuviera hipotecada, aunque tuviesen medio millón en efectivo y fueran increíblemente triunfadores para tratarse de personas de su edad, no tendría fondos suficientes para rescatarla.

Esa verdad lo hizo comprender que no sería el dinero lo que salvase a Holly. Él sería quien la salvaría, si es que podía ser salvada. Sería gracias a su perseverancia, su inteligencia, su coraje, su amor.

Cuando volvió a dejar el saldo bancario en el cajón, vio un sobre que tenía su nombre escrito con la letra de Holly. Contenía una tarjeta de felicitación para su cumpleaños, que ella había comprado semanas antes de esa fecha.

En la parte delantera de la tarjeta se veía la foto de un anciano lleno de arrugas y verrugas. La leyenda decía: «Cuando seas viejo, aún te necesitaré, querido».

Mitch abrió la tarjeta y leyó: «Para entonces, sólo podré disfrutar de la jardinería, y serás un excelente abono».

Rió. Podía imaginar a Holly riendo en la tienda cuando abrió la tarjeta y leyó ese remate.

De pronto, su risa se transformó en otra cosa. Durante esas últimas, terribles, cinco horas, había estado al borde de las lágrimas más de una vez, pero las había contenido. La tarjeta le hizo desmoronarse.

Bajo el texto impreso, ella había escrito: «¡Feliz cumpleaños! Te ama, Holly». Su letra era graciosa, femenina y cuidada.

Se la imaginó empuñando el bolígrafo. Sus manos eran delicadas, pero tenían una fuerza sorprendente.

Logró recuperar la compostura recordando la fuerza de esas bellas manos.

Fue a la cocina y encontró las llaves del coche de Holly colgadas del tablero que había junto a la puerta trasera. El vehículo era un Honda, un modelo de hacía cuatro años.

Tras tomar su celular, que estaba recargando junto al horno, salió y metió su camioneta en el garaje, al fondo del jardín.

El Honda blanco estaba allí, reluciente, pues Holly lo había lavado el domingo por la tarde. Estacionó junto a él.

Salió de la camioneta, cerró la puerta del lado del conductor y se paró entre los dos vehículos, barriendo el lugar con la mirada. Si alguien hubiera estado allí momentos antes, habría oído y visto cómo se aproximaba la camioneta, lo que le hubiese dado un amplio margen de tiempo para escapar.

El garaje tenía un vago olor a aceite de motor y grasa, y un fuerte aroma que se desprendía del césped cortado que contenían los sacos de arpillera apilados en la camioneta.

Se quedó mirando el techo bajo, que también era el suelo del altillo que ocupaba dos tercios de la superficie del garaje. Las ventanas de ese habitáculo daban a la casa y eran un lugar para observarla.

Alguien supo cuándo llegaba Mitch a la casa, incluso cuándo entró a la cocina. El teléfono había sonado, y quien llamaba era Holly. La llamada se produjo momentos después de que él encontrase los platos rotos y la sangre.

Aunque en el garaje hubiera un observador, que tal vez aún estuviese allí, Holly no se encontraría con él. Quizás supiera dónde la tenían, quizás no.

Pero, aunque ese observador, cuya existencia hasta ahora era hipotética, supiese dónde encontrar a Holly, sería una temeridad que Mitch lo buscara. Estaba claro que esta gente estaba habituada a emplear la violencia y también que era despiadada. Un simple jardinero no estaba en condiciones de enfrentarse con ninguno de ellos.

Un tablón crujió sobre su cabeza. En una construcción vieja como ésa, el crujido podía no ser más que un ruido de acomodamiento normal de la estructura, juntas viejas que pagan su tributo a la fuerza de gravedad.

Mitch se acercó a la puerta del lado del conductor del Honda y la abrió. Titubeó antes de sentarse al volante, dejando la puerta abierta.

Para distraerse, encendió el motor. La puerta del garaje estaba abierta, de modo que no había peligro de que se intoxicara con monóxido de carbono.

Salió del coche, cerrando la puerta de golpe. Si hubiera alguien escuchando, daría por sentado que la había cerrado desde dentro.

Tal vez quien escuchaba se sentiría intrigado al notar que no sacaba el coche del garaje de inmediato. Una de las cosas que tal vez supusiera era que estaba haciendo una llamada telefónica.

Contra uno de los muros había un tablero con varias de las herramientas de jardinería que empleaba para trabajar en su propia casa. Las tijeras y podadoras parecían demasiado aparatosas, incómodas de manejar.

Seleccionó enseguida una pala, hecha de una única pieza de acero salido de máquina. El mango estaba recubierto de caucho.

La pala era ancha y levemente cóncava, no tan afilada como la hoja de un cuchillo, pero sí bastante apta para cortar. Tras pensárselo durante un momento, llegó a la conclusión de que, si bien era capaz de asaltar a un hombre, era mejor escoger un arma que no matara fácilmente.

En la pared opuesta a aquella donde estaban las herramientas de jardinería, había otros tableros con más instrumentos de ese tipo. Escogió uno que era una especie de llave inglesa.

# Capítulo
## 12

Mitch era consciente de que cierta locura, nacida de la desesperación, se había adueñado de él. Ya no podía soportar la inactividad.

Aferrando la llave con la mano derecha, se dirigió al fondo del garaje, donde, en el rincón norte, una empinada escalera abierta llevaba directamente al altillo.

Si seguía reaccionando como hasta ese momento, es decir, esperando dócilmente la llamada de las seis, en vez de actuar, se comportaría como el autómata en que los secuestradores querían convertirlo.

Pero a veces hasta los Ferrari terminan transformados en chatarra.

Por qué Jason Osteen había robado el perro y por qué había sido asesinado de un disparo a modo de advertencia, eran misterios para los que Mitch no tenía solución.

Sin embargo, la intuición le decía que los secuestradores sabían que Jason podía ser relacionado con él y que ese vínculo despertaría las sospechas de la policía. Urdían una trama de evidencias circunstanciales que, si llegaban a matar a Holly, serviría para que Mitch fuese llevado a juicio por su asesinato, de modo que cualquier tribunal lo condenaría a muerte.

Quizás estuvieran haciéndolo sólo para que le fuera imposible acudir a las autoridades en busca de ayuda. Así aislado, sería más fácil controlarlo.

O quizás, una vez que se hicieran con los dos millones de dólares mediante el plan, fuera cual fuese, que ellos le presentaran, no tenían intención de liberar a su esposa a cambio del rescate. Si podían utilizarlo para asaltar por persona interpuesta un banco o alguna otra institución, si mataban a Holly una vez que tenían el dinero y si eran lo suficientemente inteligentes como para no dejar indicios que condujeran hacia ellos, Mitch y tal vez algún otro chivo expiatorio del cual él aún no sabía nada podían quedar como los responsables de todos esos delitos.

Solo, herido por la muerte de su esposa, despreciado, encarcelado, nunca sabría quiénes habían sido sus enemigos. Se preguntaría toda la vida por qué lo habían escogido a él y no a cualquier otro jardinero, mecánico, o albañil.

Aunque la desesperación que le hizo subir las escaleras lo había despojado de todo temor, de toda inhibición, no le había robado la razón. No subió deprisa, sino que lo hizo con cuidado, sujetando la barra de hierro por el extremo, con el lado grueso de la llave alzado a modo de porra.

Los escalones de madera crujían, tal vez hasta chirriaban bajo sus pasos, pero el ronquido del motor del Honda, retumbando entre los muros, enmascaraba los sonidos de su ascensión.

El altillo tenía paredes por tres lados y estaba abierto por uno. Desde lo alto de las escaleras, una barandilla se extendía hacia la izquierda, ocupando todo el ancho del garaje.

En los tres muros del altillo había ventanas que permitían la entrada de la luz de la tarde. Por detrás de la barandilla, y alzándose por encima de ella, había pilas de cajas de cartón y otros elementos almacenados que no cabían en el bungaló.

Los trastos estaban dispuestos en hileras, de cerca de un metro de alto en algunos lugares y hasta de dos en otros. Los pasillos que las separaban estaban a oscuras, y no había manera de ver qué había al otro lado de los ángulos que formaban en sus extremos más alejados.

Una vez en lo alto de las escaleras, Mitch se encontró frente al primer pasillo. Un par de ventanas de la pared norte dejaban entrar luz suficiente como para que tuviera la certeza de que no había nadie escondido en algún rincón entre las cajas.

El segundo pasillo resultó estar más oscuro que el primero, aunque el corredor que lo cortaba por el extremo más apartado estaba iluminado por las ventanas, ocultas a su vista, que daban al oeste, hacia la casa. La luz hubiese recortado la silueta de cualquiera que se encontrara apostado allí.

Como las cajas no eran todas del mismo tamaño y no siempre estaban apiladas de forma regular, y como, además, entre las hileras había algún que otro espacio libre, en cada pasillo quedaban huecos lo suficientemente grandes como para que un hombre se ocultara.

Mitch había subido las escaleras sin hacer ruido. Era de suponer que el motor del Honda no había estado encendido aún el suficiente tiempo como para despertar sospechas. De modo que, si había un centinela apostado en el altillo, estaría alerta, escuchando, pero todavía no creería necesario esconderse de inmediato.

El tercer pasillo era el más iluminado, pues una ventana se abría precisamente donde terminaba. Revisó el cuarto pasillo y después el quinto y último, que corría a lo largo de la pared sur, y se hallaba iluminado por dos ventanas polvorientas. No encontró a nadie.

El corredor transversal que iba paralelo a la pared oeste, y en el que finalizaban todos los pasillos que iban de este a oeste, era la única parte del altillo que le quedaba por examinar. Cada una de las hileras de cajas ocultaba una parte de ese espacio.

Alzando aún más la barra de hierro, se dirigió a la parte delantera del altillo por el corredor ubicado más al sur. Se encontró con que todo el recorrido de ese último pasillo estaba tan vacío como las zonas que había revisado desde el otro extremo de la habitación.

Sin embargo, en el suelo, contra el extremo de una hilera de cajas, había algunos objetos que no tenían por qué estar allí.

Más de la mitad de las cosas del altillo había pertenecido a Dorothy, la abuela de Holly. Coleccionaba adornos y otros artículos de decoración para cada uno de los principales días festivos del año.

En Navidad sacaba de sus embalajes cincuenta o sesenta muñecos de nieve de varias clases y tamaños, hechos de cerámica. Tenía más de cien Santa Claus de ese tipo. Y también renos de porcelana, árboles de Navidad, guirnaldas, campanas y trineos de loza, grupos de niños cantando villancicos y casas en miniatura de cerámica que podían colocarse para formar una aldea.

En el bungaló no cabía ninguna de aquellas colecciones completas de Dorothy para una u otra festividad. En cada ocasión, colocaba todo lo que cabía en la casa y luego lo volvía a guardar.

Holly no había querido vender ni una pieza. Continuaba con la tradición. Algún día, decía, tendrían una casa más grande, y todas las colecciones podrían admirarse.

Durmiendo en cientos de cajas de cartón había amantes para el Día de San Valentín, conejos, corderos e imágenes religiosas para Pascua, patriotas para el 4 de Julio, fantasmas y gatos negros para la Noche de Brujas, peregrinos para el Día de Acción de Gracias y, por supuesto, legiones de figuras navideñas.

Los objetos que encontró sobre el suelo del último de los pasillos no eran de cerámica, ornamentales ni festivos. Se trataba de aparatos electrónicos, incluidos un receptor de radio y un grabadora. Había tres que no supo identificar.

Estaban conectados a un tablero de enchufes múltiples que, a su vez, iba a la toma eléctrica de la pared. Las luces indicadoras revelaban que el equipo estaba en funcionamiento.

Habían estado vigilando la casa. Era probable que habitaciones y teléfonos tuviesen micrófonos ocultos.

Confiado en su sigilo y en el hecho de que no había visto a nadie en el altillo, Mitch dio por sentado, al ver el equipo, que éste no estaba siendo manejado por ninguna persona en ese momento, sino que debía de estar funcionando en modo automático. Tal vez podían, incluso, manejarlo a distancia.

En el momento mismo en que pensaba esto, el panel de luces indicadoras cambió de color. Aunque no entendía nada de tales aparatos, tuvo la certeza de que acababan de activarlo.

Oyó un siseo que no era el del motor del Honda y, enseguida, la voz del detective Taggart:

«Me encantan estos vecindarios viejos. Así era California del Sur en los buenos tiempos...».

No sólo había micrófonos en las habitaciones de la casa, sino también en el porche delantero.

Se dio cuenta de que le habían ganado de mano sólo un instante antes de sentir el cañón de una pistola contra la nuca.

Aunque dio un salto, Mitch no intentó volverse hacia el pistolero ni mover la llave inglesa. No podría hacerlo a suficiente velocidad.

Durante las últimas cinco horas, había tomado aguda conciencia de sus limitaciones, lo cual podía decirse que era un logro, dado que se crió creyendo que no las tenía.

Tal vez fuese el arquitecto de su propia vida, pero ya no podía creer que fuera el amo de su destino.

«... antes de que talaran todos los naranjos para construir un erial de casas de estuco».

Detrás de él, el hombre habló.

—Suelta la barra. No te inclines para dejarla en el suelo. Déjala caer.

La voz no era la del hombre del teléfono. Éste parecía más joven, y no tan frío, pero tenía una forma de hablar perturbadoramente inexpresiva, que acortaba cada palabra, dándo a todas el mismo peso, idéntico tono.

Mitch dejó caer la porra.

«... más conveniente. Pero casualmente andaba por su barrio».

Usando, al parecer, un control remoto, el hombre apagó la grabadora.

—Se ve —le dijo a Mitch— que quieres que la corten en pedazos y la dejen morir, como él te prometió.

—No.

—Tal vez nos equivocamos al escogerte. Quizás te agradaría deshacerte de ella.

—No digas eso.

El hombre pronunciaba cada palabra en un mismo tono, profesional, carente de emoción.

—Un seguro de vida elevado. Otra mujer. Podrías tener tus motivos.

—No hay nada de eso.

—Tal vez trabajarías mejor para nosotros si, a modo de pago, te prometiéramos matarla.

—No. La amo. De verdad.

—Si intentas hacer otra gracia de éstas, dala por muerta.

—Entiendo.

—Regresemos por donde viniste.

Mitch se volvió y el otro también lo hizo, manteniéndose detrás de él.

Al comenzar a retroceder sobre sus pasos a lo largo del último pasillo, pasando la primera de las ventanas que miraban al sur, Mitch oyó el sonido que produjo la llave al rozar los tablones cuando el pistolero la recogía del suelo. Podía haberse vuelto para darle una patada, con la esperanza de sorprender al hombre cuando éste se estuviese incorporando. Pero temió que el otro esperara la maniobra. Hasta ahora, había supuesto que aquellos tipos sin nombre eran delincuentes profesionales. Era probable que lo fueran, pero también algo más. No sabía qué exactamente, pero sí que se trataba de algo aún peor.

Criminales, secuestradores, asesinos. No podía imaginar qué podía ser peor que lo que ya sabía de ellos.

Siguiéndolo por el pasillo, el pistolero volvió a hablar.

—Sube al Honda. Ve a dar un paseo.

—De acuerdo.

—Espera la llamada a las seis.

—Conforme. Lo haré.

Cuando se aproximaban al final del corredor, al fondo del altillo, y debían doblar a la izquierda y cruzar todo el ancho del garaje hacia la escalera, que bajaba desde el ángulo noreste, algo parecido a la suerte intervino en forma de tropezón con un cordel.

En el momento en que ocurrió, Mitch no percibió la causa, sólo el efecto. Una torre de cajas de cartón se derrumbó. Algunas cayeron en el pasillo y una o dos, sobre el pistolero.

Las etiquetas escritas en las cajas decían que contenían cerámicas de Halloween. En realidad, tenían más envoltorios con burbujas plásticas y pelotas de papel que objetos de cerámica, y no eran pesadas, pero la avalancha casi derribó al hombre y lo hizo tambalearse.

Mitch esquivó una caja y alzó un brazo para desviar otra.

La primera fila, al caer, hizo que otra se desequilibrara.

El jardinero estuvo a punto de tenderle la mano al otro para ayudarlo a recuperar el equilibrio. Pero se dio cuenta de que su ofrecimiento de ayuda podía ser interpretado como un ataque. Para evitar malentendidos, y también que le pegaran un tiro, se echó a un lado.

La madera vieja y reseca de la barandilla del fondo del altillo podía soportar sin problemas a cualquiera que se reclinase sin hacer fuerza, pero resultó ser demasiado débil para resistir el impacto súbito del pistolero, que chocó contra ella al trastablillarse. Los balaustres crujieron, los clavos chirriaron al soltarse, y dos trozos de la barandilla se separaron por la junta.

El pistolero maldijo ante el diluvio de cajas y gritó, alarmado, cuando la barandilla cedió bajo su peso.

Cayó al suelo del garaje. La altura, unos dos metros y medio, no era mucha, pero así y todo aterrizó con un ruido estrepitoso, y entre el estruendo de la madera rota, la pistola se disparó.

Capítulo

## 14

Desde el momento en que la primera caja se derrumbó hasta que se produjo el punto final del disparo, sólo transcurrieron unos pocos segundos. Mitch se quedó inmóvil, atónito e incrédulo, durante más tiempo del que tardó el episodio en desarrollarse.

El silencio lo sacó de golpe de su parálisis. Sorprendentemente, no había ningún ruido abajo.

Se apresuró a bajar las escaleras, y, bajo sus pies, los tablones tronaron con fuerza, como si descargaran de pronto las tormentas que antaño azotaran los árboles de donde habían sido cortados.

Cuando, una vez abajo, Mitch cruzó el garaje por delante de la camioneta y del Honda, que seguía en marcha, la euforia y la desesperación pugnaban por dominarlo. No sabía qué encontraría, y, por lo tanto, no sabía qué sentir.

El pistolero yacía bocabajo, con la cabeza y los hombros bajo una carretilla invertida. Debía de haberse estrellado contra el borde, haciendo que se volcara sobre él.

Una caída desde dos metros y medio de altura no tenía por qué haberlo dejado sumido en tan profunda inmovilidad.

Respirando agitadamente, pero no debido al esfuerzo físico, sino a la ansiedad, Mitch volteó la carretilla y la hizo a un lado. A cada respiración, olía el aroma del aceite de motor y el del césped cortado, y, al agacharse junto al pistolero, detectó también el punzante olor de la pólvora y la dulzona fragancia de la sangre.

Dio la vuelta al cuerpo y vio su rostro con claridad por primera vez. El desconocido tenía veintitantos años, pero su suave cutis era el de un muchacho preadolescente; los ojos eran verdes, con largas pestañas. No parecía un hombre capaz de hablar en tono inexpresivo sobre su intención de mutilar y asesinar a mujeres.

Al aterrizar, había dado con la garganta en el borde de metal de la carretilla. Al parecer, el impacto le había aplastado la laringe y hundido la tráquea.

El antebrazo derecho estaba roto, y la mano derecha, al quedar atrapada debajo de él, había disparado la pistola en un movimiento reflejo. El índice seguía curvado sobre el gatillo.

La bala entró justo por debajo del esternón, hacia arriba y a la izquierda. La escasa hemorragia sugería que había alcanzado el corazón, y que la muerte fue inmediata.

Si el disparo no lo hubiese matado al instante, la lesión de la garganta lo habría hecho en poco tiempo.

Era demasiada suerte para tratarse sólo de suerte y nada más.

Fuera lo que fuese, suerte o algo mejor, suerte o algo peor, al principio Mitch no supo si esto lo ayudaba o jugaba en su contra.

Tenía un enemigo menos. Un incierto regocijo, adobado con la emoción de la venganza, palpitó en él, y quizás le hubiese arrancado una risa torcida y desganada, de no haber sido porque se dio cuenta enseguida de que esta muerte complicaba su situación.

Cuando ese individuo no se presentara a sus cómplices, lo llamarían. Cuando no respondiera al teléfono, tal vez fueran a buscarlo. Si lo encontraban muerto, darían por sentado que Mitch lo había matado, y, en poco tiempo, le arrancarían los dedos a Holly uno a uno, cauterizando cada muñón a fuego vivo y sin anestesia.

Mitch fue al coche a toda prisa y apagó el motor. Empleó el control remoto para cerrar el portón del garaje.

Cuando reinó la oscuridad, encendió las luces.

Quizás nadie hubiera oído ese único disparo. Y aunque alguien hubiese escuchado el sonido, tenía la certeza de que nadie lo habría reconocido como tal.

A esa hora, los vecinos no habrían regresado del trabajo. Tal vez algunos chicos ya hubieran vuelto del colegio, pero estarían escuchando música o inmersos en el mundo de sus videoconsolas, y percibirían el disparo amortiguado como otra ráfaga de percusión musical o como un efecto del videojuego.

Mitch volvió junto al cuerpo y se quedó mirándolo.

Durante un momento, no pudo moverse. Sabía lo que debía hacer, pero no podía actuar.

Había vivido durante casi veintiocho años sin presenciar una sola muerte. Ahora, había visto a dos hombres muertos de un disparo el mismo día.

Lo asaltaron pensamientos sobre su propia muerte y, aunque trató de reprimirlos, de enjaularlos, no lo logró. El susurro de sus oídos era sólo el del torrente de su sangre, impulsado por los remos de su corazón, que bogaba, pero su imaginación lo atribuyó a oscuras alas que batían en la periferia de su campo visual.

Aunque no se atrevía a registrar el cuerpo, la necesidad hizo que se arrodillara junto a él.

Retiró la pistola de una mano tan tibia que hacía pensar que la supuesta muerte no era más que una farsa. La puso en la carretilla.

Si la pernera derecha de los pantalones del hombre no hubiese quedado levantada por la caída, Mitch no habría visto la segunda arma. El pistolero llevaba un revólver de cañón recortado en una funda tobillera.

Tras poner el revólver junto a la pistola, Mitch se ocupó de la funda. Abrió los cierres y puso la pistolera junto a las armas.

Hurgó en los bolsillos del abrigo deportivo del muerto y dio vuelta los de los pantalones.

Descubrió un juego de llaves. Una era de coche y las otras tres, que estudió antes de dejarlas de nuevo en el bolsillo de donde las había sacado, no parecían tener nada de especial. Tras vacilar durante un momento, las volvió a levantar y las puso en la carretilla.

No encontró ninguna otra cosa de interés, fuera de una billetera y un celular. La primera debía contener alguna identificación, el segundo quizás estuviese programado para llamar con número abreviado, entre otros, a cada uno de los compinches del muerto.

Mitch no se hubiese atrevido a responder si el teléfono llegaba a sonar. Aunque hablara con monosílabos le sería imposible hacerse pasar por el muerto.

Apagó el teléfono. Sospecharían cuando les respondiese un mensaje de voz, pero no actuarían con precipitación por una mera sospecha.

Conteniendo su curiosidad, Mitch dejó la billetera y el teléfono en la carretilla. Tenía cosas más urgentes que hacer.

# Capítulo
## 15

El angustiado jardinero sacó una lona de la camioneta. La empleaba para envolver podaduras de rosal. Las espinas no podían penetrarla con tanta facilidad como a la arpillera.

Mitch no podía dejar el cuerpo allí, pues alguno de los otros secuestradores acudiría tarde o temprano en busca del muerto.

La idea de conducir su coche con un cadáver en el baúl le encogía el estómago. Tendría que comprarse unos antiácidos.

El uso había ablandado la lona plástica, que estaba tan resquebrajada como el barniz de un jarrón antiguo. Aunque no era impermeable, seguía siendo relativamente resistente al agua.

Como el corazón del pistolero se detuvo al instante, había salido poca sangre de la herida. A Mitch no le preocupó, pues, que pudieran quedar manchas comprometedoras.

No sabía cuánto tiempo debería conservar el cuerpo en el baúl. ¿Unas pocas horas, un día, dos? Tarde o temprano, otros fluidos, además de la sangre, comenzarían a chorrear de él.

Desplegó la lona en el suelo e hizo rodar el cadáver para que quedara sobre ella. Una sensación de náusea, producida por la manera en que los brazos del muerto se agitaron y por el movimiento dislocado de su cabeza, lo inundó.

Pensando en el peligro que corría Holly, que exigía que no le hiciese ascos ni siquiera a las faenas más repulsivas, cerró los ojos y tomó aire varias veces, lenta y profundamente. Se tragó sus náuseas.

El movimiento pendular de la cabeza sugería que el pistolero tenía el cuello roto. De ser así, había muerto por partida triple, por el cuello roto, por la tráquea aplastada y por la bala que le desgarró el corazón.

No podía tratarse de simple suerte. Las múltiples causas de su muerte no podían ser un mero golpe de buena fortuna. Suponer que así era le parecía incoherente.

Extraordinario, sí. Un incidente extraordinario. Y extraño. Pero no un golpe afortunado.

Además, aún no podía afirmar que el accidente jugara a su favor. Bien podía ser, por el contrario, su perdición.

Tras hacer rodar el cuerpo sobre la lona, no perdió tiempo en pasar una soga por los ojales para cerrar y ceñir el paquete. La preocupación era como el tic tac de un cronómetro, como un reloj de arena que se vacía, y temía ser interrumpido de algún modo antes de haber completado la siniestra limpieza.

Arrastró el cuerpo envuelto en la lona hasta la parte trasera del Honda. Cuando abrió el baúl del coche, el absurdo pensamiento de que encontraría en él a otro hombre muerto ocupando ese espacio hizo que tuviera un estremecimiento de aprensión. Pero el baúl estaba vacío.

Su imaginación jamás había sido una ciénaga febril y, hasta ese momento, nunca fue morbosa. Se preguntó si eso de suponer que habría un segundo cadáver, más que un ramalazo de fantasía, no sería el presentimiento de que habría otros muertos en un futuro inmediato.

Cargar el cuerpo en el baúl resultó una faena ardua. El pistolero pesaba menos que Mitch, pero, al fin y al cabo, se trataba de un peso muerto.

Si Mitch no hubiera sido fuerte, y si su trabajo no lo hubiese mantenido en buenas condiciones físicas, tal vez no habría podido con el cadáver. Para cuando al fin cerró el baúl y le puso la llave, chorreaba de sudor.

Una cuidadosa inspección le hizo tener la certeza de que no había sangre en la carretilla. Tampoco en el suelo.

Recogió los balaustres rotos y el trozo de barandilla caído y, tras sacarlos del garaje, los ocultó entre lo que quedaba del montón de leña que emplearan para la chimenea de la sala de estar durante el pasado invierno.

Volvió a entrar y, subiendo por las escaleras hasta el altillo, regresó al fatal lugar del pasillo sur. No tardó en descubrir la causa del accidente.

Muchas de las cajas apiladas estaban selladas con papel celofán, pero otras iban cerradas con cordel. El mango de la llave inglesa aún estaba atrapado en un nudo.

El pistolero debía de llevar la herramienta colgando a un costado, ligeramente apartada de su cuerpo, y se le habría enganchado en un nudo del cordel. Se había echado encima la Noche de Brujas entera.

Mitch volvió a colocar casi todas las cajas caídas del mismo modo en que estaban. Creó una nueva hilera de pilas bajas frente a la brecha del antepecho, para ocultar el daño que había sufrido.

Si los compinches del pistolero venían a buscarlo, los balaustres astillados y la sección de barandilla mutilada les sugerirían que se había producido una lucha.

La rotura de la barandilla sería visible desde el ángulo sureste de la planta baja. Sin embargo, las escaleras estaban en el ángulo noreste, y los amigos del pistolero quizá nunca se situaran de forma tal que pudiesen ver los desperfectos.

Aunque a Mitch le habría agradado descargar parte de su ira destrozando el equipo de espionaje electrónico que estaba dispuesto a lo largo del pasillo de la pared oeste, no lo tocó.

Cuando recogió la llave inglesa le pareció más pesada de lo que recordaba.

En el silencio, en la quietud, percibía algo engañoso. Se sentía observado. Se sentía confundido.

Cerca de él, las arañas, agazapadas en sus telas, debían de estar soñando con jugosas presas, apetitosos bocados que se retorcían atrapados en los pegajosos hilos. Una o dos grandes moscas de primavera seguramente se estuvieran acercando, zumbando, a esas sedosas trampas. Las arañas tienen paciencia.

Algo acechaba, algo más que las moscas, algo peor que las arañas. Mitch se volvió, pero, al parecer, estaba solo.

Una verdad importante se le escapaba, no entre las sombras, ni detrás de las colecciones embaladas, sino ante sus propios ojos. Veía pero estaba ciego. Oía, pero estaba sordo.

Esta extraordinaria sensación se fue haciendo más intensa, creció hasta hacerse intolerable, hasta adquirir una dimensión física que le aplastaba los pulmones. Después, cedió con rapidez, desapareció sin más.

Se llevó la llave a la planta baja y la colgó en su correspondiente tablero de herramientas. Sacó de la carretilla el teléfono, la billetera, la llave, las dos armas y la funda tobillera. Lo dejó todo en el asiento del acompañante del Honda.

Sacó el coche del garaje y lo estacionó junto a la casa, en la que entró rápido para buscar un abrigo. Vestía una camisa de franela y, aunque la noche que lo esperaba no sería lo suficientemente fresca como para ponerse tal prenda, necesitaba llevar una.

Cuando salió de la casa, esperaba encontrarse a Taggart esperándolo junto al Honda. El detective no apareció.

Ya en el coche, puso el ligero abrigo deportivo en el asiento del acompañante, ocultando las cosas que le había quitado al muerto.

El reloj del tablero coincidía con el que él llevaba en la muñeca: las 17.11.

Salió a la calle y dobló a la derecha, con un hombre muerto por partida triple en el baúl y pensamientos aún más terribles dando vueltas por su cabeza.

# Capítulo
## 16

dos cuadras de la casa, Mitch estacionó frente al cordón. Dejó el motor en marcha y mantuvo las ventanillas cerradas y las puertas con el seguro puesto.

No recordaba haber asegurado nunca las puertas estando él dentro del automóvil.

Echó una mirada al espejo retrovisor, con la repentina certeza de que la cerradura del baúl había quedado medio abierta y que la tapa se había levantado, ofreciendo el espectáculo de un cadáver amortajado.

El baúl seguía cerrado.

En la billetera del muerto había tarjetas de crédito y un permiso de conducir de California a nombre de John Knox. En la foto del carné, el joven delincuente sonreía de forma tan deslumbrante y forzadamente seductora que parecía un ídolo de alguna banda de rock para adolescentes.

Knox llevaba quinientos ochenta y cinco dólares, quinientos de ellos en billetes de cien. Mitch contó el dinero sin sacarlo de la billetera.

No había nada que revelara ni un solo dato sobre la profesión, los intereses personales ni los conocidos del muerto. Ni tarjeta de visita, ni tarjeta de biblioteca, ni tarjeta de seguro médico. Tampoco fotos de seres queridos. No había, en fin, notas recordatorias, ni tarjeta de seguridad social, ni recibos.

Según el permiso de conducir, Knox vivía en Laguna Beach. Tal vez se pudiera enterar de algo útil registrando su casa.

Mitch necesitaba tiempo para evaluar los riesgos de ir a la casa de Knox. Además, tenía que hacer otra visita antes de la llamada que le harían a las seis.

Puso la billetera, el celular del muerto y el juego de llaves en la guantera y metió el revólver y la funda tobillera bajo el asiento del conductor.

La pistola quedó en el asiento del acompañante, bajo su abrigo deportivo.

Zigzagueando por calles residenciales de poco tráfico, ignorando los límites de velocidad e incluso un par de señales de pare, Mitch llegó a casa de sus padres, en el este de Orange, a las 17.35. Estacionó en el camino de entrada y cerró bien las puertas del coche.

La hermosa casa se alzaba sobre un segundo nivel de colinas, y otras lomas se elevaban por detrás de ellas. No había vehículos sospechosos en la calle de doble dirección, que bajaba en pendiente hacia terrenos más llanos.

Una lánguida brisa empezó a soplar desde el este. Con mil lenguas de un verde plateado, los altos eucaliptos se susurraban cosas unos a otros.

Miró hacia la única ventana del cuarto de estudio. A los ocho años, había pasado allí veinte días seguidos. Un postigo interior mantenía cerrada esa ventana.

La privación sensorial ayuda a desarrollar el pensamiento, despeja la mente. Ésa es la teoría que explica la existencia del cuarto de aprendizaje, oscuro, silencioso, vacío.

Daniel, el padre de Mitch, respondió al timbre. A los sesenta y un años, seguía siendo un hombre de impresionante apostura. Aún conservaba todo su cabello, aunque lo tenía completamente blanco.

Tal vez porque sus facciones eran tan agradablemente pronunciadas —habrían sido perfectas si hubiese querido ser actor teatral—, sus dientes parecían demasiado pequeños. Ninguno era postizo. Era un fanático de la higiene dental. Blanqueados con láser, deslumbraban, pero parecían diminutos, como granos de maíz en una mazorca.

Parpadeando con una sorpresa demasiado teatral, saludó a su hijo.

—Mitch, Katherine no me contó que habías llamado. Ignoraba que venías.

Katherine era la madre de Mitch.

—No lo hice —admitió Mitch—. Me imaginé que no habría problema en que pasara un rato por aquí, sin avisar.

—Lo normal es que estuviera ocupado con una u otra condenada obligación y no te habría podido atender. Pero esta noche estoy libre.

—Qué bien.

—Aunque sí tenía intención de dedicarle unas horas a la lectura.

—No puedo quedarme mucho tiempo —lo tranquilizó Mitch.

Los cinco hijos de Daniel y Katherine Rafferty, que ya eran todos adultos, entendían que, para respetar la intimidad de sus padres, debían anunciar sus visitas y evitar las apariciones imprevistas.

—Entra, pues —dijo su padre, apartándose del umbral.

En el vestíbulo, de suelo de mármol blanco, el joven vio infinitos Mitches a derecha e izquierda, reflejos que se repetían en dos grandes espejos enfrentados, ambos con marco de acero inoxidable.

—¿Está Kathy?

—Es la noche de las chicas —respondió su padre—. Ella, Donna Watson y esa tal Robinson se fueron a ver una película o a hacer no sé qué.

—Me habría gustado verla.

—Llegarán tarde —dijo el padre al tiempo que cerraba la puerta—. Siempre llegan tarde. Se pasan toda la velada charlando y, cuando estacionan en la entrada, siguen charlando un rato. ¿Conoces a esa mujer, la que se llama Robinson?

—No. Es la primera vez que oigo hablar de ella.

—Es irritante —aseveró su padre—. No entiendo cómo Katherine disfruta con su compañía. Es matemática.

—No sabía que las mujeres que se dedican a las matemáticas te irritaran.

—Ésta lo hace.

Los padres de Mitch eran catedráticos de psicología de la conducta en la UCI. Su círculo social provenía sobre todo de lo que los académicos comenzaron a llamar hace poco «Humanidades», en buena parte para evitar el término «Ciencias no experimentales», que usaban algunos. En un grupo así, una experta en matemáticas podía ser tan irritante como una piedra en el zapato.

—Acabo de prepararme un whisky con soda —dijo su padre—. ¿Quieres algo?

—No, gracias, señor.

—¿Me acabas de decir «señor»?

—Lo siento, Daniel.

—No se debe emplear este tratamiento...

—En una mera relación biológica —completó Mitch.

Cuando los Rafferty cumplían trece años, se les explicaba que debían dejar de llamar mamá y papá a sus padres. Tenían que dirigirse a ellos por sus nombres de pila. Katherine, la madre de Mitch, prefería que la llamaran Kathy, pero su padre no toleraba que le dijeran Danny en vez de Daniel.

En su juventud, el doctor Daniel Rafferty había desarrollado teorías muy precisas respecto a la forma correcta de educar a los hijos. Kathy no tenía opiniones muy firmes sobre el tema, pero las teorías poco convencionales de Daniel la intrigaban, y sentía curiosidad por ver si darían buenos resultados.

Mitch y Daniel se quedaron parados en el vestíbulo durante un momento. Daniel parecía no saber cómo continuar, pero al fin arrancó.

—Pasa y mira lo que me acabo de comprar.

Atravesaron una gran sala de estar amueblada con mesas de acero inoxidable y vidrio, sofás de cuero gris y sillas negras. En los cuadros que colgaban de las paredes predominaba el blanco y negro. Algunos tenían una única línea o dominaba un color, un rectángulo azul aquí, un cuadrado azul verdoso acá, dos triángulos amarillos allá.

Los zapatos de Daniel Rafferty arrancaban duros sonidos al suelo de caoba de Brasil. Mitch lo seguía, silencioso como un fantasma.

Una vez en el estudio, señalando un objeto que había sobre el escritorio, Daniel hizo una de sus típicas afirmaciones.

—Éste es el trozo de mierda más bonito de mi colección.

Capítulo
# 17

La decoración del estudio hacía juego con la de la sala de estar. Había estantes iluminados donde se veía una colección de esferas de piedra pulida.

Única pieza sobre el escritorio, encajada en una base ornamental de bronce, la esfera recién adquirida tenía un diámetro superior al de una bola de béisbol. Vetas escarlatas moteadas de amarillo se arremolinaban sobre un fondo de intenso color marrón, con algún matiz cobrizo.

Quien no supiera de qué se trataba habría supuesto que era un trozo de granito exótico, lijado y pulido para realzar su belleza. En realidad era estiércol de dinosaurio fosilizado.

—El análisis de los minerales confirma que proviene de un carnívoro —dijo el padre de Mitch.

—¿Tiranosaurio?

—El tamaño de todo el depósito de heces sugiere algo más pequeño que un Tiranosaurio Rex.

—¿Gorgosaurio?

—Si hubiese sido hallado en Canadá y datado en el Cretácico Superior, se trataría, quizás, de un gorgosaurio. Pero el yacimiento fue encontrado en Colorado.

—¿Jurásico Superior? —preguntó Mitch.

—Sí. De modo que es probable que se trate de estiércol de ceratosaurio.

Mientras su padre levantaba el vaso de whisky con soda del escritorio, Mitch fue hacia los estantes.

—Llamé a Connie hace unas cuantas noches.

Connie, de treinta y un años, era la mayor de sus hermanas. Vivía en Chicago.

—¿Sigue perdiendo el tiempo como pinche en esa panadería?

—Sí, pero ahora es la dueña del negocio.

—¿Lo dices en serio? Claro. Es típico de ella. Si mete un pie en un pozo de brea, en lugar de sacarlo, agitará los brazos hasta hundirse entera.

—Dice que le va bien.

—Siempre dirá eso, ocurra lo que ocurra.

Connie había hecho un máster en ciencias políticas antes de dar un salto mortal y zambullirse en el océano de los negocios. A algunos, esta transformación los había dejado boquiabiertos, pero Mitch la comprendía.

La colección de pulidas bolas de estiércol de dinosaurio había crecido desde la última vez que la viera.

—¿Cuántas tienes ahora, Daniel?

—Setenta y tres. Ando detrás de cuatro ejemplares excepcionales.

Algunas de aquellas esferas fosilizadas tenían apenas cinco centímetros de diámetro. Las más grandes eran del tamaño de bolas de billar.

Sus tonos tendían a ser marrones, rojos y cobrizos por razones obvias; sin embargo, las luces que las realzaban hacían surgir de ellas muchos otros colores, entre ellos el azul. La mayoría estaba moteada; eran pocas las que tenían verdaderas vetas.

—Hablé con Megan esa misma noche —dijo Mitch.

Megan, de veintinueve años, era la que tenía el coeficiente intelectual más alto en una familia de altas capacidades intelectuales. Cada uno de los pequeños Rafferty había pasado tres pruebas de nivel de inteligencia, al cumplir el noveno, decimotercero y decimoséptimo cumpleaños.

Tras su primer año de estudios, Megan había abandonado la universidad. Vivía en Atlanta, donde regentaba un próspero negocio de baño y peluquería de perros, que funcionaba tanto en la tienda como a domicilio.

—Llamó por Pascua, y nos preguntó cuántos huevos habíamos pintado —dijo el padre de Mitch—. Supongo que creyó que decía algo gracioso. Katherine y yo nos sentimos aliviados de que su llamada no fuera para anunciar que estaba encinta.

Megan se había casado con Carmine Maffuci, un albañil con las manos del tamaño descomunal. Daniel y Katherine pensaban que había elegido un esposo que estaba por debajo de ella en lo intelectual. Tenían la esperanza de que no tardara en darse cuenta de su error y se divorciase... Si es que antes no llegaban los niños, que complicarían la situación.

A Mitch, Carmine le caía bien. El tipo tenía una personalidad dulce, una risa contagiosa y un tatuaje de Tweety el Canario en el bíceps derecho.

—Éste parece pórfido —comentó, señalando una muestra de estiércol que tenía un fondo de un morado rojizo salpicado de algo que parecía feldespato.

También había hablado hacía poco con su hermana menor, Portia, pero no lo dijo, porque no quería desencadenar una agria discusión.

—Anson nos invitó a cenar hace dos noches —dijo Daniel mientras se echaba más whisky con soda en el mueble bar.

Anson, el único hermano varón de Mitch, y, con sus treinta y tres años, el mayor de los cinco, era el que más veía a Daniel y Kathy.

Para ser justos con Mitch y sus hermanas, debe decirse que Anson siempre había sido el favorito de sus padres y, como tal, nunca se había sentido rechazado. Es más fácil ser un hijo fiel cuando tus padres no se ponen a analizar tus aficiones en busca de indicios de inadaptación psicológica y cuando tus invitaciones no son recibidas con penetrantes miradas de sospecha o impaciencia.

Para ser justos también con Anson, lo cierto era que se había ganado su puesto de hijo preferido cumpliendo con las expectativas de sus padres. Había demostrado, cosa que ninguno de los otros hizo, que las teorías de su padre sobre la educación de los hijos podían dar fruto.

Primero de la clase en la escuela secundaria, estrella del equipo de fútbol americano, rechazó, sin embargo, las becas para deportistas. Sí aceptó, en cambio, aquellas que le ofrecían sólo por sus altas capacidades intelectuales.

El mundo académico era un gallinero, y Anson, un zorro. No sólo asimilaba conocimientos, sino que los devoraba con el apetito de un carnívoro insaciable. Se ganó su licenciatura en dos años, el máster en uno, y se doctoró a los veintitrés.

Los hermanos de Anson no lo envidiaban, ni tampoco estaban distanciados de él en modo alguno. Al contrario, si Mitch y sus hermanas hubiesen celebrado una elección secreta para ver quién era su familiar favorito, los cuatro habrían votado por el mayor.

Su buen corazón y simpatía natural habían permitido a Anson complacer a sus padres sin necesidad de asemejarse a ellos. Éste era un logro tan impresionante como si unos científicos del siglo XIX, que sólo contaran con la energía del vapor y las primitivas pilas voltaicas, hubiesen hecho llegar astronautas a la luna.

—Anson acaba de firmar un importante contrato de consultoría con China —informó Daniel.

Las heces de brontosaurio, diplodocus, braquisaurio, igua-
nodon, moscops, estegosaurio, triceratops y otros monstruos
extinguidos estaban identificadas con rótulos grabados en los
pies de bronce en los que se sustentaban las esferas.

—Trabajará con el ministro de Comercio —dijo Daniel.

Mitch no sabía si el estiércol petrificado podía ser analizado con la suficiente precisión como para atribuirlo a especies
o determinados géneros de dinosaurios. Tal vez su padre hubiese llegado a esas identificaciones aplicando teorías basadas
en poca o ninguna ciencia experimental.

Daniel defendía ciertas respuestas absolutas incluso en
áreas de la especulación intelectual en las que no se podía pretender que existiesen certezas.

—Y, además, colaborará de forma directa con el ministro
de Educación —añadió el orgulloso padre.

Hacía tiempo que recurría al éxito de Anson para azuzar
a Mitch, con la intención de que se decidiese a seguir una carrera más ambiciosa que aquella en la que se había embarcado.
Pero las estocadas nunca atravesaban la coraza de su psique.
Admiraba a Anson, pero no lo envidiaba.

Mientras Daniel lo aguijoneaba con otro de los logros de
Anson, Mitch miró su reloj de pulsera, convencido de que pron-
to tendría que partir para atender la llamada del secuestrador.
Pero sólo eran las 17.42.

Sentía como si ya llevase en la casa al menos veinte minutos, pero lo cierto era que sólo habían pasado siete.

—¿Tienes algún compromiso? —preguntó Daniel.

Mitch detectó una nota esperanzada en la voz de su padre, pero ello no le produjo resentimiento. Hacía tiempo que
se había dado cuenta de que una emoción tan amarga y pode-
rosa como el resentimiento no era apropiada para esa relación.

Daniel, autor de trece sesudos libros, creía ser un gigante
de la psicología, un hombre cuyos férreos principios y convic-

ciones de acero lo convertían en una roca en el río de la intelectualidad estadounidense contemporánea, una especie de isla en torno a la cual las mentes de menos entidad fluían hasta perderse en la oscuridad o en la nada.

Pero Mitch sabía que su viejo no era ninguna roca. Daniel era, si acaso, una fugaz sombra en ese río. Flotaba por la superficie sin agitar ni aplacar la corriente.

Si Mitch hubiese albergado algún resentimiento contra un hombre tan vano, habría estado más loco que el capitán Ahab, con su perpetua persecución de la ballena blanca.

Durante toda su niñez, Anson había aconsejado a Mitch y a sus hermanas que no se encolerizaran, que fueran pacientes, enseñándoles la utilidad del humor como defensa contra la inhumanidad inconsciente de su padre. Y, ahora, Daniel no le inspiraba a Mitch más que indiferencia y alguna impaciencia.

El día en que Mitch dejó el hogar familiar para compartir un departamento con Jason Osteen, Anson le dijo que, al renunciar a la ira, en algún momento llegaría a compadecer a su viejo. No lo había creído y, hasta ahora, no había llegado más que a concederle un desganado perdón.

—Sí —dijo—. Tengo un compromiso. Debo marcharme.

Contemplando a su hijo con el intenso interés que, veinte años atrás, lo habría intimidado, Daniel le lanzó una pregunta directa.

—¿A qué viniste?

Fueran cuales fuesen los planes de los secuestradores de Holly para Mitch, era de suponer que sus posibilidades de sobrevivir no eran muchas. Se le había ocurrido que ésta quizás fuese la última vez que viera a sus padres. Por eso había ido.

—Vine a ver a Kathy. Tal vez regrese mañana —dijo, incapaz de revelar el terrible embrollo en que se encontraba metido.

—A verla ¿para qué?

Un niño puede amar a una madre que no tiene capacidad para devolverle su amor, pero, con el tiempo, se dará cuenta de que no está sembrando su afecto en terreno fértil, sino en pura roca, donde nada puede crecer. Entonces, es posible que ese niño lleve una vida marcada por una ira enconada o por la autocompasión.

Si la madre no es un monstruo, sino que, sencillamente, es incapaz de relacionarse emocionalmente y está absorta en sí misma, y si en el hogar no es una maltratadora, sino una observadora pasiva, su hijo tiene una tercera opción. Puede elegir tenerle lástima, aunque no la perdone, y compadecerla al reconocer que la atrofia de su desarrollo emocional le niega la posibilidad de disfrutar plenamente de la vida.

A pesar de todos sus logros académicos, Kathy no tenía ni idea de las necesidades de los niños, ni de los lazos que crea la maternidad. En lo que hace a las relaciones humanas, creía en el principio de causa y efecto y en la necesidad de recompensar las conductas que lo merecen; pero sólo comprendía las recompensas materiales.

Creía en la capacidad de mejora del género humano. Pensaba que los niños han de ser educados siguiendo un sistema del que uno no se debe desviar, un método que asegure que se civilicen.

Ésa no era, sin embargo, su especialidad en el campo de la psicología. Por lo tanto, quizás nunca hubiese sido madre de no haber conocido a un hombre poseedor de firmes teorías acerca del desarrollo infantil, y de un sistema para aplicarlas.

Como, de no haber sido por su madre, Mitch no habría existido, y como sabía que en su insensibilidad no había malicia, ella le inspiraba una ternura que no era amor, ni siquiera afecto, sino más bien un triste reconocimiento de su incapacidad congénita para sentir. Esta ternura casi había madurado hasta convertirse en piedad, algo que no le concedía a su padre.

—No es nada importante —dijo Mitch—. Puede esperar.

—Puedo darle un mensaje —replicó Daniel, siguiendo a Mitch a la sala de estar.

—No hay mensaje. Sólo andaba por aquí y quise saludarla.

Como era la primera vez que rompía las normas y se presentaba allí sin avisar, Daniel no se convenció.

—Te pasa algo.

Mitch pensó: «Quizás una semana de privación sensorial en el cuarto de aprendizaje me ayude a descubrir de qué se trata».

Pero se limitó a sonreír y dar una respuesta convencional.

—Estoy bien. Todo está bien.

Aunque no era muy diestro en lo referente al corazón humano, Daniel poseía la nariz de un sabueso para las amenazas de tipo financiero.

—Si se trata de problemas de dinero, ya sabes cuál es nuestra postura al respecto.

—No vine a pedirles un préstamo —lo tranquilizó Mitch.

—En toda especie animal, la obligación fundamental de los progenitores es enseñar a ser autosuficientes a sus crías. La presa debe aprender a evadirse, el depredador a cazar.

Mientras abría la puerta, Mitch se despidió con cierta amargura:

—Soy un depredador autosuficiente, Daniel.

—Bien. Me alegro de oírlo.

Le dedicó a Mitch una feroz sonrisa. Sus dientes, de una blancura extraordinaria, parecían haberse afilado desde la última vez que se los enseñara.

En esas circunstancias, el joven no pudo forzar una sonrisa, ni siquiera para desviar las sospechas de su padre.

—El parasitismo —dijo Daniel— no es natural en el *Homo sapiens* ni en ninguna especie de mamífero.

Ésa era una frase que Beaver Cleaver, el niño protagonista de la serie televisiva sobre una familia de clase media, jamás hubiese oído de su padre.

Mitch salió de la casa.

—Dile a Kathy que le mando saludos.

—Llegará tarde. Siempre tardan cuando esa tal Robinson va con ellas.

—Matemáticos —dijo Mitch con desdén.

—Especialmente ésta.

Mitch cerró la puerta. Tras alejarse varios pasos de la casa se detuvo, se volvió, y estudió el lugar, quizás por última vez.

No sólo había vivido allí, sino que cursó sus estudios en la casa desde el primero hasta el duodécimo grado. Había pasado más horas de su vida dentro de esa casa que fuera de ella.

Como de costumbre, su mirada se posó en la ventana del segundo piso, clausurada desde el interior. El cuarto de aprendizaje.

Ahora que ya no había niños en la casa, ¿para qué usaban ese aposento del piso superior?

Como el camino de entrada se alejaba de la casa describiendo una curva, en lugar de seguir hasta la calle en línea recta, cuando Mich desvió la mirada de ese cuarto no se hallaba frente a la puerta, sino de cara a una de las cristaleras que ésta tenía a uno y otro costado. A través de esas ventanas, vio a su padre.

Daniel estaba de pie frente a uno de los grandes espejos enmarcados en acero inoxidable del vestíbulo. Se alisó su blanco cabello con una mano. Se enjugó las comisuras de la boca.

Aunque se sentía como un mirón, Mitch no podía dejar de observarlo.

De niño, creía que sus padres ocultaban secretos y que él sería libre si los descubría. Pero nunca supo nada, porque Daniel y Kathy eran una pareja reservada, discretos al máximo.

Ahora, en el vestíbulo, Daniel se pellizcó la mejilla izquierda, luego la derecha, con los dedos pulgar e índice, como para darles un poco de color.

Mitch sospechaba que, ahora que la amenaza de un sablazo se había disipado, el recuerdo de su visita ya casi se desvanecía de la mente de su padre.

En el vestíbulo, Daniel se puso de perfil frente al espejo, como si se enorgulleciese de lo ancho de su pecho, de lo esbelto de su cintura.

Le resultaba fácil imaginar que su padre, de pie entre los espejos enfrentados, no se multiplicaba en infinitos reflejos, como él, sino que su figura poseía tan poca sustancia que, para cualquier ojo que no fuese el suyo, resultaría tan transparente como la de un fantasma.

Capítulo
# 18

A las 17.50, sólo quince minutos después de haber llegado a casa de Daniel y Kathy, Mitch se fue. Dio vuelta a
la esquina y recorrió rápidamente una manzana y media.

Quedaban, tal vez, dos horas de luz. Le habría sido fácil
detectar a un posible perseguidor.

Detuvo el Honda en el estacionamiento vacío de una iglesia.

Una adusta fachada de ladrillo, con múltiples ojos de cristal multicolor, sombríos al no haber en ese momento luz que
los alumbrara desde el interior, se alzaba hasta formar un campanario que perforaba el cielo y arrojaba una dura sombra sobre el asfalto.

El temor de su padre no tenía fundamento. Mitch no había tenido intención de pedirle dinero.

A sus padres les había ido bien en lo financiero. Sin duda, podían haber contribuido con cien mil dólares a la causa sin
que ello los afectara lo más mínimo. Pero aunque le dieran el
doble de esa suma, dado lo magro de sus propios recursos, se
trataría de poco más del 10 por ciento del rescate.

Además, no se los habría pedido jamás, pues sabía que no
se lo hubieran dado, con la excusa de que ello no era cohe-
rente con sus teorías sobre la educación de los hijos.

Por otra parte, había comenzado a sospechar que los secuestradores buscaban algo más que dinero. No tenía ni idea de qué querían, además de metálico, pero raptar a la esposa de un jardinero que tenía un ingreso de cinco cifras no tenía sentido, a no ser que quisieran algo que sólo él les podía dar.

Casi había tenido la certeza de que lo que querían era cometer un importante robo por persona interpuesta, empleándolo como si fuese un robot a control remoto. No podía descartar esa posibilidad, pero ya no lo convencía.

Sacó el revólver de cañón recortado y la funda tobillera de debajo del asiento del conductor.

Examinó el arma con cautela. Por lo que podía ver, no tenía seguro.

Todo lo que sabía acerca de armas era lo que había aprendido en libros y películas.

A pesar de lo que decía Daniel sobre la necesidad de educar a los hijos para que fueran autosuficientes, no había preparado a Mitch para enfrentarse a tipos como John Knox.

«La presa debe aprender a evadirse, el depredador a cazar».

Sus padres lo habían criado para que fuese presa. Pero ahora que Holly estaba en manos de asesinos, evadirse le era imposible. Prefería morir antes que ocultarse y dejarla a merced de ellos.

El cierre de velcro de la funda le permitió ceñírsela por encima del tobillo, a una altura suficiente para evitar que se viera si se le remangaban los pantalones al sentarse. No le agradaban los jeans estrechos, y los que usaba ocultaban la compacta arma.

Se puso el abrigo deportivo. Antes de bajar del coche, se metería la pistola en el cinturón, en la zona lumbar, donde la prenda la ocultaría.

Examinó de nuevo el arma. Una vez más, no pudo encontrar seguro alguno.

Tras algunos esfuerzos, consiguió sacar el cargador. Contenía ocho balas. Al mirar con atención vio un noveno proyectil, que relucía en la recámara.

Tras reinsertar el cargador y asegurarse de que entraba correctamente en su lugar, puso la pistola en el asiento del acompañante.

Su celular sonó. El reloj del coche marcaba las 17.59.

Era el secuestrador.

—¿Disfrutaste de tu visita a papi y mami?

No lo habían seguido a casa de sus padres, ni cuando se fue de allí, pero aun así sabían dónde había estado.

Respondió de inmediato.

—No les dije nada.

—¿Qué buscabas allí, la merienda?

—Si crees que podría obtener el dinero de ellos, te equivocas. No son tan ricos.

—Ya lo sabemos, Mitch, ya lo sabemos.

—Déjame hablar con Holly.

—Esta vez, no.

—Déjame hablar con mi mujer —insistió.

—Tranquilo. Ella está bien. Te dejaré hablar en la próxima llamada. ¿Ésa es la iglesia a la que ibas con tus padres?

El suyo era el único coche que había en el estacionamiento, y en ese momento no pasaba ningún otro por allí. Del otro lado de la iglesia, los únicos vehículos que se veían eran los que circulaban por la autovía, pero no había ninguno en la calle.

—¿Es la iglesia a la que ibas? —volvió a preguntar el secuestrador

—No.

Aunque estaba en el interior del coche, con las puertas cerradas, se sentía tan expuesto como un ratón en campo abierto que de pronto oye por encima de él la vibración de las alas de un halcón.

—¿Fuiste monaguillo, Mitch?

—No.

—¿Puede ser verdad eso?

—Parece que lo sabes todo sobre mí. Por lo tanto, sabes que es verdad.

—Mitch, te pareces demasiado a un monaguillo, para no haberlo sido nunca.

Suponiendo que era una observación intrascendente, al principio Mitch no respondió. Pero como el secuestrador se mantuvo en silencio, por fin habló.

—No sé qué quieres decir con eso.

—Bueno, sin duda no quiero decir que seas piadoso. Tampoco que siempre digas la verdad. Demostraste ser un astuto mentiroso con el detective Taggart.

En las dos conversaciones anteriores, el hombre del teléfono se había mostrado profesional, hasta resultar escalofriante. Estas mezquinas frases no parecían coincidir con su anterior comportamiento.

Sin embargo, se había definido como «un manipulador». Había dicho con franqueza que Mitch era para él un instrumento apto para ser manejado.

Sus burlas debían tener un sentido, aunque Mitch no tenía idea de cuál podía ser. El secuestrador quería meterse en sus pensamientos y alterarlo con un sutil propósito, para obtener algún resultado en particular.

—Mitch, te lo digo sin ánimo de ofender, porque, en realidad, es una bonita cualidad; pero eres ingenuo como un monaguillo.

—Si tú lo dices.

—Pues sí. Yo lo digo.

Podía tratarse de un intento de hacer que se encolerizara, dado que la ira inhibe la claridad de pensamiento, o tal vez su intención fuese hacerlo dudar de su propia capacidad, para mantenerlo asustado y obediente.

Ya se había reconocido a sí mismo su absoluta indefensión en este asunto. La humillación ya no podía ser mayor.

—Tienes los ojos bien abiertos, Mitch, pero no ves.

Esta afirmación lo preocupó más que ninguna otra cosa que hubiese dicho el secuestrador. Hacía menos de una hora, en el altillo de su garaje, ese mismo pensamiento, expresado en parecidas palabras, lo había tenido a él.

Tras meter a John Knox en el baúl del coche, había regresado al altillo para averiguar cómo había ocurrido el accidente. Ver el mango de la llave inglesa enganchado en el nudo del cordel había resuelto el misterio.

Pero aun entonces se había sentido engañado, observado, burlado. Lo había abrumado la sensación instintiva de que en ese altillo quedaba una verdad mayor por descubrir, que estaba oculta aunque la tenía frente a sus propios ojos.

La idea de que, aunque veía, era ciego, aunque oía, era sordo, lo sacudió entonces y le perturbaba ahora.

El tipo del teléfono, burlón, había hurgado en la herida. «Tienes los ojos bien abiertos, Mitch, pero no ves».

«Sobrenatural» no parecía un calificativo excesivo para definir lo que ocurría. Sentía que los secuestradores no sólo lo podían ver y oír en todas partes, en todo momento, sino que hasta podían leer sus pensamientos.

Tomó la pistola del asiento del acompañante. No había una amenaza inminente, pero se sentía más protegido con el arma en la mano.

—¿Sigues ahí, Mitch?

—Te escucho.

—Te volveré a llamar a las 19.30.

—¿Más demoras? ¿Por qué? —La impaciencia lo consumía, y no lograba contenerla, aunque era consciente del peligro que representaba dejarse dominar por un estado de incontrolada temeridad.

—Es fácil de entender, Mitch. Estaba por decirte lo que debes hacer ahora cuando me interrumpiste.

—Entonces, maldita sea, dímelo.

—Un buen monaguillo conoce el ritual, las letanías. Un buen monaguillo responde, pero no interrumpe. Si vuelves a interrumpirme, te haré esperar hasta las 20.30.

Mitch refrenó su impaciencia. Respiró hondo, exhaló con lentitud y se avino a los deseos del malhechor.

—Entiendo.

—Bien. Entonces, cuando colguemos, ve a Newport Beach, a casa de tu hermano.

—¿A casa de Anson? —preguntó, sorprendido.

—Espera la llamada de las 19.30, con él.

—¿Por qué comprometer a mi hermano en esto?

—No puedes hacer tu tarea solo —dijo el secuestrador.

—Pero ¿qué es lo que debo hacer? No me lo dijiste.

—Te lo diremos. Pronto.

—Si hacen falta dos hombres, no es necesario que el otro sea él. No quiero meter a Anson en esto.

—Piénsalo, Mitch. ¿Quién mejor que tu hermano? Te quiere, ¿verdad? No querrá que corten a tu mujer en pedazos, como a un cerdo en el matadero.

Durante su difícil niñez, Anson había sido la sólida y segura ancla que mantenía a Mitch amarrado a un punto fijo. Quien siempre izaba las velas de la esperanza cuando parecía que no había viento para hacerlo, era Anson.

Le debía a su hermano la paz espiritual y la felicidad que había terminado por encontrar cuando se libró de sus padres, y la ligereza de espíritu que le había hecho posible ganarse a Holly como esposa.

—Me tienen atrapado —dijo Mitch—. Si lo que quieren que haga, sea lo que fuere, sale mal, parecerá que fui yo quien maté a mi esposa.

—La trampa está más cerrada de lo que crees, Mitch.

Quizás se preguntaran qué ocurría con John Knox, pero no sabían que estaba muerto y metido en el baúl del Honda. Y un conspirador muerto serviría para demostrar que la historia que Mitch podía contar a las autoridades era cierta.

¿O no? No había evaluado todas las maneras en que la policía podía interpretar la muerte de Knox. Tal vez la mayor parte de ellas fuesen más comprometedoras que lo contrario.

—A lo que voy —dijo Mitch— es que le harán eso mismo a Anson. Lo meterán en una jaula de pruebas circunstanciales para tener la seguridad de que coopere. Ésa es la forma en que trabajan.

—Nada de eso importará si ambos hacen lo que queremos y te devuelvo a tu mujer.

—Pero sería injusto para él —protestó Mitch, y se dio cuenta que, de hecho, sonaba tan ingenuo y crédulo como un monaguillo.

El secuestrador rió.

—¿Y te parece, que, en cambio, estamos siendo justos contigo? ¿De eso se trata?

La mano con que aferraba la pistola se le había quedado fría y húmeda.

—¿Preferirías que dejásemos en paz a tu hermano y que te pusiéramos a Iggy Barnes como colaborador?

—Sí —dijo Mitch, sintiéndose instantáneamente avergonzado por lo rápido que estaba dispuesto a sacrificar a un amigo inocente para salvar a un ser querido.

—¿Y eso sería justo para el señor Barnes?

El padre de Mitch creía que la vergüenza no cumplía una función social, que revelaba una mentalidad supersticiosa, y que una persona que lleva una vida racional debe librarse de ella. También creía que la facilidad para avergonzarse puede desaparecer mediante la educación.

En el caso de Mitch, su padre había fracasado estrepitosamente, al menos en ese aspecto. Aunque el único testigo de su disposición a sacrificar a un amigo para salvar a su hermano era el matón que estaba al teléfono, Mitch sintió que la vergüenza le encendía el rostro.

—El señor Barnes —dijo el secuestrador— no brilla por su inteligencia. Aunque sólo fuera por eso, tu amigo no sería un sustituto aceptable para tu hermano. Ahora, ve a casa de Anson y espera mi llamada.

Resignado a seguir las instrucciones, pero enfermo de desesperación ante la idea de poner a su hermano en peligro, Mitch apenas podía hablar.

—¿Qué le digo?

—Nada en absoluto. Te estoy ordenando que no le digas nada. El manipulador experto soy yo, no tú. Cuando llame, lo haré oír cómo grita Holly y le explicaré de qué se trata.

—Lo de hacerla gritar no es necesario. Prometiste no hacerle daño —replicó, alarmado.

—Prometí no violarla, Mitch. Nada de lo que le digas a tu hermano será tan convincente como su grito. Sé mejor que tú cómo se hace esto.

Su presión fría, sudorosa, sobre la pistola comenzaba a ser un problema. Le daba miedo. Cuando su mano se puso a temblar, volvió a dejar el arma en el asiento del acompañante.

—¿Y si Anson no está en su casa?

—Lo está. Muévete, Mitch. Es la hora pico. No querrás llegar tarde a Newport Beach.

El secuestrador cortó la comunicación.

Cuando Mitch pulsó la tecla de fin de llamada de su teléfono, sintió como si esa acción fuera una siniestra premonición.

Cerró los ojos durante un momento, tratando de serenar sus destrozados nervios; pero los abrió enseguida, porque tenerlos cerrados lo hacía sentirse vulnerable.

Cuando encendió el motor, una bandada de cuervos alzó el vuelo desde el asfalto. Fueron de la sombra del campanario al campanario mismo.

# Capítulo
## 19

Newport Beach, famosa por su puerto lleno de yates y sus maravillosas tiendas de lujo, no era residencia sólo de gente fabulosamente acaudalada. Anson vivía en el distrito de Corona del Mar, en la parte de adelante de un dúplex compartido.

Se llegaba a la casa, sombreada por una inmensa magnolia, por un viejo sendero de adoquines. Su arquitectura era del estilo de la de Nueva Inglaterra, pero recreada por un romántico perdido. No impresionaba, pero tenía encanto.

Las campanillas de la puerta tocaron unos pocos compases del *Himno de la alegría* de Beethoven.

Anson abrió antes de que Mitch pulsara el timbre por segunda vez.

Aunque estaba en tan buen estado físico como un atleta, Anson no pertenecía al mismo tipo fisiológico que Mitch. Su ancho pecho y su grueso cuello le daban el aspecto de un oso. Que hubiera sido un brillante jugador de línea en el equipo de fútbol americano de la escuela secundaria testimoniaba que era ágil y ligero.

Su rostro agradable, ancho, abierto, siempre parecía estar buscando un motivo para sonreír. Lo hizo, como lo hacía en toda ocasión, al ver a Mitch.

—*Fratello mio!* —exclamó Anson, abrazando a su hermano y haciéndolo entrar—. *Entrino! Entrino!*

La casa olía a ajo, cebollas y tocino.

—¿Comida italiana? —preguntó Mitch.

—*Bravissimo, fratello piccolo!* Haces una brillante deducción a partir de un mero aroma y mi italiano chapurreado. Déjame que cuelgue tu abrigo.

Mitch no había querido dejar la pistola en el coche. Tenía el arma metida en el pantalón, en la parte trasera de la cintura.

—No —dijo—. Estoy bien. Prefiero tenerlo puesto.

—Ven a la cocina. Estaba aterrado ante la posibilidad de cenar solo.

—Eres inmune al terror —dijo Mitch.

—No existen anticuerpos para el terror, hermanito.

La decoración de la casa era elegante, muy masculina, con profusión de motivos náuticos. Había cuadros de gloriosos veleros agitados por tormentas y de otros que navegaban bajo cielos radiantes.

Desde niño, Anson había creído que la libertad perfecta jamás podía encontrarse en tierra, sino sólo en el mar.

Había sido un fanático seguidor de las historias de piratas, batallas navales y aventuras en alta mar. Le había leído muchas de ellas en voz alta a Mitch, que lo escuchaba arrobado durante horas.

Daniel y Kathy se mareaban hasta en un bote que bogara por un estanque. Su aversión por la navegación fue, en realidad, lo primero que inspiró el interés de Anson por la náutica.

En la acogedora y fragante cocina señaló una olla que humeaba sobre el fogón.

—*Zuppa massaia.*

—¿Qué clase de sopa es la *massaia*?

—La clásica sopa de ama de casa. Como no tengo esposa, debo activar mi lado femenino cuando quiero prepararla.

A veces, a Mitch le costaba creer que una pareja tan plana y gris como la que formaban sus padres hubiera podido engendrar un hijo tan chispeante como Anson.

El reloj de la cocina marcaba las 19.24. Un embotellamiento producido por un accidente lo había demorado más de la cuenta.

Sobre la mesa había una botella de chianti y una copa medio llena. Anson abrió un armario y tomó otra copa de un estante.

Mitch estuvo a punto de rechazar el vino. Pero una copa no le embotaría el juicio y quizás le aplacara algo los nervios.

Mientras Anson servía el chianti, bromeó haciendo una aceptable imitación de la voz de su padre.

—Sí, me agrada verte, Mitch, aunque no vi tu nombre en la agenda de visitas de la progenie y tenía la intención de pasar la velada atormentando a unos conejillos de Indias en un laberinto electrificado.

—Vengo de verlo —respondió Mitch.

—Eso explica tu estado de ánimo abatido y tu rostro grisáceo. —Anson alzó la copa en un brindis—. *La dolce vita*.

—Por tu nuevo contrato con China —dijo Mitch.

—¿Así que me volvió a usar de aguijón?

—Como de costumbre. Pero por mucho que pinche, ya no logra penetrar en mi pellejo. En todo caso, parece una gran oportunidad.

—¿Lo de China? Debe de haber exagerado lo que le dije. No es que estén disolviendo el Partido Comunista y me vayan a poner en el trono del emperador.

El trabajo de consultoría de Anson era tan complejo que Mitch nunca había llegado a entenderlo. Se había doctorado en lingüística, la ciencia del lenguaje, pero también había profundizado en el estudio de los lenguajes de programación y de la teoría de la digitalización, fuera ello lo que fuese.

—Cada vez que me voy de su casa —dijo Mitch— siento la necesidad de cavar, arar la tierra, trabajar con mis manos, lo que sea.

—Te hacen sentir deseos de huir hacia algo real.

—Exacto. Hum, es un buen vino.

—Después de la sopa, hay *lombo di maiale con castagne*.

—No puedo digerir lo que no puedo pronunciar.

—Lomo de cerdo asado con castañas —aclaró Anson.

—Suena bien, pero no quiero cenar.

—Hay mucho. Es una receta para seis. No sé cómo reducirla, de modo que siempre hago seis raciones.

Mitch echó un vistazo a las ventanas. Bien. Las persianas estaban bajas.

De la mesada donde estaba el teléfono de la cocina, tomó un bolígrafo y una libreta.

—¿Has navegado últimamente?

Anson soñaba con tener un yate algún día. Tendría que ser lo suficientemente grande como para que no diese claustrofobia durante una larga travesía costera o, quizás, un viaje a Hawai, pero también lo bastante pequeño como para manejarlo con un solo acompañante y un par de motores.

Con lo de «acompañante» no sólo se refería al compañero de navegación, sino también a la compañera de cama. A pesar de su aspecto osuno y de un sentido del humor que solía ser ácido, Anson no sólo era romántico en lo referente al mar, sino también al sexo opuesto.

La atracción que las mujeres sentían por él no era meramente magnética. Las atraía como la gravedad de la luna rige las mareas.

Pero no era ningún donjuán. Rechazaba a la mayor parte de sus perseguidoras con gran encanto. Y cuando esperaba que alguna de ellas fuese la mujer de sus sueños, siempre terminaba con el corazón roto, aunque él nunca lo hubiese dicho en términos tan melodramáticos.

No podía decirse de ningún modo que el pequeño barco que en ese momento tenía amarrado a una boya del embarcadero, un American Sail de seis metros de eslora, fuese un yate. Pero, dada su suerte en el amor, quizás tuviese el velero de sus sueños mucho antes de encontrar a alguien con quien navegar en él.

Respondió a la pregunta de Mitch.

—No he tenido tiempo más que para flotar por el puerto como un pato, recorriendo los canales.

Sentado a la mesa de la cocina, Mitch escribía algo, en letras de molde, en la libreta.

—Debería buscarme un pasatiempo. Tú tienes la navegación, el viejo su mierda de dinosaurio.

Arrancó la primera hoja y la puso sobre la mesa, de modo en que Anson, que aún estaba de pie, pudiese leerla: ES PROBABLE QUE HAYA MICRÓFONOS OCULTOS EN TU CASA.

La expresión atónita de su hermano tenía un aire maravillado que a Mitch le recordó la expresión que adoptaba cuando le leía en voz alta las historias de piratas y los relatos de heroicas batallas navales que tanto lo emocionaban en su niñez. Su reacción inicial hacía suponer que sentía que había comenzado una extraña aventura, cuyos peligros implícitos no percibía.

Para cubrir el silencio azorado de Anson, Mitch siguió hablando.

—Se acaba de comprar un nuevo ejemplar. Dice que es estiércol de ceratosaurio. De Colorado, del Jurásico Superior.

Le alcanzó otra hoja donde había escrito: SON SERIOS. LOS VI MATAR UN HOMBRE.

Mientras Anson leía, Mitch sacó su celular de un bolsillo interno del abrigo y lo puso sobre la mesa.

—Dada la historia de nuestra familia, que heredemos una colección de boñigas pulidas parece muy apropiado.

Cuando Anson tomó una silla y se sentó frente a la mesa, la preocupación había nublado su juvenil aire expectante. Siguió fingiendo que conversaban normalmente.

—¿Cuántos tiene ahora?

—Me lo dijo, aunque ya no me acuerdo. Pero, en fin, podría decirse que su estudio ya es una cloaca.

—Algunas de esas esferas son bonitas.

—Muy bonitas —asintió Mitch mientras escribía: LLAMARÁN A LAS 19.30.

Perplejo, Anson formó con la boca, sin decirlas en voz alta, las palabras: «¿Quiénes? ¿Qué?».

Mitch meneó la cabeza. Señaló el reloj de pared: las 19.27.

Mantuvieron una conversación confusa y trivial hasta que el teléfono sonó puntualmente al dar la hora convenida. El timbrazo no provino del celular de Mitch, sino del teléfono de la cocina.

Anson lo miró en busca de orientación.

Suponiendo que la llamada podría ser para su hermano y que simplemente había coincidido con la hora prevista de la otra, que llegaría por el celular, Mitch le hizo señas de que atendiera el teléfono.

Anson descolgó al tercer timbrazo y su rostro se iluminó cuando oyó la voz de quien llamaba.

—¡Holly!

Mitch cerró los ojos, agachó la cabeza y se cubrió el rostro con las manos. Supo en qué momento gritaba Holly por la reacción de su hermano.

## Capítulo
# 20

Mitch esperaba que Anson le pasara el teléfono, pero el secuestrador sólo habló con él y lo hizo durante más de tres minutos.

De qué trató la primera parte de la conversación era obvio y podía deducirse por lo que decía su hermano. Los últimos dos minutos no fueron fáciles de seguir, en parte porque las respuestas de Anson se fueron haciendo más breves y su tono más sombrío.

Cuando Anson colgó, Mitch dijo.

—¿Qué quieren que hagamos?

En vez de responder, Anson fue a la mesa, tomó la botella de chianti y llenó su copa hasta el borde.

Mitch se sorprendió al ver que su propia copa estaba vacía. Sólo recordaba haber tomado uno o dos sorbos. No quiso que Anson le sirviera.

Pero el hermano mayor le llenó la copa a pesar de sus protestas.

—Si tu corazón marcha al mismo ritmo que el mío, quemarás diez copas de esto en el mismo momento en que las tragues.

Las manos de Mitch temblaban, aunque no por efecto del chianti; de hecho, el vino tal vez las aquietase un poco.

—Bueno, Mickey —dijo Anson, suspirando.

Mickey era el apodo afectuoso con que Anson había llamado a su hermano menor durante un período especialmente difícil de la infancia de ambos.

Cuando Mitch alzó la vista de sus estremecidas manos, Anson volvió a hablar.

—No le ocurrirá nada. Te lo prometo, Mickey. Te juro que a Holly no le pasará nada. Nada.

Durante los años decisivos de la formación de Mitch, su hermano había sido el piloto de confianza, que siempre lo ayudaba a sortear la tormenta, el seguro defensor del flanco de la escuadra, el ancla que fijaba la nave y evitaba los naufragios. Pero ahora, mientras prometía un viaje seguro, parecía estar ofreciendo más de lo que podía dar. No cabía duda de que quienes controlaban esta singladura eran los secuestradores de Holly.

—¿Qué quieren que hagamos? —volvió a preguntar—. ¿Al menos es algo posible o es tan demencial como me pareció a mí cuando le oí pedir dos millones por primera vez?

Anson se sentó. Inclinado hacia delante, con los hombros encorvados y los gruesos brazos apoyados sobre la mesa, la copa de vino casi oculta por sus grandes manos, era una presencia imponente.

Seguía pareciendo un oso, pero ya no daban ganas de abrazarlo. Las mujeres a quienes atraía como la luna rige las mareas pasaban tan lejos de su órbita como les era posible cuando lo veían de ese humor.

La forma en que Anson apretaba las mandíbulas, el palpitar de sus fosas nasales, el color de sus ojos, que cambiaron de un suave verde a un duro esmeralda, dieron ánimos a Mitch. Conocía esa actitud, ese cambio de apariencia. Así era Anson cuando se disponía a enfrentarse a la injusticia, a la que siempre oponía una resistencia tozuda y eficaz.

Aunque Mitch estaba aliviado por contar con la ayuda de su hermano, también se sentía culpable.

—Lo siento, Anson. Nunca imaginé que te meterían a ti también. Me tomaron por sorpresa. Lo lamento.

—No tienes por qué disculparte. En absoluto. Para nada. En absoluto.

—Quizás si hubiese actuado de otra manera...

—Si hubieras actuado de otra manera, quizás Holly ya estaría muerta. Así que lo que has hecho hasta ahora es lo correcto.

Mitch asintió. Necesitaba creer lo que le decía su hermano. Aun así, se sentía inútil.

—¿Qué quieren que hagamos? —volvió a preguntar.

—Antes que nada, Mitch, quiero que me cuentes todo lo que ocurrió. Lo que el hijo de puta del teléfono me contó no es ni una fracción de ello. Necesito oírlo todo, desde que empezó hasta que sonó mi teléfono.

Mitch paseó la mirada por la habitación, preguntándose dónde podía haber oculto un dispositivo de escucha.

—Tal vez nos estén oyendo, tal vez no —dijo Anson—. No importa, Mickey. Ya saben todo lo que me vas a decir, porque fueron ellos los que te lo hicieron.

Mitch asintió. Reunió fuerzas con un poco de chianti. Luego, le contó a Mitch su infernal jornada.

Por si lo estaban escuchando, sólo dejó fuera del relato lo ocurrido con John Knox en el altillo del garaje.

Anson lo oyó con atención y sólo lo interrumpió unas pocas veces para hacer alguna pregunta. Cuando Mitch finalizó, su hermano se quedó con los ojos cerrados, rumiando lo que acababa de escuchar.

Entre los hermanos Rafferty, Megan era quien tenía el coeficiente de inteligencia más alto, pero Anson siempre quedaba segundo, muy cerca de ella. La situación de Holly era tan apurada en ese momento como hacía media hora, pero a Mitch le consolaba el hecho de que su hermano hubiese entrado en acción.

Él mismo se había aproximado mucho a los resultados de Anson en las pruebas. Experimentaba una pequeña alegría, no porque una inteligencia superior se estuviese aplicando al problema, sino porque ya no estaba solo.

Solo nunca había servido para nada.

—Quédate ahí, Mickey. Enseguida regreso —dijo Anson lenvantándose del asiento, y dejó la cocina.

Mitch se quedó mirando el teléfono. Se preguntó si sabría reconocer un dispositivo de escucha, un micrófono o algo parecido, si desarmaba el aparato.

Miró el reloj y vio que eran las 19.48. Le habían dado sesenta horas para reunir el dinero; y ya sólo quedaban cincuenta y dos.

No parecía posible cumplir el plazo. Los sucesos que lo habían llevado allí lo habían hecho sentirse exprimido, aplastado. Sentía como si ya hubieran pasado las sesenta horas y muchas más.

Como lo bebido hasta ese momento no le había producido efecto alguno, se terminó el vino que le quedaba en la copa.

Anson regresó, vistiendo un abrigo deportivo.

—Tenemos que ir a algunos lugares. Te lo contaré todo en el coche. Preferiría que condujeses tú.

—Dame un segundo para terminar el vino —dijo Mitch, aunque su vaso estaba vacío.

Escribió un mensaje más en la libreta: SIEMPRE SABEN DÓNDE ESTÁ MI COCHE.

Aunque nadie lo siguió hasta la casa de sus padres, los secuestradores supieron que había estado allí. Y más tarde, cuando se detuvo en el estacionamiento de la iglesia para esperar la llamada de las 18.00, también sabían con exactitud dónde se encontraba.

«¿Es la iglesia a la que ibas con tus padres?».

Si habían puesto dispositivos de rastreo en su camioneta y en el Honda, podían seguirlo a distancia, sin que los viera, controlando su paradero de forma electrónica, en monitores.

Aunque Mitch desconocía los detalles prácticos del funcionamiento de esa tecnología, sí entendía que el hecho de que la emplearan significaba que los captores de Holly eran incluso más sofisticados de lo que había supuesto inicialmente. La magnitud de sus recursos, es decir, de sus conocimientos y su experiencia criminal, dejaba cada vez más claro que sería difícil que cualquier tipo de resistencia tuviese éxito.

El lado positivo del asunto era que el profesionalismo de los secuestradores hacía suponer que cualquier cosa que mandaran hacer a Mitch y Anson estaría bien pensada y tendría probabilidades de éxito, ya se tratara de un robo o de algún otro delito. Si la suerte los acompañaba, podrían reunir el dinero de la recompensa.

En respuesta a la advertencia de la última nota, Anson apagó el fogón que calentaba la olla de sopa y buscó las llaves de su utilitario.

—Vamos en mi coche. Conduce tú.

Mitch atrapó las llaves que le arrojó su hermano y, recogiendo deprisa las notas que había escrito, las tiró a la basura.

Él y su hermano salieron por la puerta de la cocina. Anson no apagó las luces ni puso llave, tal vez reconociendo que, metido en semejante tempestad, no podía evitar que entraran aquellos a quienes hubiese querido mantener fuera.

Un patio con muros de ladrillo, adornado con helechos y nandinas enanas, separaba las dos mitades del edificio donde vivía Anson. La mitad posterior, más pequeña, se hallaba sobre dos garajes.

El garaje de Anson, con capacidad para dos vehículos, contenía su Expedition y un Buick Super Woody Wagon de 1947, que él mismo había restaurado.

Mitch se sentó al volante del utilitario.

—¿Y si también tus coches tienen dispositivos de rastreo?

Cerrando la puerta del lado del acompañante, Anson respondió.

—No importa. Haré exactamente lo que quieren. Si pueden rastrearnos, se sentirán más tranquilos.

Mitch puso en marcha el vehículo, dio marcha atrás y salió al sendero.

—¿Qué quieren, qué tenemos qué hacer? Dímelo.

—Quieren que transfiramos dos millones de dólares a una cuenta en las islas Caimán.

—Sí, bueno, supongo que eso es mejor que tener que dárselo en monedas de un centavo, doscientos millones de condenados centavos, pero ¿a quién tenemos que quitarle ese dinero?

La luz violenta de un rojo ocaso inundó el camino.

—No tenemos que robarle a nadie, Mitch. Es mi dinero. Quieren mi dinero, y, si es para esto, que se lo queden.

# Capítulo
## 21

El cielo luminoso volvía radiante el sendero, y un resplandor de fragua inundó el coche.

Iluminado por el reflejo ígneo del sol poniente, el rostro de Anson tenía un aspecto feroz. Un brillo suavizaba su mirada fija, pero su suave tono voz revelaba la verdadera emoción que sentía.

—Todo lo que tengo es tuyo, Mickey.

Como si, tras cruzar una ajetreada calle urbana, hubiese vuelto la mirada y visto un maravilloso bosque donde hasta hacía un momento se alzaba una metrópolis, Mitch permaneció unos instantes en un atónito silencio. Luego pudo hablar al fin.

—¿Tú tienes dos millones de dólares? ¿De dónde sacaste dos millones de dólares?

—Soy bueno en mi campo profesional y trabajo mucho.

—Estoy seguro de que eres bueno en lo tuyo, eres bueno en todo lo que haces, pero no vives como un hombre rico.

—No quiero hacerlo. La exhibición de lujos, el estatus y todo eso no me interesan.

—Sé que alguna gente que tiene dinero mantiene un tono discreto, pero...

—Me interesan las ideas —dijo Anson— y también alcanzar algún día la verdadera libertad, pero no que mi foto salga en las páginas de ecos y chismes sociales.

Mitch se sentía perdido en el bosque de esta nueva realidad.

—¿Quieres decir que de verdad tienes dos millones en el banco?

—Tendré que liquidar inversiones. Se puede hacer por teléfono, por computadora, una vez que abran los mercados, mañana. Me llevará, como mucho, tres horas.

Las medio muertas semillas de la esperanza de Mitch revivieron con el riego que les proporcionó esta asombrosa, esta increíble novedad.

—¿Cuánto... cuánto tienes? Digo, en total...

—Esto se llevará casi toda mi liquidez —dijo Anson—, pero aún seré propietario de mi parte del adosado.

—Te dejará sin nada. No puedo permitirlo.

—Si lo gané una vez, puedo volver a ganarlo.

—Eso no puedes saberlo.

—Lo que yo haga con mi dinero es asunto mío, Mickey. Y lo que quiero hacer es usarlo para que Holly regrese sana y salva.

Entre haces de luz carmesí, en medio de las suaves sombras del ocaso que se iban endureciendo con la llegada de la noche, un gato avanzó por el camino. Tenía un color extraño, como anaranjado.

Mitch, vapuleado por torrentes de emociones contradictorias, no confiaba en que le saliera la voz, de modo que se quedó mirando al gato mientras respiraba hondo.

Fue Anson quien habló.

—Como no estoy casado ni tengo hijos, esa basura los usa a Holly y a ti para chantajearme a mí.

La revelación de la riqueza de Anson sorprendió tanto a Mitch que no entendió enseguida el obvio motivo del secuestro, inexplicable hasta entonces.

—Si hubiera habido alguien más cercano a mí —continuó Anson—, si yo hubiese sido vulnerable en ese aspecto, se habrían llevado a mi esposa o a mi hijo, y a Holly no le habría ocurrido nada.

El gato anaranjado fue aminorando gradualmente el paso hasta quedar inmóvil frente al Expedition; luego alzó la vista hacia Mitch. En aquel paisaje de luz ardiente, sólo los ojos del gato tenían brillo propio. Eran de un color verde radiactivo.

—Podrían haber raptado a una de nuestras hermanas, ¿verdad? A Megan, Connie, o Portia. Hubiera sido lo mismo.

—Vives como una persona de clase media —comentó Mitch—, ¿cómo supieron que tenías millones?

—Por alguno que trabaja en un banco, o algún corredor de bolsa, cualquier tipo corrupto infiltrado donde no debería haber gente así.

—¿Tienes idea de quién puede ser?

—No he tenido tiempo de pensar en eso, Mickey. Pregúntamelo mañana.

Rompiendo la quietud, el gato pasó con sigilo frente al utilitario y se perdió de vista.

En ese instante, un ave echó a volar, batiendo sus alas contra la ventanilla del conductor durante un instante. Era una paloma o una tórtola que, después de entretenerse con unas migajas de pan, volaba hacia el refugio de algún emparrado.

Mitch se sobresaltó por el sonido del pájaro y experimentó la onírica sensación de que el gato, al desaparecer, se había transformado en el ave.

Volviéndose hacia su hermano, el menor se explicó.

—Yo no podía acudir a la policía. Pero ahora todo cambia. Tú puedes hacerlo.

Anson meneó la cabeza.

—Mataron a un tipo frente a ti para que entendieras cómo son las cosas.

—Sí.

—Y tú lo entendiste.

—Sí.

—Bueno, yo también. Si no obtienen lo que quieren, matarán a tu mujer sin compasión y nos echarán el fardo a nosotros dos. Primero, que nos devuelvan a Holly, después, acudiremos a la policía.

—Dos millones de dólares.

—No es más que dinero.

Mitch recordó lo que su hermano había dicho acerca de su falta de interés por figurar en las páginas de sociedad de la prensa, de estar más interesado en las ideas y en «obtener algún día la verdadera libertad».

Ahora, repitió esas seis palabras y añadió:

—Sé qué significa eso. El yate. La vida en el mar.

—No tiene importancia, Mickey.

—Claro que la tiene. Con todo ese dinero, estás cerca de conseguir tu barco y tu vida sin ataduras. Sé que eres un hombre planificador. Siempre lo fuiste. ¿Cuándo tenías previsto retirarte, cambiar de vida?

—Qué más da, en cualquier caso es un sueño infantil, Mickey. Cuentos de piratas, batallas navales, libertad, yates, todo es igualmente ilusorio.

—¿Cuándo? —insistió Mitch.

—Dentro de dos años. Cuando cumpliera los treinta y cinco. Y tal vez consiga la libertad antes de lo que creo. Mi empresa crece velozmente.

—El contrato con China.

—El contrato con China y también otros. Soy bueno en mi trabajo.

—Ni se me pasa por la cabeza rechazar tu oferta —dijo Mitch—. Daría la vida por Holly, de modo que estoy más que dispuesto a dejar que vayas a la quiebra por ella. Pero no permitiré que menosprecies tu sacrificio. Es un esfuerzo inmenso, en verdad increíble.

Anson tendió el brazo y se lo pasó a Mitch por el cuello. Abrazándolo estrechamente, apoyó su frente contra la del joven, de modo que no se miraban uno al otro, sino ambos a la palanca de cambios que quedaba entre ellos.

—Te contaré una cosa, hermano.

—Dime.

—Normalmente, nunca hablo de esto. Así que no vayas a consumirte con ningún sentimiento de culpa, como acostumbras... Debes saber que no eres el único que necesita ayuda.

—¿A qué te refieres?

—¿Cómo te crees que compró Connie su panadería?

—¿Tú?

—Le hice un préstamo especial, de forma que pudiera convertir parte de él en un donativo anual libre de impuestos. No quiero que me lo devuelva. Es divertido hacerlo. Y la peluquería canina de Megan también es divertida.

—Y el restaurante que van a abrir Frank y Portia, supongo —remachó Mitch.

—Eso también.

Seguían sentados, cabeza contra cabeza.

—¿Cómo supieron que tienes tanto dinero?

—No lo supieron. Me di cuenta de que tenían necesidades. He intentado saber también qué necesitas tú, pero siempre me pareciste... Muy autosuficiente.

—Esto es muy distinto a un préstamo para comprar una panadería o abrir un pequeño restaurante.

—No me digas, Sherlock.

Mitch soltó una risa temblorosa.

—Cuando crecíamos en el laberinto para ratas de Daniel, lo único con lo que podíamos contar era con nosotros mismos.

Era lo que de verdad importaba. Sigue siendo así, *fratello piccolo*. Y siempre lo será.

—Nunca olvidaré esto —dijo Mitch.

—Claro que no. Estás en deuda para siempre.

Esta vez, la risa de Mitch no fue tan temblorosa.

—Tienes un jardinero gratis de por vida.

—Eh, hermano.

—¿Qué?

—¿Estás a punto de que se te caiga la baba sobre la palanca de cambios?

—No —prometió Mitch.

—Mejor. Me gusta que mi coche esté limpio. ¿Listo para conducir?

—Sí.

—¿Seguro?

—Sí.

—Vamos, pues.

# Capítulo

## 22

Ya sólo una diminuta herida del día que se iba sangraba en el lejano horizonte. Fuera de eso, el cielo estaba oscuro, y el mar también. La luna aún no se había alzado para platear las playas desiertas.

Anson dijo que necesitaba pensar. Pensaba bien y con claridad en un coche en movimiento, pues era lo más parecido a ir navegando en un velero. Le sugirió a Mitch que se dirigiera al sur.

A esa hora, el tráfico de la autopista de la costa del Pacífico era escaso y Mitch se mantuvo en el carril derecho, sin apresurarse.

—Llamarán a casa mañana a mediodía —dijo Anson— para ver cuánto avancé con los trámites financieros.

—No me gusta esto de la transferencia electrónica a las islas Caimán.

—Tampoco a mí. Tendrán el dinero y también a Holly.

—Sería mejor hacerlo en persona —dijo Mitch—. Que nos traigan a Holly, nosotros traemos un par de bolsos llenos de dinero.

—Eso también es inseguro. Pueden tomar el dinero y matarnos a todos.

—No, si ponemos como condición que nos permitan ir armados.

Anson dudó.

—¿Crees que eso los intimidaría? ¿De verdad van a creer que sabemos manejar las armas?

—Lo más probable es que no. Así que llevemos armas que no requieran saber disparar bien. Escopetas, por ejemplo.

—¿Y de dónde sacamos las escopetas? —preguntó Anson.

—Las compramos en una armería, en Wal-Mart, donde sea.

—¿Te las venden al instante? ¿No hay un período de espera?

—No creo. Sólo para las armas sofisticadas.

—Tendremos que practicar con ellas.

—No mucho. Sólo lo suficiente como para sentirnos más o menos seguros.

—Quizás podamos buscar un lugar por la autopista Ortega. Una vez que tengamos las armas, digo. Ahí todavía hay un trozo de desierto que no han llenado de casas. Podríamos encontrar un lugar deshabitado y disparar unos tiros, para practicar.

Mitch condujo un rato sin hablar, Anson lo acompañaba en el silencio. Al este, se veían las colinas tachonadas de luces de casas de lujo, al oeste, sólo mar negro y cielo negro. Ya no se distinguía la línea del horizonte que separaba a uno de otro, y el mar y el cielo se fundían en un gran vacío profundamente oscuro.

—No me parece muy realista. Lo de las escopetas, digo.

—Parece de película, sí —concedió Anson.

—Yo soy jardinero, y tú, experto en lingüística.

—En cualquier caso —dijo Anson—, no creo que los secuestradores vayan a permitirnos poner condiciones. El que tiene el poder hace las reglas.

Siguieron en dirección al sur. La zigzagueante autopista subió un trecho antes de descender al centro de Laguna Beach.

Era mediados de marzo y la temporada turística había comenzado. La gente paseaba por las veredas, yendo a cenar, o regresando, mirando las vidrieras de las tiendas y galerías comerciales, ya cerradas.

Cuando su hermano sugirió que se detuvieran a comer algo, Mitch le dijo que no tenía hambre.

—Debes comer —insistió Anson.

—¿De qué vamos a hablar mientras cenamos? ¿De deportes? No es prudente que nadie nos oiga charlando sobre esto.

—Comeremos en el coche.

Mitch estacionó frente a un restaurante chino. En la vidriera, un dragón pintado agitaba su melena de escamas.

Mientras Anson esperaba en el automóvil, Mitch entró. La muchacha del mostrador de comidas para llevar le dijo que su encargo estaría listo en diez minutos.

La animada conversación de los que comían le puso los nervios de punta. Su despreocupada risa le producía un vago resentimiento.

Los aromas de las diversas comidas con muchos condimentos le abrieron el apetito. Pero el fragante aire no tardó en volvérsele oprimente, cargado; la boca se le resecó y se le agrió.

Holly seguía en manos de los asesinos.

La habían golpeado.

La habían hecho gritar, para que lo oyera él y para que lo oyera Anson.

Pedir comida china para llevar, cenar, ocuparse de cualquier tarea de la vida cotidiana, le hacía sentirse traidor hacia Holly, era como si le quitara importancia a tan desesperada situación.

Si había oído las amenazas que le lanzaron a Mitch por teléfono, que le amputarían los dedos, que le cortarían la lengua, su miedo debía de ser insoportable, desolador.

Cuando imaginó ese miedo incesante y pensó en ella atada en la oscuridad, la docilidad surgida de su indefensión empezó por fin a ser reemplazada por la ira, por la rabia. Tenía el rostro encendido, le escocían los ojos, la furia hinchaba su garganta hasta impedirle tragar.

Sintió una envidia irracional por los felices comensales, tan intensa que lo hizo desear derribarlos de sus sillas, romperles la cara.

La ordenada decoración lo ofendía. Su vida se había sumido en el caos y ardía en deseos de descargar su frustración en un arranque de violencia.

Algún rescoldo secreto y salvaje de su naturaleza, que llevaba mucho tiempo quemándole, se encendió en una deflagración total, colmándolo de deseo de descolgar los multicolores farolillos, desgarrar los biombos de papel de arroz, arrancar de los muros las letras chinas barnizadas de rojo y arrojarlas, haciéndolas girar como las estrellas arrojadizas que se usan en las artes marciales, para que cortaran, hirieran y destrozaran todo lo que se cruzara en sus caminos. Sentía unas irresistibles ganas de romper mesas, sillas y ventanas.

La muchacha del mostrador que le presentó las dos bolsas blancas que contenían su pedido intuyó la tormenta que bullía en su interior. Abrió mucho los ojos y se puso en guardia.

Hacía sólo una semana, en una pizzería, un cliente desequilibrado había disparado a discreción, matando al cajero y a dos camareros antes de que otro cliente, un policía fuera de servicio, lo abatiera de dos tiros. Era probable que la muchacha estuviera reviviendo en su mente los reportajes de la televisión sobre esa masacre.

Al notar que la muchacha se asustaba, Mitch reaccionó, y bajó un escalón, de la furia al enojo y, después, a una pasiva desesperanza, que hizo que se aliviase su tensión arterial y se acallara el constante tronar de su corazón.

Salió del restaurante a la tibia noche primaveral y vio que, en el Expedition, su hermano hablaba por el celular.

Cuando Mitch subió y se sentó en el asiento del conductor, Anson terminó la llamada. Mitch se interesó por esa charla.

—¿Eran ellos?

—No. Es un tipo con quien creo que deberíamos hablar.

—¿Qué tipo? —preguntó Mitch, dándole la bolsa más grande a su hermano.

—Estamos en aguas profundas y rodeados de tiburones. No tenemos manera de enfrentarnos a ellos. Necesitamos que nos aconseje alguien que sepa cómo evitar que nos coman como a indefensos peces.

Aunque antes le había dado a su hermano la opción de acudir a las autoridades, ahora Mitch se alarmó.

—La matarán si se lo contamos a alguien.

—Dijeron que nada de policías. No iremos a la policía.

—Así y todo, me pone nervioso.

—Mickey, comprendo muy bien los riesgos. Esto es como si nos viéramos obligados a tocar un violín cuyas cuerdas estuvieran conectadas a una bomba. Estamos jodidos de todas maneras, pero al menos tratemos de sacarle música.

Cansado de sentirse impotente, convencido de que si obedecía dócilmente a los secuestradores ellos se lo pagarían con desprecio y crueldad, Mitch aceptó.

—Muy bien. Pero ¿qué ocurre si nos están oyendo en este preciso momento?

—No nos están oyendo. Para poner micrófonos en un coche y oír en tiempo real, ¿no tendrían acaso que poner más de un dispositivo? ¿No tendrían que acompañarlo de un transmisor y una fuente de alimentación?

—¿Tendrían que hacer eso? ¿Cómo quieres que lo sepa?

—Yo creo que sí. Sería demasiado equipo, demasiado voluminoso, demasiado complicado como para esconderlo con facilidad o instalarlo rápidamente.

Usando con destreza los palillos chinos, Anson comió carne estilo Szechuan de una caja y arroz con hongos de otra.

—¿Y si usan micrófonos direccionales?

—He visto las mismas películas que tú —dijo Anson—. Los micros direccionales funcionan mejor cuando no hay viento. Mira los árboles. Hay mucha brisa esta noche.

Mitch comió *moo goo gai pan* con un tenedor de plástico. Detestaba el hecho de que la comida fuese deliciosa, como si tragarse un alimento insípido hubiera demostrado mayor fidelidad hacia Holly.

—Además —dijo Anson—, los micrófonos direccionales no funcionan entre dos vehículos en movimiento.

—Entonces, no hablemos hasta que no estemos en movimiento.

—Mickey, la línea que separa las precauciones sensatas y la paranoia es muy delgada.

—Hace horas que crucé esa línea y te aseguro que ya no puedo regresar.

# Capítulo
## 23

El *moo goo gai pan* le dejó a Mitch un desagradable regusto que intentó quitarse, en vano, con un refresco, mientras conducía.

Se dirigió al sur por la autopista de la costa. Construcciones y árboles ocultaban el mar casi todo el tiempo, aunque por momentos se podía atisbar una negrura abismal.

Anson iba sorbiendo té con limón de un vaso alto de papel.

—Se llama Campbell. Perteneció al FBI.

—Es justamente la clase de persona a quien no podemos acudir —replicó Mitch, alterado.

—Dije «perteneció», Mickey. Es un ex agente del FBI. Resultó gravemente herido de un balazo a los veintiocho años. Otros se hubiesen dedicado a vivir de su pensión de invalidez, pero él se construyó un pequeño imperio.

—¿Y si pusieron un dispositivo de rastreo en el Expedition y se enteran de que estamos asociados con un ex agente del FBI?

—No tienen forma de saber que lo es. Si saben algo de él, es que hicimos juntos un importante negocio hace pocos años. Supondrán que estamos reuniendo el rescate.

Los neumáticos bramaban sobre el asfalto, pero a Mitch le parecía que la autopista sobre la que iban no era más consistente que la película de agua de la superficie de un estanque, sobre la que un mosquito podía pasear despreocupadamente hasta que un pez saliese a alimentarse y lo atrapara.

—Sé qué tierra necesitan las buganvillas, cuánta luz solar requieren los gladiolos —dijo—. Y sé otras muchas cosas, pero todo esto es como un mundo nuevo, otro universo para mí.

—También para mí, Mickey. Por eso necesitamos ayuda. Nadie tiene más conocimiento del mundo real, ni domina tan bien la calle como Julian Campbell.

Mitch comenzaba a sentir que cada decisión que debían tomar era como accionar el interruptor del detonador de una bomba y que la elección equivocada podía pulverizar a su esposa.

Si todo seguía así, acabaría preocupándose tanto que quedaría paralizado. La inacción no salvaría a Holly. La indecisión podía matarla.

—Muy bien —cedió—. ¿Dónde vive ese Campbell?

—Toma la interestatal. Vamos hacia el sur, a Rancho Santa Fe.

Rancho Santa Fe, al este-noreste de San Diego, era una comunidad de hoteles de cuatro estrellas, campos de golf y quintas para multimillonarios.

—Dale gas —añadió Anson— y estaremos ahí en noventa minutos.

Cuando estaban juntos, se sentían cómodos permaneciendo en silencio, tal vez porque ambos, de niños, habían pasado mucho tiempo, por separado, y solos, en el cuarto de aprendizaje. Esa habitación estaba mejor aislada que un estudio de radio. No entraba ni un sonido del mundo exterior.

Los silencios de Mitch y de su hermano durante el viaje eran diferentes. El del menor era un agitarse en vano en el vacío, como un astronauta que, sin poder hablar, se precipitara en un abismo sin gravedad. El de Anson era el silencio propio de un pensamiento febril, pero ordenado. Su mente recorría cadenas de razonamiento deductivo e inductivo a más velocidad que cualquier computadora, y sin el zumbido del motor eléctrico.

Llevaban veinte minutos en la interestatal cuando Anson rompió el silencio.

—¿Sientes a veces como si te hubiesen tenido de rehén durante toda tu infancia?

—Si no fuera por ti —respondió Mitch—, los odiaría.

—Yo a veces sí los odio. Con intensidad, pero por poco tiempo. Hacerlo largo rato sería como desperdiciar tu vida odiando a Santa Claus porque no existe.

—¿Te acuerdas de cuando me atraparon con un ejemplar de *La telaraña de Charlotte*?

—Tenías casi nueve años. Pasaste veinte días en el cuarto de aprendizaje.

Anson citó a Daniel:

—«La fantasía es la puerta de entrada a la superstición».

—Animales que hablan, un cerdo humilde, una araña inteligente.

—«Una influencia corruptora» —siguió Anson—. «El primer paso en una vida de irracionalidad y creencias sin fundamento».

Su padre no veía que hubiera misterio en la naturaleza. Para él, sólo era una máquina ecológica.

—Habría sido mejor que nos pegaran —afirmó Mitch.

—Mucho mejor. Moretones, huesos rotos... Ésas son las cosas que llaman la atención del Servicio de Protección a la Infancia. De la otra forma estábamos indefensos del todo.

Tras otro silencio, Mitch añadió:

—Connie en Chicago, Megan en Atlanta, Portia en Birmingham. ¿Por qué tú y yo seguimos aquí?

—Quizás nos agrada el clima. O tal vez no creemos que la distancia cure. Quizás sentimos que nos quedan cuestiones por resolver.

La última explicación tenía sentido para Mitch. A menudo había pensado qué les diría a sus padres si se presentaba la ocasión de cuestionar la disparidad entre sus intenciones y sus métodos, o la crueldad que implicaba tratar de despojar a niños de su sentido de lo maravilloso.

Cuando dejó la interestatal y condujo tierra adentro por carreteras estatales, polillas del desierto se arremolinaron en torno al coche, blancas como copos de nieve a la luz de los faros. Se estrellaban contra el parabrisas.

Julian Campbell vivía detrás de unos muros, en los que se abría un imponente portón de hierro encajado en un enorme marco de piedra caliza. Las jambas tenían intrincadas tallas que simulaban frondosas enredaderas que se alzaban hasta unirse y formar una guirnalda gigantesca en el dintel.

—Este portón —dijo Mitch— debe de haber costado tanto como mi casa.

—El doble —le aseguró Anson.

# Capítulo
## 24

A la izquierda de la entrada principal se veía una garita incorporada al muro de bloques de piedra. Su puerta se abrió cuando el Expedition se detuvo. Un joven alto, enfundado en un traje negro, salió y se les acercó.

Sus ojos claros escrutaron a Mitch con la facilidad con que lo hace el escáner de una caja registradora con el código de barras de un producto.

—Buenas noches, señor. —Enseguida pasó su mirada de Mitch a Anson—. Es un gusto verlo, señor Rafferty.

Sin que Mitch oyese que produjeran sonido alguno, las dos hojas del ornado portón de hierro se abrieron hacia dentro. Se vio un camino de entrada de dos sentidos, empedrado con adoquines de cuarcita y flanqueado por majestuosas dátileras. Cada uno de los árboles estaba iluminado desde abajo, y sus ramas formaban un dosel sobre la calzada.

Al entrar a la quinta conduciendo el coche, sintió como si todo hubiese sido perdonado en el mundo y el edén hubiera sido restaurado.

El camino de acceso a la quinta recorría cuatrocientos metros. Vastos prados y jardines, mágicamente iluminados, se perdían en el misterio de la oscuridad a uno y otro lado.

—Siete hectáreas ajardinadas —comentó Anson.

—Sólo para mantenerlas, debe de haber al menos doce empleados.

—Estoy seguro de que los hay.

Con techos de teja rojos, muros de piedra caliza, ventanas radiantes de luz dorada, columnas, balaustradas y terrazas, el arquitecto había logrado crear tanta belleza como majestuosidad. La casa, de estilo italiano, tan grande que debería intimidar, parecía, pese a todo, acogedora.

En su extremo, el camino trazaba un círculo en torno a un estanque en el que se reflejaba la casa. En el centro tenía una fuente de donde surgían chorros que se entrecruzaban en un rocío de monedas de plata, que formaba arcos centelleantes en la noche. Mitch estacionó a su vera.

—¿Este tipo tiene permiso para imprimir dinero?

—Se dedica a la industria del entretenimiento. Películas, casinos, lo que se te ocurra.

Aquel esplendor abrumaba a Mitch, pero también le daba esperanzas de que Julian Campbell pudiera ayudarlos. Para construir semejante fortuna tras haber sido gravemente herido y dado de baja del FBI por incapacidad permanente, para haber recibido tan malas cartas y, sin embargo, haber ganado la partida, Campbell debía de ser tan astuto como Anson había asegurado.

Un hombre de cabello plateado y aspecto de mayordomo los recibió en el atrio, dijo que se llamaba Winslow y los hizo pasar.

Siguieron a Winslow por un inmenso recibidor de mármol blanco, cuyo techo artesonado tenía elementos decorativos dorados en forma de hojas. Tras pasar por una sala de estar que medía al menos dieciocho por veinticuatro metros, llegaron al fin a una biblioteca donde predominaba, deslumbrante, la madera de caoba.

Respondiendo a una pregunta de Mitch, Winslow reveló que la colección de libros constaba de sesenta mil volúmenes.

—El señor Campbell estará con ustedes en un momento —dijo antes de retirarse.

En la biblioteca, que tenía más metros cuadrados que el bungaló de Mitch, había una docena de lugares con sofás y sillones para sentarse a leer.

Se sentaron en sillones enfrentados, separados por una mesita auxiliar.

Anson suspiró.

—Hicimos lo correcto.

—Si él es al menos la mitad de impresionante que su casa...

—Julian es el mejor, Mitch.

—Te debe apreciar mucho para darte cita con tan poca antelación y después de las diez de la noche.

Anson sonrió con amargura.

—¿Qué dirían Daniel y Kathy si yo rechazara tu elogio con unas pocas palabras modestas?

—«La modestia está vinculada a la inseguridad —citó Mitch—. La inseguridad, a la timidez. Timidez es una manera de decir temor. El temor es lo que caracteriza a los mansos. Y quienes heredan la tierra no son los mansos, sino aquellos que confían en sí mismos y se hacen valer».

—Te amo, hermanito. Me asombras.

—Estoy seguro de que también tú podrías citarlo al pie de la letra.

—No me refiero a eso. Fuiste criado en la caja Skinner, en el laberinto para ratas, y sin embargo quizás seas la persona más modesta que conozco.

—Tengo mis problemas —le aseguró Mitch—. Muchos.

—¿Ves? Cuando te digo que eres modesto, respondes criticándote a ti mismo.

Mitch sonrió.

—Se ve que no aprendí mucho en el cuarto de aprendizaje.

—Para mí, el cuarto de aprendizaje no fue lo peor —dijo Anson—. Lo que nunca lograré arrancar de mi mente es el juego de la vergüenza.

El recuerdo sonrojó el rostro de Mitch.

—«La vergüenza no cumple una función social. Revela una mentalidad supersticiosa».

—¿Cuándo fue la primera vez que te hicieron practicar el juego de la vergüenza, Mickey?

—Creo que tenía unos cinco años.

—¿Cuántas veces lo jugaste?

—Diría que un total de media docena.

—Por cuanto recuerdo, a mí me lo hicieron jugar once veces, la última a los trece años.

Mitch hizo una mueca.

—Cómo no recordarlo, hermano. Debiste hacerlo durante una semana completa.

—Vivir desnudo las veinticuatro horas, todos los días, mientras los demás habitantes de la casa andaban vestidos. Que se te exigiera que respondieras frente a todos las preguntas más embarazosas, más íntimas, acerca de tus pensamientos, hábitos y deseos privados. Ser observado por otros dos integrantes de la familia, al menos uno de ellos, una hermana, cada vez que ibas al baño. Que no se te permitiera ni el más mínimo momento de privacidad... ¿Eso te curó de la vergüenza, Mickey?

—Mira mi rostro —dijo Mitch.

—Se podría encender una vela en tu rubor. —Anson rió suavemente, con una risa cálida—. No le vamos a regalar nada para el día del padre.

—¿Ni siquiera un frasco de agua de colonia? —preguntó Mitch.

Era una broma habitual que compartían desde la infancia.

—Ni siquiera una bacinilla para que mee —dijo Anson.

—¿Y si le regalamos la meada, pero no la bacinilla?

—¿Y con qué la envolveríamos?

—Con amor —respondió Mitch, y se sonrieron el uno al otro.

—Estoy orgulloso de ti, Mitch. Les ganaste. No te ocurrió lo que a mí.

—¿Qué te sucedió a ti?

—Me quebrantaron, Mitch. No tengo vergüenza, ni sentido de culpa. —Anson sacó una pistola del interior de su abrigo deportivo.

# Capítulo
## 25

Mitch siguió sonriendo, a la espera del remate, como si supiera que la pistola resultaría ser, no un arma, sino un encendedor o un objeto de tienda de artículos de broma que disparaba burbujas.

Si el mar salado pudiese congelarse sin perder su color, tendría el matiz de los ojos de Anson. Eran tan claros como siempre, tan directos como de costumbre, pero, además, estaban teñidos de algo que Mitch nunca había visto, que no podía o quizás no quería identificar.

—Dos millones. Lo cierto es que —Anson hablaba casi con tristeza, sin mordacidad ni rencor— no pagaría dos millones ni para rescatarte a ti, así que Holly estaba muerta desde el momento mismo en que se la llevaron.

El rostro de Mitch se endureció como el mármol y su garganta pareció llenarse de piedras que le impedían hablar.

—A veces, algunas personas para las que he hecho trabajos de consultoría se encuentran frente a una oportunidad que no supone más que migajas para ellos, pero son un festín para mí. No es mi trabajo habitual, hablo de cosas claramente delictivas.

Mitch luchó angustiosamente para centrar la atención en lo que su hermano le decía, pues su cabeza estaba aturdida por el estruendo de la caída de las ideas de toda una vida, que se derrumbaban como un montón de maderos roídos por las termitas.

—Los que secuestraron a Holly son el equipo que reuní para uno de esos trabajos. En él ganaron mucho, pero se enteraron de que mi parte había sido mayor de lo que les dije, y se volvieron codiciosos.

De modo que Holly había sido secuestrada no sólo porque Anson tenía suficiente dinero como para rescatarla, sino también porque o, mejor dicho, ante todo porque Anson había estafado a sus raptores.

—Tienen miedo de ir directamente por mí. Soy muy valioso para algunas personas serias, que matarían a cualquiera que me liquidara a mí.

Mitch supuso que no tardaría en conocer a una de esas «personas serias», pero fuera cual fuese la amenaza que representaran, ésta nunca sería igual a la devastación que le produjo la inesperada traición.

—Por teléfono —reveló Anson— dijeron que si no pago el rescate por Holly la matarán y luego, un día, te pegarán un tiro en la calle, como hicieron con Jason Osteen. Pobres idiotas. Creen que me conocen, pero no saben cómo soy en realidad. Nadie lo sabe.

Mitch se estremeció, pues su paisaje mental se había vuelto invernal; sus pensamientos eran una tormenta de nieve, un huracán glacial e implacable.

—Por cierto, Jason era uno de ellos. El dulce, descerebrado, Breezer. Creía que sus compinches iban a dispararle al perro para hacerte entender cómo son las cosas. Al dispararle a él, dieron un aviso más claro y, de paso, se aseguraron de que hubiese más para repartir entre los socios que quedaban.

Por supuesto, Anson había conocido a Jason durante tanto tiempo como Mitch. Pero, evidentemente, Anson se había mantenido en contacto con Jason mucho después de que Mitch le perdiera el rastro a su ex compañero de departamento.

—¿Quieres decirme alguna cosa, Mitch?

Otro hombre, en esa posición, quizás habría soltado mil preguntas airadas y otras tantas invectivas amargas. Pero Mitch se quedó helado. Acababa de experimentar una gran conmoción en sus ámbitos emocionales e intelectuales. Su visión de la vida, ecuatorial hasta ese momento, se había tornado ártica en un instante. El paisaje de esta nueva realidad le era desconocido, y este hombre que tanto se parecía a su hermano no era el hermano que había conocido, sino un extraño. Eran como extranjeros el uno para el otro, sin una lengua común, solos en una llanura desolada.

Anson pareció tomar el silencio de Mitch como un desafío, una afrenta, incluso. Inclinándose hacia delante en su sillón, lo escrutaba en busca de una reacción. Pero habló con la voz fraternal que siempre usara, como si su lengua estuviese tan acostumbrada a los suaves tonos del engaño que no pudiera volverla más áspera para la ocasión.

—Para que no vayas a creer que significas menos para mí que Megan, Connie y Portia, debo aclararte algo. No les di dinero para que comenzaran sus empresas. Era mentira, hermano. Te estaba manipulando.

Como estaba claro que quería una respuesta, Mitch no se la dio.

Un hombre que sufre de fiebre puede sentir escalofríos, y, aunque la mirada de Anson seguía siendo glacial, su intensidad revelaba la febril agitación de su mente.

—Dos millones no me dejarían en la ruina, hermano. La verdad es que... Tengo casi ocho.

Desde detrás del robusto encanto de aquel hombre asomaba otro ser y Mitch sintió, sin entender del todo de qué se trataba, que, aunque él y su hermano estaban solos en la habitación, de hecho, había alguien más con ellos.

—Me compré el yate en marzo —dijo Anson—. Para septiembre, estaré manejando mi servicio de consultoría desde el mar, vía satélite. Libertad. Me la gané, y nadie me va a quitar ni dos centavos de ella.

La puerta de la biblioteca se cerró. Alguien había llegado... Y quería privacidad para lo que vendría a continuación.

Levantándose de su asiento, con la pistola lista, Anson trató una vez más de pinchar a Mitch para que reaccionara.

—Tal vez te consuele el hecho de que, ahora, para Holly no terminará todo el miércoles a medianoche, sino antes.

Apareció un hombre alto, con un porte y un aspecto felino que hacían imaginar que alguno de sus ancestros se había cruzado con una pantera. Sus ojos, metálicos y grises, brillaban de curiosidad, y alzaba la nariz como si husmeara un rastro.

Anson se dirigió de nuevo a Mitch.

—Cuando yo no responda a la llamada que harán a casa a mediodía y cuando tú no los atiendas en tu celular, se darán cuenta de que no pueden presionarme. La matarán, la tirarán por ahí y huirán.

El hombre lleno de confianza llevaba mocasines, pantalones de seda negra y una camisa, también de seda, de un gris como el de sus ojos. Un Rolex de oro brillaba en su muñeca izquierda, y sus uñas, muy cuidadas, estaban tan pulidas que brillaban.

—No la torturarán —continuó Anson—. Eso era para asustarte. Es probable que ni siquiera la violen antes de matarla, aunque, si yo fuese ellos, lo haría.

Dos hombres fornidos se pusieron a uno y otro lado del sillón de Mitch. Ambos llevaban pistolas con silenciadores. Sus ojos eran como los que, por lo general, sólo se ven desde el exterior de una jaula.

—Tiene un arma en la cintura —les dijo Anson. Luego miró a Mitch—. La sentí al abrazarte, hermano.

Mitch se preguntó, recapitulando, por qué no le había mencionado la pistola a su hermano cuando iban en el Expedition en marcha y era poco probable que los oyeran. Tal vez en las más hondas catacumbas de su mente estuviese sepultada una desconfianza hacia Anson que no había sido capaz de reconocer.

Uno de los pistoleros tenía la cara desfigurada. El acné había picado su rostro como los pulgones lo hacen con una hoja. Le dijo a Mitch que se levantara, y éste se incorporó de su sillón.

El otro pistolero le alzó el faldón del abrigo deportivo y le quitó la pistola.

Cuando le dijeron que se sentara, Mitch obedeció. Le habló por fin a Anson.

—Me das pena. ––Y era cierto, aunque era una triste sensación de pena, que contenía alguna compasión pero ninguna ternura, como si le hubiesen quitado la misericordia, sustituyéndola por simple repulsión.

Fuera cual fuese la naturaleza de esa pena, Anson no la quería. Había dicho que se enorgullecía de Mickey porque éste no había sido moldeado en la fragua de sus padres, mientras que él sentía que lo habían quebrantado. Eran mentiras, el aceite lubricante que usaba el manipulador.

Lo único que lo enorgullecía era su propia astucia, su carácter implacable. Ante la declaración de Mitch, el desdén oscureció los ojos de Anson, y ese desprecio evidente endureció todavía más la expresión brutal de su semblante.

Intuyendo al parecer que Anson estaba lo suficientemente ofendido como para cometer una imprudencia, el hombre vestido de seda alzó una mano para prohibirle que disparara; el Rolex de oro centelleó.

—Aquí no.

Tras un titubeo, Anson colocó la pistola en la funda que llevaba junto al hombro, por debajo del abrigo deportivo.

Sin que Mitch las buscara, las ocho palabras que el detective Taggart le dijera hacía ocho horas acudieron a su mente. Aunque no sabía cuál era su fuente, ni terminaba de entender qué las hacía tan apropiadas para ese momento, se sintió obligado a decirlas.

—Oigo cómo la sangre clama desde el suelo.

Durante un instante, Anson y sus cómplices se quedaron tan inmóviles como las figuras de un cuadro. Un pesado silencio cayó sobre la biblioteca, el aire quedó inmóvil y la noche se agazapó frente a las puertas acristaladas. Anson abandonó la habitación. Los dos pistoleros retrocedieron unos pasos, manteniéndose alerta, mientras el hombre vestido de seda se sentaba sobre el brazo del sillón del que el hermano mayor se acababa de levantar.

—Mitch —dijo—, has sido toda una decepción para tu hermano.

# Capítulo
# 26

Julian Campbell irradiaba un fulgor dorado que sólo podía haber obtenido de una cámara de rayos uva propia, un físico esculpido que denotaba que tenía gimnasio privado y entrenador personal y un rostro sin arrugas que, para tratarse de un hombre de cincuenta años, hacía suponer que tenía un cirujano plástico a sueldo.

No se apreciaba rastro visible de la herida que había terminado con su carrera en el FBI, ni ningún indicio de discapacidad. Era evidente que su triunfo sobre las heridas era tan grande como su éxito económico.

—Mitch, siento curiosidad.

—¿Acerca de qué?

—Soy un hombre práctico —dijo, sin responderle—. En mi actividad, hago lo que debo hacer y no tengo problemas para dormir.

Mitch interpretó que estas palabras significaban que Campbell no permitía que la culpa lo atormentara.

—Conozco a muchos hombres que hacen lo que se debe hacer. Hombres prácticos.

Al cabo de trece horas y media, los secuestradores llamarían a la casa de Anson. Si Mitch no estaba allí para atenderlos, matarían a Holly.

—Pero ésta es la primera vez que veo que un hombre traiciona a su hermano sólo para demostrar que es el más duro de los duros.

—Lo hace por dinero —lo corrigió Mitch.

Campbell meneó la cabeza.

—No. Anson me podría haber pedido que les diese una lección a esos mariquitas. No son tan duros como creen.

Por debajo de aquel intenso momento, el más oscuro del siniestro día, parecía haber algo aún más oscuro.

—En doce horas, podríamos haber hecho que fueran ellos quienes viniesen a suplicar que les permitamos pagar una cantidad para devolver a tu esposa indemne.

Mitch esperó. En ese momento no podía hacer otra cosa que esperar.

—Esta gente tiene madre. Le quemamos la casa a una mami, le rompemos, tal vez, la cara a otra, como para que necesite un año de cirugía reconstructiva, y...

Campbell hablaba con un tono frío y objetivo, más adecuado para la descripción de un negocio de bienes raíces.

—Uno de ellos tiene una hija, de una ex mujer. Significa algo para él. Detenemos a la niña cuando está regresando de la escuela, la desnudamos, le prendemos fuego a su ropa. Le decimos a su papi que la próxima vez quemamos a la pequeña Suzie junto a sus prendas...

Antes, en su ingenuidad, Mitch había anhelado que metieran a Iggy en este embrollo para salvar a Anson. Ahora se preguntaba si habría estado dispuesto a permitir que otras personas inocentes fuesen golpeadas, quemadas y maltratadas para salvar a Holly. Tal vez debiera sentirse agradecido porque no se lo hubiesen ofrecido.

—Si les diésemos un susto a doce de los suyos en otras tantas horas, esos mariquitas mandarían a tu esposa a casa con sus disculpas y un vale de compras en Nordstrom, para un guardarropa completo.

Los dos pistoleros no despegaban los ojos de Mitch.

—Pero Anson —continuó Campbell— quiere dejar las cosas claras para que nadie nunca lo vuelva a subestimar. De forma indirecta, ese mensaje también va destinado a mí. Y debo decir que estoy impresionado.

Mitch no podía permitir que notaran la verdadera intensidad de su terror. Si lo hacían, darían por sentado que el miedo extremo podía volverlo temerario, y lo vigilarían con más diligencia todavía.

Debía mostrarse asustado, claro, pero, más que asustado, desesperado. Un hombre en las garras de la desesperación, que ha abandonado toda esperanza, no es un hombre que tenga voluntad de pelear.

—Siento curiosidad —repitió Campbell, regresando al fin a donde comenzara—. Para que tu hermano fuera capaz de hacerte esto, ¿qué le hiciste tú a él?

—Lo amé —dijo Mitch.

Campbell contempló a Mitch del mismo modo en que una grulla metida en el agua observa a un pez que ve pasar, y después sonrió.

—Sí, eso lo explica. ¿Qué haría si un día se encuentra con que el sentimiento es mutuo?

—Siempre quiso llegar lejos y llegar pronto.

—Los sentimientos son un lastre —dijo Campbell.

Mitch habló con una voz que la desesperanza aplastaba.

—Oh, son una cadena y un ancla.

De la mesita donde uno de los pistoleros la había puesto, Campbell recogió la pistola que le quitaran a Mitch.

—¿Alguna vez la disparaste?

Mitch estuvo a punto de decir que no, pero se dio cuenta de que faltaba una bala en el cargador, el disparo con que Knox se había matado por accidente.

—Una. La disparé una vez. Para ver qué se siente.

Divertido, Campbell siguió preguntando.

—¿Y te dio miedo?

—Bastante.

—Tu hermano dice que no eres hombre de armas.

—Me conoce mejor que yo a él.

—¿Y de dónde la sacaste?

—Mi mujer pensaba que hay que tener una en la casa.

—Cuánta razón tenía.

—Nunca salió del cajón de la mesita —mintió Mitch.

Campbell se levantó. Extendiendo el brazo derecho en toda su longitud, apuntó la pistola al rostro de Mitch.

—De pie.

Mirando el ojo ciego de la pistola, Mitch se levantó del sillón.

Los dos pistoleros sin nombre adoptaron nuevas posiciones, como si tuvieran intención de abatir a Mitch con fuego cruzado.

—Quítate el abrigo y ponlo sobre la mesa —ordenó Campbell.

Mitch hizo lo que le decía y, obedeciendo una nueva orden, se vació los bolsillos de los pantalones. Puso su llavero, su billetera y un par de Kleenex plegados sobre la mesa.

Tuvo recuerdos de la niñez, cuando lo sumían durante días en la oscuridad y el silencio. En lugar de concentrarse en la simple lección que su cautiverio supuestamente debía enseñarle, había mantenido conversaciones imaginarias con una araña llamada Charlotte, un cerdo llamado Wilbur, una rata llamada Templeton. Eso era lo más cerca que había estado de ser un rebelde en toda su vida.

Dudaba que aquellos hombres fueran a dispararle mientras estuviesen en la casa. La sangre, aunque se limpia con facilidad hasta que deja de distinguirse a simple vista, deja una huella proteínica que productos químicos y luces especiales pueden descubrir.

Uno de los pistoleros tomó el abrigo de Mitch y le registró los bolsillos. Sólo encontró el celular.

—¿Cómo pasaste de ser un héroe del FBI a esto? —preguntó Mitch a su forzoso anfitrión.

El desconcierto de Campbell fue breve.

—¿Ése es el cuento que te largó Anson para que vinieras? ¿Julian Campbell, héroe del FBI?

Aunque los pistoleros parecían tan graciosos como unos escarabajos, el de la piel sin arrugas rió y el otro sonrió.

—Probablemente, tampoco hayas ganado tu dinero en la industria del ocio y el entretenimiento.

—¿Entretenimiento? Podría decirse que eso es verdad —dijo Campbell— si tu definición de «entretenimiento» es flexible.

El pistolero marcado por el acné sacó una bolsa de basura del bolsillo trasero del pantalón. La sacudió para desplegarla.

Campbell prosiguió.

—Escucha, Mitch, si Anson te dijo que estos dos caballeros son aspirantes al sacerdocio, te advierto que no es así.

Los escarabajos volvieron a mostrarse divertidos.

El pistolero de la bolsa la llenó con el abrigo deportivo, el celular y los demás artículos que le habían quitado a Mitch. Antes de meter la billetera, sacó el dinero que contenía y se lo dio a Campbell.

Mitch permanecía de pie, aguardando.

Ahora, los tres hombres se mostraban más relajados que antes. Ya lo conocían.

Era el hermano de Anson, pero sólo tenían en común los genes familiares. Era un fugitivo, no un cazador. Obedecería. Sabían que no podía presentar una resistencia efectiva. Se replegaría en sí mismo. En todo caso, suplicaría.

Lo conocían, sabían a qué clase de gente pertenecía. Una vez que el pistolero terminó de meter sus cosas en la bolsa de basura, sacó unas esposas.

Antes de que le dijesen a Mitch que extendiera las manos, las ofreció.

El de las esposas vaciló, Campbell se encogió de hombros. El otro las cerró, con un chasquido, sobre las muñecas de Mitch.

—Pareces muy cansado —dijo Campbell.

—Tanto, que me extraña seguir en pie.

—A veces es así.

Mitch ni se molestó en poner a prueba las esposas. Le quedaban apretadas y la cadena que las unía era corta.

Mientras Campbell contaba el dinero que habían sacado de la billetera de Mitch, su voz era casi tierna.

—Quizás, hasta te duermas por el camino.

—¿Dónde vamos?

—Conocí a un tipo que se durmió una noche, durante un paseo como el que estás a punto de dar. Casi me dio pena despertarlo cuando llegamos a destino.

—¿Tú vienes?

—Oh, hace años que no lo hago. Me quedaré aquí, con mis libros. No me necesitas. Estarás bien. Al final, todos lo están.

Mitch miró los estantes llenos de libros.

—¿Has leído alguno?

—Los de historia. Me fascina la historia, la forma en que casi nadie aprende de ella.

—¿Tú sí aprendiste de ella?

—Yo soy historia. Soy aquello que nadie quiere aprender.

Las manos de Campbell, diestras como las de un mago, doblaron el dinero de Mitch para meterlo en su propia billetera, con una economía de movimientos que tenía algo de teatral.

—Estos caballeros te llevarán al pabellón de coches. No por la casa, sino por los jardines.

Mitch supuso que las doncellas y el mayordomo, es decir, el personal de servicio, ignoraban la parte oscura de los negocios de Campbell o procuraban fingir que no existía.

—Adiós, Mitch. Estarás bien. Ya falta poco. Quizás hasta cabecees por el camino.

Flanqueando a Mitch, llevándolo cada uno de un brazo, los pistoleros lo hicieron salir por las puertas acristaladas. El de la cara desfigurada, a su derecha, le apretó el cañón de la pistola contra el costado, no con crueldad, sino a modo de recordatorio.

Justo antes de cruzar el umbral, Mitch miró hacia atrás y vio a Campbell de pie frente a un estante, recorriendo los libros con la mirada. Tenía la gracia y el aplomo de un bailarín de ballet en un momento de descanso.

Parecía estar escogiendo un libro para llevarse a la cama. O tal vez no a la cama. Las arañas no duermen; la historia, tampoco.

Los matones conducían a Mitch con mano experta. Bajaron unos escalones que llevaban del atrio al parque.

La luna flotaba, ahogada, en la piscina, pálida y ondulante como una aparición.

Tras recorrer senderos del jardín donde croaban sapos ocultos, rodearon una amplia extensión de césped, cruzaron un soto de pitosporos plateados cuyas ramas, que parecían de encaje, centelleaban como peces plateados y llegaron a una construcción grande pero elegante, rodeada de una columnata románticamente iluminada.

La vigilancia de los pistoleros no cejó durante todo el recorrido.

Jazmín del que florece por la noche trepaba por las columnas y festoneaba sus remates.

Mitch respiró lenta y profundamente. La dulce fragancia era tan pesada que casi embriagaba.

Moviéndose con lentitud, un escarabajo de largas antenas cruzó el suelo. Los pistoleros hicieron desviarse a Mitch para que no pisara el insecto.

El pabellón contenía automóviles de las décadas de los treinta y los cuarenta, exquisitamente restaurados. Había modelos de Buick, Lincoln, Packard, Cadillac, Pontiac, Ford, Chevrolet, Kaizer, Studebacker y hasta un Tucker Torpedo. Se mostraban como alhajas, exhibidos bajo conjuntos de luces direccionales minucioamente enfocadas.

Los vehículos de uso cotidiano de la quinta no se guardaban allí. Era evidente que, si lo hubiesen llevado al garaje principal, se arriesgarían a encontrarse con alguien del personal de servicio.

El pistolero de rostro picado sacó un llavero del bolsillo y abrió el baúl de un Chrysler Windsor azul, de mediados de la década de 1940.

—Métete.

No lo matarían en ese lugar por el mismo motivo por el que no lo habían hecho en la biblioteca. Además, no querrían correr el riesgo de dañar el precioso coche.

El baúl era más espacioso que los de los automóviles contemporáneos. Mitch se echó de lado, en posición fetal.

—No puedes abrirlo desde adentro —dijo el de las cicatrices—. En aquellos tiempos no había problemas con la seguridad de los niños.

—Iremos por caminos secundarios —aseguró el otro—, donde no habrá nadie que pueda oírte. Así que no te servirá de nada ponerte a hacer ruido.

El de las cicatrices intervino de nuevo.

—Sólo serviría para hacernos enojar. Entonces, cuando llegásemos seríamos más duros de lo necesario.

—No me agradaría que eso ocurriera.

—No. No te agradaría.

—Ojalá no tuviésemos que hacer esto —dijo Mitch.

—Bueno —comentó el de piel suave—, es lo que hay.

Iluminados a contraluz por los focos, sus rostros se cernían sobre Mitch como dos lunas en sombras, una, con expresión de sosa indiferencia, la otra, tensa y llena de cráteres.

Cerraron el baúl de golpe y la oscuridad se hizo absoluta.

# Capítulo
## 28

Holly yacía en la oscuridad, rezando por que Mitch siguiera con vida.

Temía más por él que por ella. Sus captores usaban grandes lentes de esquí, a modo de máscaras, todo el tiempo, y ella suponía que no se molestarían en ocultar sus rostros si tuviesen intención de matarla.

No es que los usaran para estar más atractivos. A nadie le favorece ese atuendo.

Si estuvieses horriblemente desfigurado, como el fantasma de la ópera, quizás desearías usar lentes de esquí. Pero suponer que cada uno de esos cuatro hombres estaba horriblemente desfigurado desafiaba a la lógica.

Claro que, aunque no tuvieran intención de hacerle daño, algo podía salir mal en sus planes. En un momento crítico, quizás le pegaran un tiro por accidente. O los acontecimientos podían hacer que las intenciones de los secuestradores cambiaran.

Holly, que siempre había sido optimista y que desde la infancia creía que la vida tiene sentido y que la suya no terminaría antes de que descubriera su finalidad, no reflexionaba sobre lo que podría salir mal, sino que se veía a sí misma liberada, sana y salva.

Creía que visualizar el futuro ayudaba a conformarlo. No es que creyera que se puede llegar a ser una actriz famosa con sólo imaginar que se recibe un premio de la Academia. Lo que conduce al éxito no son los deseos, sino el trabajo duro.

Sea como sea, ella no quería ser una actriz famosa. Tendría que pasar mucho tiempo con actores célebres, y la mayor parte de los que están de moda le caían mal.

Cuando quedara libre, comería helado de mazapán y de chocolate hasta sentirse avergonzada o hasta vomitar. El vómito es una afirmación de vida.

Cuando quedara libre, lo celebraría yendo a Baby Style, esa tienda del centro comercial, y comprándose allí el gran oso de peluche que vio hace poco en la vidriera. Era mullido, blanco y muy bonito.

En la infancia y la adolescencia le agradaban los osos de peluche. Y ahora necesitaba uno.

Cuando quedara libre, le haría el amor a Mitch. Cuando terminara con él, creería que lo había atropellado un tren.

Bueno, ésa no es una imagen romántica particularmente acertada. No es la clase de historia que vende millones de novelas de Nicholas Sparks.

«Ella le hizo el amor con cada fibra de su ser, con el cuerpo y el alma, y cuando, al fin, su pasión pasó, él quedó exhausto, destrozado en la habitación, como si se hubiese arrojado al paso de una locomotora».

Verse a sí misma como novelista de éxito mundial hubiese sido desperdiciar esfuerzos. Por fortuna, su objetivo era ser agente inmobiliaria.

Así que rezaba para que su hermoso marido sobreviviera a este trance de terror. Sí, era hermoso en lo físico, pero lo más hermoso que tenía era su bondadoso corazón.

Holly lo amaba por la bondad de su corazón, por su dulzura, pero le preocupaba que algunos aspectos de su dulzura, como, por ejemplo, su tendencia a la resignación, terminaran por matarlo.

Además de dulzura, poseía una fuerza honda y callada, un carácter de acero, que se manifestaba de forma sutil. De no ser así, esos fenómenos de circo que son sus padres lo habrían destruido. Sin eso, Holly no hubiera podido hacer que él la persiguiera hasta el altar.

De modo que rezaba por que se mantuviera fuerte, para que se mantuviera vivo.

Mientras rezaba, mientras meditaba sobre la apariencia que tendrían los secuestradores, la glotonería y el vómito y los osos de peluche grandes y mullidos, no dejaba de trabajar en el clavo del tablón del suelo. Siempre fue hábil haciendo varias cosas a la vez.

La madera del suelo no está pulida. Al parecer, los tablones son lo bastante gruesos como para haber requerido clavos más largos de lo normal.

El clavo que le interesa tiene una gran cabeza plana. El tamaño de la cabeza sugiere que este clavo puede ser lo suficientemente largo como para servir de punzón.

En un apuro, un punzón puede servir de arma.

La cabeza plana del clavo no está unida a la madera. Sobresale algo así como dos milímetros. Este espacio le da la oportunidad de hacer palanca, un punto de apoyo desde donde mover el clavo para uno y otro lado.

Aunque el clavo no está suelto, la perseverancia es una de sus virtudes. Seguirá trabajando sobre el clavo e imaginará que se suelta, para darse ánimos. En algún momento, terminará por desprenderlo del tablón.

Le habría venido bien usar uñas postizas. No quedan mal y, cuando fuera agente inmobiliario, sin duda tendría que usarlas. Unas buenas uñas de material acrílico podrían ser útiles ahora, para lo del punzón.

Por otro lado, quizás se partirían con más facilidad que sus verdaderas uñas. Si así fuese, supondrían una terrible desventaja.

Lo ideal habría sido que, cuando la secuestraron, hubiera tenido uñas artificiales en la mano izquierda y naturales en la derecha. Y los dos incisivos delanteros de acero y separados por un pequeño espacio.

Un grillete colocado en el tobillo y un trozo de cadena unen su pie a una anilla empotrada en el piso. Esto le deja ambas manos libres para trabajar en el clavo, que todavía no ha dado señales de aflojarse.

Los secuestradores han tenido algunas consideraciones con ella, para su comodidad. Le han suministrado un colchón inflable para que se tumbe, un paquete de seis botellas de agua envasada y una bacinilla. Antes, le habían dado media pizza de queso y pimientos.

No es que fueran personas agradables. No lo son.

Cuando necesitaron hacerla gritar para que Mitch la oyera, la golpearon. Cuando necesitaron hacerla gritar para que Anson la oyera, le tiraron del pelo, de forma tan brusca y con tanta fuerza que sintió como si le fuesen a arrancar el cuero cabelludo.

Aunque no se trata de la clase de gente que uno podría encontrarse en la iglesia, no son crueles por pura diversión. Son malos, pero tienen un objetivo comercial, por llamarlo de alguna manera, y en él se concentran.

Uno de ellos es muy malo y además está loco.

Ése es el que le preocupa.

No han compartido sus planes con ella, pero Holly se da cuenta de que la tienen cautiva porque necesitan usar a Mitch para que manipule a Anson.

No sabe por qué ni cómo creen que Anson puede obtener una fortuna para pagar su rescate en nombre de Mitch, pero no la sorprende que quien esté en el centro del torbellino sea él. Hace tiempo que siente que Anson no es sólo lo que parece ser.

Alguna que otra vez, lo ha sorprendido clavándole la mirada con una expresión que el buen hermano de un marido nunca debería adoptar. Cuando se da cuenta de que ha sido descubierto, la lujuria predadora de sus ojos y la expresión hambrienta de su semblante se desvanecen, y son reemplazadas por su habitual encanto. Ocurre de forma tan instantánea que es fácil creer que sólo ella imaginó ese destello de interés salvaje.

A veces, cuando ríe, su alegría le resulta artificial. Parece ser la única que así lo siente. Todos los demás encuentran que la risa de Anson es contagiosa.

Nunca ha comentado a su marido sus dudas respecto a Anson. Cuando conoció a Mitch, él sólo tenía a sus hermanas, dispersas por todos los puntos cardinales, a su hermano y su pasión por trabajar la tierra fértil y hacer crecer las plantas. La intención de Holly siempre fue enriquecer la vida de Mitch, no quitarle nada.

Podría confiar su vida a las fuertes manos de Mitch y a continuación echarse a dormir profundamente. En cierto sentido, en eso consiste un matrimonio, un buen matrimonio, en una total confianza del corazón, de la mente, de la vida misma.

Pero como su suerte también está en manos de Anson, tal vez no se duerma en absoluto, y, si lo hace, seguro que tiene pesadillas.

Remueve, remueve, remueve el clavo hasta que los dedos le duelen. Luego, usa otros dos dedos.

A medida que transcurren los minutos de silenciosa oscuridad, trata de no pensar en cómo un día que comenzó con tanta alegría puede haber desembocado en tan dramáticas circunstancias. Después de que Mitch se fuera a trabajar y antes de que los enmascarados irrumpieran en su cocina, se hizo el test que había adquirido el día anterior, pero que los nervios le habían impedido usar hasta esa mañana. Su menstruación tiene un atraso de nueve días y, según la prueba de embarazo, va a tener un bebé.

Ella y Mitch esperan ese momento desde hace un año. Y llegó justo en este día.

Los secuestradores no son conscientes de que tienen dos vidas a su merced. Mitch no es consciente de que no sólo su esposa sino también su hijo dependen de su astucia y su coraje. Pero Holly sí lo sabe, y ese conocimiento es al mismo tiempo un gozo y una angustia.

Imagina, casi ve, a una criatura de tres años, a veces es niña, a veces varón, jugando en su patio trasero, riendo. Lo visualiza con más intensidad que ninguna otra cosa que haya visualizado nunca, con la esperanza de que llegue a suceder.

Se dice a sí misma que será fuerte, que no llorará. No solloza ni interrumpe el silencio en modo alguno, pero a veces afloran las lágrimas.

Para interrumpir su cálido flujo, se ocupa con más agresividad del clavo, del maldito, obcecado clavo, en la oscuridad cegadora.

Tras un largo período de silencio, oye un golpe sordo que tiene también un matiz hueco y metálico: *ca-chunk*.

Alerta, recelosa, aguarda, pero el golpe no se repite. Tampoco lo sigue ningún otro ruido.

El sonido tiene algo desesperantemente familiar. Es un sonido de los que se oyen a diario. Pero su instinto le dice que su destino pende de ese *ca-chunk*.

Es un sonido que está registrado en su memoria, pero al principio no logra conectarlo con una causa que lo origine.

Al cabo de un rato, Holly comienza a sospechar que el sonido fue imaginario, no real. Para ser más precisos, que sonó dentro en su cabeza, no fuera de los muros de este recinto. Es una idea curiosa, pero persistente.

Entonces, de repente, reconoce el origen del sonido. Es algo que ha escuchado tal vez cientos de veces, y, aunque para ella no tiene connotaciones preocupantes, siente un escalofrío. El *ca-chunk* es el sonido que produce la tapa del baúl de un coche al cerrarse.

El golpe de la tapa de un baúl al cerrarse, en su imaginación o en la realidad, no tiene por qué hacer que gélidos cristales de escarcha se formen en el interior de sus huesos. Se sienta muy erguida, olvidando el clavo de momento. Durante un instante deja de respirar, y, cuando vuelve a hacerlo, es superficialmente y sin hacer ruido.

# ¿Morirías por amor?
# ¿Matarías?

PARTE 2

# Capítulo
## 29

A finales de la década de los cuarenta, si uno era propietario de un coche como el Chrysler Windsor, quería que hiciese un gran ruido que demostrara que el motor era poderoso. Era como el palpitar del corazón de un toro, un bufido bajo y feroz, y a la vez como un pesado tronar de pezuñas.

La guerra había terminado, uno era un superviviente, grandes extensiones de Europa estaban en ruinas, pero la madre patria estaba intacta y uno quería sentirse vivo. Uno no quería que el espacio donde se hallaba el motor estuviese insonorizado. Uno no quería tecnología para el control del ruido. Uno quería potencia, peso bien repartido y velocidad. Llamar la atención, gritar que vivía.

El baúl del coche retumbaba con los golpes y ronquidos del motor que el eje de transmisión imprimía al bastidor y la carrocería. El ronroneo y el traqueteo que se producían al andar subían y bajaban en relación directa con el ritmo al que giraban las ruedas.

Mitch captó un leve olor a gases de escape, tal vez procedentes de una filtración en el silenciador. Pero no había peligro de que el monóxido de carbono lo sofocara. El olor a caucho de la alfombrilla sobre la que yacía y la acidez de su propio sudor que le provocaba el miedo eran mayores.

Aunque estaba tan oscuro como el cuarto de aprendizaje de la casa de sus padres, este nuevo habitáculo móvil no tenía ningún otro elemento de privación sensorial. Sin embargo, una de las mayores lecciones de su vida le estaba siendo inculcada con cada milla recorrida.

Su padre suele decir que no existe el tao, que no hay una ley natural que hayamos nacido para comprender. Según su manera materialista de ver las cosas, no deberíamos seguir ningún código de conducta que vaya más allá de nuestro propio interés.

Para cada uno, lo racional siempre es el interés propio, dice Daniel. Por lo tanto, cualquier acto que sea racional es legítimo, bueno y admirable.

En la filosofía de Daniel, el mal no existe. Robar, violar, matar a inocentes... Esos y otros crímenes sólo son irracionales porque quien los comete pone en juego su libertad.

Daniel concede que el grado de irracionalidad depende de las posibilidades que tenga el criminal de escapar al castigo. Por lo tanto, aquellos actos irracionales que tengan éxito y sólo le acarreen consecuencias positivas a quienes los cometan pueden ser legítimos y admirables, por más que no sean buenos para la sociedad.

Ladrones, violadores, asesinos y otros de esa calaña pueden curarse con terapia y rehabilitación, o no. En ambos casos, dice Daniel, no es que sean malos; son irracionalistas en proceso de recuperación o irrecuperables, sólo eso y nada más.

Mitch creyó que esas enseñanzas no habían penetrado en él, que el fuego de la educación de Daniel Rafferty no lo había quemado. Pero el fuego produce humo, y él se había ahumado junto a la hoguera del fanatismo de su padre durante tanto tiempo, que algo se le había adherido y permanecía en él.

Podía ver, pero había estado ciego. Podía oír, pero había estado sordo.

Este día, esta noche, Mitch había mirado al mal a la cara. Era tan real como la piedra, como las plantas.

Aunque un hombre irracional debe ser tratado con compasión y terapia, a un hombre malo no se le debe ofrecer nada más y nada menos que resistencia y una respuesta adecuada, la furia de la justicia de los buenos.

En la biblioteca de Julian Campbell, cuando el pistolero sacó las esposas, Mitch le tendió enseguida las manos. No esperó a que se lo ordenaran.

Si no hubiese parecido hundido, si no hubiese parecido manso y resignado a su suerte, quizás le habrían esposado las manos a la espalda. Alcanzar el revólver que llevaba en el tobillo le habría resultado más difícil; usarlo con precisión, imposible.

Campbell había señalado, incluso, el cansancio de Mitch, con lo que se refería al cansancio de su mente y de su corazón.

Creían saber qué clase de hombre era y quizá lo supieran. Pero no sabían en qué clase de hombre se podía convertir cuando la vida de su mujer estaba en juego.

Distraídos por su falta de familiaridad con la pistola que le habían quitado, no habían imaginado que tendría una segunda arma. Los prejuicios no sólo dejan en desventaja a los buenos.

Mitch se remangó la pernera de los jeans y sacó el revólver. Desabrochó la funda tobillera y se la quitó.

Antes había examinado el arma, buscando en vano un seguro. En las películas, sólo algunas pistolas tenían seguro, los revólveres, nunca.

Si salía con vida los siguientes dos días y recuperaba viva a Holly, nunca volvería a permitir que, a la hora de luchar por la supervivencia de su familia, lo pusieran en una situación en la que debiera confiar en la versión de la realidad que da el cine.

Antes, al observar el tambor del arma, había descubierto cinco cartuchos en cinco cámaras, mientras que esperaba seis.

Tendría que acertar dos disparos de cinco. Impactos directos en órganos vitales, no meras aproximaciones a éstos.

Tal vez sólo uno de los pistoleros abriese el baúl. Lo mejor sería que los dos estuviesen allí, lo que le daría la ventaja de sorprenderlos a ambos.

Seguramente los dos tendrían sus armas desenfundadas. Si sólo era uno, Mitch debía ser lo suficientemente listo como para apuntar primero al adversario armado.

Era un hombre pacífico, y sus violentos planes se veían perturbados por pensamientos que no ayudaban: «De adolescente, el pistolero del rostro desfigurado, picado por el acné que le había dejado la cara como un paisaje lunar, debió de sufrir muchas humillaciones».

Sentir compasión por un demonio era, en el mejor de los casos, una especie de masoquismo y, en el peor, un impulso suicida.

Durante un rato, mecido por los sonidos de la marcha, de los neumáticos, de la combustión interna, Mitch trató de imaginar todas las maneras en que se desarrollaría la escena una vez que la tapa del baúl se abriese. Después, trató de no imaginarla.

Según su reloj luminoso, viajaron durante más de media hora hasta que, aminorando la marcha, pasaron del asfalto a un firme de tierra. La gravilla repiqueteó contra el bastidor y golpeó con fuerza el fondo del baúl.

Olió el polvo y notó en los labios su sabor alcalino, pero el aire nunca se cargó tanto como para sofocarlo.

Tras avanzar durante doce minutos a velocidad prudente por el camino de tierra, el coche se fue deteniendo lentamente.

El motor siguió en marcha durante medio minuto más, hasta que el conductor lo apagó.

Tras cuarenta y cinco minutos de zumbidos y golpeteos, el silencio fue como una repentina sordera.

Se abrió una puerta, después otra.

Iban por él.

De cara a la parte trasera del coche, Mitch separó las piernas, plantando los pies en los rincones del baúl. No podía sentarse erguido mientras la tapa estuviese cerrada, pero aguardó con la espalda parcialmente levantada, como si estuviese en el gimnasio, en mitad de una serie de abdominales.

Las esposas lo obligaban a sujetar el revólver con las dos manos, lo cual, de todos modos, probablemente fuera lo mejor.

No oyó pasos, sino sólo el galope de su corazón. Entonces, escuchó el sonido de la llave en la cerradura del baúl.

En su mente apareció, fugaz e intermitente, una imagen del momento en que Jason Osteen recibía un tiro en la cabeza, como una película que se repetía una y otra vez: Jason derribado por la bala, su cráneo que explotaba, alcanzado por la bala, su cráneo que explotaba...

Cuando la tapa se levantó, Mitch se dio cuenta de que ese baúl no tenía luz incorporada, y comenzó a erguirse, apuntando hacia delante con el revólver.

La luna, como una jarra llena a rebosar, derramó su leche, recortando la silueta de los dos pistoleros. Él estaba sentado en la oscuridad, ellos, de pie a la luz de la luna. Creían que era un hombre manso, quebrantado e indefenso, y no lo era.

No fue consciente de haber disparado el primer tiro, pero sintió el fuerte retroceso, vio el fogonazo en la boca del cañón y oyó el estampido; después, se dio cuenta de que apretaba el gatillo una segunda vez.

Dos disparos a quemarropa hicieron que una de las siluetas se desplomase en la noche bañada de luna.

La segunda silueta retrocedió y Mitch se sentó completamente erguido, disparando uno, dos, tres tiros más.

El percutor chasqueó. Reinó un silencio en la oscuridad plateada por la luna y el percutor volvió a chasquear, y recordó: «¡sólo cinco, sólo cinco!».

Debía salir del baúl. Sin municiones, era como un pez indefenso en un barril. Salir. Salir del baúl.

# Capítulo
## 30

A l levantarse con demasiado apuro, Mitch se dio un cabezazo contra la tapa y estuvo a punto de caer hacia atrás, pero mantuvo el impulso hacia delante. Salió del baúl como pudo.

Su pie izquierdo pisó terreno firme, pero apoyó el derecho sobre el hombre que había recibido dos balazos. Se tambaleó, pisó el cuerpo, que se desplazó bajo su peso, y cayó.

Rodó, alejándose del cuerpo, hacia el límite del camino. Lo detuvo un arbusto de mezquite silvestre, que identificó por su aroma oleoso.

Había perdido el revólver. No importaba. No le quedaban municiones.

En torno a él se extendía un paisaje reseco bajo la luz de una luna plateada. Un angosto camino de tierra, matorrales del desierto, tierra yerma, guijarros.

El Chrysler Windsor, aerodinámico, con numerosos accesorios cromados relucientes de brillo lunar, parecía extrañamente futurista, como un barco hecho para navegar entre las estrellas. Al detener el motor, el conductor también había apagado los faros.

El pistolero a quien Mitch pisó dos veces al salir del baúl no había gritado. Tampoco se incorporó, ni trató de detener a Mitch. Era probable que estuviera muerto.

Quizás el segundo hombre también hubiera muerto. Al salir del baúl, Mitch le había perdido el rastro.

Si uno de los últimos tres tiros había dado en el blanco, el segundo tipo ya debía de estar convertido en banquete para los buitres, tendido en el camino de tierra, detrás del coche.

La arena del camino era rica en sílice. El vidrio se hace con sílice, los espejos, con vidrio. En la noche, lo que más reflejaba la luz era esa senda de una sola dirección.

Echado de bruces y pegado al suelo, Mitch podía ver, hasta una considerable distancia, cómo esa pálida cinta se iba perdiendo entre los retorcidos y erizados matorrales en la dirección de la que habían venido. No había un segundo cuerpo tendido allí.

Si el tipo no hubiese resultado, por lo menos, herido, sin duda habría cargado sobre Mitch, disparando cuando éste salía del baúl del Chrysler.

Herido, podía haberse arrastrado o gateado hasta meterse entre las matas, o detrás de alguna piedra. Podía estar en cualquier lugar, mirando su herida, estudiando sus posibilidades.

El pistolero estaría receloso, pero no asustado. Vivía para afrontar situaciones como ésta. Era un sociópata. No se asustaría con facilidad.

Definitivamente, sin asomo de duda, Mitch le tenía miedo al hombre que se ocultaba en la noche. También le temía al que estaba tendido en el camino, detrás del Chrysler.

Tal vez estuviese muerto, pero aunque ya fuera comida para los cuervos, Mitch le tenía miedo. No quería acercársele.

Tenía que hacer lo que no quería, porque, tanto si el hijo de puta ya era carroña como si sólo estaba inconsciente, Mitch necesitaba un arma. Y pronto.

Había descubierto que era capaz de llegar a la violencia, al menos en defensa propia, pero no estaba preparado para la velocidad con la que se desarrollaron los acontecimientos después del primer tiro, para la rapidez con que debía tomar decisiones, para la forma repentina en que podían surgir nuevos desafíos.

Al otro lado del camino, varios manchones de vegetación rala y unas rocas erosionadas se ofrecían como posibles escondites.

Si la leve brisa que soplaba en la costa hubiese llegado hasta donde estaban, el desierto se tragaría hasta su último soplo. Cualquier movimiento entre los matorrales sería de su enemigo, no obra de la naturaleza.

Por cuanto podía ver en la penumbra, todo estaba inmóvil.

Con aguda conciencia de que sus propios movimientos lo convertían en un blanco, impedido por las esposas, Mitch reptó boca abajo hasta llegar al hombre tendido detrás del automóvil.

La luna ponía monedas en los ojos abiertos del pistolero, que ya no parpadeaban ni jamás parpadearían.

Junto al cuerpo se veía una familiar silueta de acero, que la luz bruñía. Mitch la tomó, agradecido, pero cuando estaba a punto de retroceder, arrastrándose, se dio cuenta de que lo que había encontrado era su inservible revólver.

Dio un salto ante el breve tintineo que produjo la corta cadena que unía sus esposas, palpó el cuerpo y se encontró con que apoyaba los dedos en algo húmedo. Asqueado, se enjugó la mano en la ropa del muerto.

Cuando casi estaba convencido de que el tipo había salido del Chrysler desarmado, vio la culata de la pistola que asomaba por debajo del cadáver. Tiró del arma hasta sacarla.

Sonó un disparo. El muerto se estremeció al recibir el tiro destinado a Mitch.

Se arrojó hacia el Chrysler y oyó un segundo tiro, seguido del susurro de la muerte al pasar junto a él y del sonido de la bala al rebotar en el vehículo. También oyó otro susurro, más cercano, aunque pensar que dos tiros le hubiesen pasado cerca, cuando sólo había oído un disparo, podía ser cosa de su imaginación; tal vez, en realidad, no había oído nada más después del chasquido del rebote.

Con el coche entre el que disparaba y él, se sintió más protegido, pero después, casi enseguida, no se sintió a salvo en absoluto.

El pistolero podía dar la vuelta al Chrysler por delante o por detrás. Tenía la ventaja de escoger cómo acercarse y cuándo hacerlo.

Mientras tanto, Mitch se vería obligado a mantenerse alerta, vigilando ambos extremos. Una tarea imposible.

Quizás, el otro ya estuviese en movimiento.

Mitch se incorporó y se alejó del coche. Corriendo agazapado, salió del camino cruzando la barrera natural de mezquite, que crujió demasiado para su gusto, aunque al mismo tiempo fue como si chistase, como si le advirtiera de que se mantuviese en silencio.

El terreno bajaba desde el camino, lo que era bueno para él. Si hubiese ascendido, él habría quedado a la vista, y su ancha espalda hubiese sido un blanco fácil para el pistolero una vez que éste diera la vuelta al Chrysler.

Había tenido la suerte de dar con tierra arenosa pero firme, no de piedras ni guijarros sueltos, de modo que no hacía ruido al correr. La luna le señalaba el camino, y fue sorteando las matas de mezquite, más que atravesándolas, a la carrera. Se dio cuenta de que mantener el equilibrio con las manos esposadas se le hacía difícil.

Tras recorrer nueve metros llegó al pie de la pendiente y giró a la derecha. Le parecía, por la posición de la luna, que se dirigía hacia el oeste.

Algo parecido a un grillo cantaba. Algo, más extraño, chasqueaba.

Un conjunto de altas matas de cortadera le llamó la atención. Relucían, blancas, a la luz de la luna, y le recordaron las colas y las crines de orgullosos caballos.

De las matas redondas salían hojas de hierba de un metro a un metro y medio de largo, curvadas, muy angostas, puntiagudas y de bordes afilados. Le llegaban a la cintura. Estas hojas, cuando se secan, raspan, pinchan como agujas e incluso cortan.

Cada mata respetaba la integridad territorial de su vecina. Pudo pasar entre ellas.

En el corazón de la colonia se sentía oculto y a salvo, amparado por las blancas panículas plumosas, más altas que él. Se quedó de pie y, entre los penachos, atisbó el trayecto que había seguido para llegar allí.

La fantasmagórica luz no le hizo descubrir a ningún perseguidor.

Mitch cambió de posición, empujó con suavidad una panícula, luego otra, observando el borde del camino en lo alto de la ladera. No vio a nadie allí.

No tenía intención de pasar mucho tiempo escondido entre las cortaderas. Había huido de su vulnerable posición detrás del coche sólo para ganar un par de minutos y poder pensar.

No le preocupaba la posibilidad de que el pistolero que quedaba se marchara en el Chrysler. Julian Campbell no era la clase de jefe al que pudieras informarle de un fracaso con la certeza de que al hacerlo no perderías el trabajo o la vida.

Además, para el tipo que estaba acechándolo allí fuera, esto era una cacería y Mitch, la más peligrosa de las presas. Al cazador lo impulsaban la venganza, el orgullo y el gusto por la violencia que, para empezar, lo había llevado a hacer el trabajo que hacía.

Si Mitch hubiera sabido que podía ocultarse hasta el amanecer o que podía huir, no lo habría hecho. No es que bullera de violentos deseos de enfrentarse con este segundo asesino profesional, pero entendía demasiado bien las consecuencias que tendría no hacerlo.

Si el pistolero que quedaba vivía e iba a presentarle su informe a Campbell, Anson se enteraría, más temprano que tarde, de que su *fratello piccolo,* su hermano menor, estaba vivo. Mitch perdería su libertad de movimientos y la ventaja de la sorpresa.

Lo más probable era que Campbell no esperara un informe de sus dos verdugos hasta la mañana siguiente. Tal vez ni siquiera se pondría a buscarlos hasta la tarde.

De hecho, quizás Campbell extrañara su Chrysler Windsor antes que a sus hombres. Eso dependía de qué tipo de máquina valorase más.

Mitch necesitaba tomar a Anson por sorpresa y debía estar en casa de su hermano a mediodía para atender la llamada de los secuestradores. La cornisa sobre la que hacía equilibrio Holly era más alta y angosta que nunca.

No podía esconderse y su enemigo no quería hacerlo. Sería una lucha a muerte entre depredador y presa, y cada uno de ellos podía ser ambas cosas.

# Capítulo
## 31

R odeado de nobles penachos blancos que hacían pensar en un círculo protector de caballeros tocados con sus yelmos, Mitch, entre las cortaderas, recordó el seco estampido de los dos disparos que habían estado a punto de alcanzarlo cuando le quitaba el arma al pistolero muerto.

Si el arma de su adversario hubiese estado equipada con silenciador, como en la biblioteca, las detonaciones no habrían sido tan fuertes. Quizás ni las hubiese oído.

En ese lugar desolado, al pistolero no le había preocupado que nadie pudiera oírlo, pero tampoco habría quitado el silenciador a su arma para tener la satisfacción de oír una detonación más fuerte. Tenía que haber otra razón.

Lo más probable era que los silenciadores fuesen ilegales. Hacían más fácil ocultar el asesinato. Estaban diseñados para usarse a corta distancia, por ejemplo, en una mansión en la que no se tuviese la certeza de que todo el personal está corrompido.

La lógica llevó a Mitch a la conclusión de que los silenciadores sólo son útiles en una situación que requiere discreción. Probablemente reducían la precisión del disparo.

Si estás detrás de tu prisionero en una biblioteca o si lo fuerzas a arrodillarse ante ti en un solitario camino del desierto, una pistola con silenciador te puede venir bien. Pero a una distancia de cinco o diez metros, quizás redujera la precisión a tal punto que tendrías más posibilidades de acertarle a tu objetivo arrojándole la pistola que disparándole con ella.

Unos guijarros se desplazaron y chocaron, haciendo un ruido similar al de los dados en un cubilete. Se volvió en la dirección del sonido. Apartó con cautela las hojas de cortadera.

A quince metros de él, el pistolero se encorvaba. Parecía un gnomo. Esperaba las consecuencias del ruido que acababa de hacer.

Aunque estaba inmóvil, no se podía confundir al hombre con una formación rocosa ni con la vegetación del desierto, porque se había puesto en evidencia al cruzar un largo espacio yermo de tierra alcalina. Ese trozo de terreno parecía no ya reflectante, sino luminoso.

Si Mitch, en lugar de detenerse allí, hubiera seguido avanzando hacia el oeste, se habría encontrado al asesino en terreno abierto, llegando, tal vez, a enfrentarse a él cara a cara como en la escena del duelo de una película de vaqueros.

Evaluó la posibilidad de esperar, de dejar que su perseguidor se aproximase antes de dispararle.

Entonces, el instinto le sugirió que las matas de cortaderas y otros lugares como ése serían precisamente los que más atraerían al pistolero. Posiblemente supondría que Mitch se ocultaría; y las cortaderas despertarían sus sospechas.

Mitch vaciló, porque la ventaja aún parecía estar de su lado. Podía disparar desde una posición resguardada, mientras que el gnomo estaba en terreno despejado. Aún no había disparado ni un solo tiro de su pistola, mientras que su adversario ya había desperdiciado dos.

Debía contar con un cargador adicional. Dado que la violencia era el oficio del pistolero, era de suponer que llevaría un cargador adicional, dos tal vez.

Se acercaría a las matas de cortaderas con cautela. No presentaría un blanco fácil.

Cuando Mitch disparara y errara debido a la distancia, el ángulo, la distorsión producida por la luz y la falta de experiencia, el pistolero respondería a su fuego. Con resolución.

Las cortaderas ofrecían cobertura visual, no protección real. No podría sobrevivir a un par de andanadas de ocho o diez disparos.

Siempre agazapada, la silueta de gnomo dio dos pasos prudentes hacia delante. Volvió a detenerse.

A Mitch le llegó una inspiración, una idea audaz que, durante un momento, pensó descartar por imprudente, pero que luego adoptó, considerando que era la que le ofrecía más posibilidades.

Dejó que las panojas recuperaran su posición natural. Se escabulló de la mata por el punto más apartado de aquel por el cual se acercaba el pistolero, con intención de mantener la mayor distancia que le fuera posible entre ambos.

Entre el coro de los grillos y el siniestro canto de un ruidoso insecto desconocido, Mitch se dirigió velozmente hacia el este, por el trayecto que ya había recorrido. Pasó el punto por donde había descendido del talud; ese ascenso sin protección lo dejaría demasiado expuesto en caso de que no llegara al camino antes de que el pistolero terminara de rodear la mata de cortaderas.

Tras recorrer algo menos de veinte metros, llegó a una depresión ancha y poco profunda en la hasta entonces uniforme ladera. En esa hondonada medraban los chaparros, que rebasaban sus bordes.

Mitch necesitaba sus manos esposadas para trepar, de modo que se metió la pistola en el cinturón. Antes, la luz de la luna le había mostrado el camino, pero ahora las sombras lo volvían oscuro y engañoso. Sin olvidar que el silencio era tan importante como la velocidad, trepó escurriéndose entre los chaparros.

A su paso surgió un aroma almizclado que podía haber tenido un origen vegetal, pero que le sugirió más bien que se estaba metiendo en algún tipo de hábitat animal. Los matorrales se le enganchaban, se le clavaban, lo arañaban.

Pensó en serpientes, y después se negó a hacerlo.

Cuando llegó hasta arriba sin que le dispararan, reptó por el remate de la depresión hasta llegar al arcén. Se arrastro hasta el centro de la calzada antes de ponerse de pie.

Si procuraba trazar un círculo que lo dejara detrás de donde creía que estaría el pistolero, podía encontrarse con que, entretanto, éste hubiera estado haciendo sus propios cálculos y cambiado de rumbo en la esperanza de sorprender a su presa antes de que ella lo sorprendiera a él. En ese mutuo acecho, ambos podían perder tiempo muy valioso errando por el desierto, encontrando a cada rato el rastro del otro, hasta que uno de ellos cometiera un error.

Si ése era el juego, quien cometería el error fatal sería Mitch, pues era el que tenía menos experiencia en tales lides. Por lo visto, hasta ese momento, su esperanza consistía en no cumplir con las expectativas de su enemigo.

Dado que Mitch lo había sorprendido con el revólver, el pistolero le atribuiría un instinto de conservación tan salvaje como el de cualquier animal acorralado. A fin de cuentas, resultaba que no lo paralizaron el miedo, la autocompasión ni el odio a sí mismo.

Pero tal vez el pistolero no esperara que un animal acorralado, que había logrado escapar, regresase por propia voluntad al rincón mismo de donde huyó.

El antiguo Chrysler estaba a unos veinte metros al oeste. La tapa del baúl seguía medio levantada.

Mitch se apresuró a llegar al coche y se detuvo junto al cadáver. El pistolero picado de acné yacía boca arriba, con los ojos colmados por la luz de la estrellada maravilla del firmamento.

Esos ojos eran estrellas en sí mismas, agujeros negros que ejercían tal atracción gravitatoria que Mitch sintió que lo arrastrarían a la destrucción si se los quedaba mirando durante demasiado tiempo.

El hecho era que no sentía culpa ni arrepentimiento alguno. A pesar de su padre, se daba cuenta de que creía que el mundo tenía sentido y creía en la existencia de una ley natural. Pero ningún tao dice que matar en defensa propia está mal.

Tampoco es que se tratase de un acontecimiento afortunado. Sentía que lo habían despojado de algo precioso. Se podía llamar inocencia, pero ésa era sólo una parte de lo que le habían quitado; junto a la inocencia, había perdido la capacidad para cierto tipo de ternura, una expectativa de gozo dulce, inminente, inefable que, hasta entonces, siempre había albergado.

Mirando hacia atrás, Mitch estudió el terreno para ver si había dejado pisadas. A la luz del sol, el compacto polvo quizás lo hubiera delatado; pero ahora no se veían huellas.

Bajo la mirada hipnótica de la luna, el desierto, como pintado con la paleta plateada y negra de los sueños, parecía dormir y soñar. Cada sombra era dura como el hierro, cada objeto, insustancial como el humo.

Cuando miró al interior del baúl, donde la luna se negaba a asomarse, la oscuridad le hizo pensar en las fauces abiertas de alguna criatura despiadada. No podía ver el fondo del habitáculo, lo que lo hacía parecer un espacio mágico, capaz de albergar infinitos equipajes.

Sacó la pistola del cinturón.

Alzó la tapa, se metió en el baúl y la cerró a medias sobre sí.

Tras experimentar un rato, notó que el silenciador estaba atornillado al cañón de la pistola. Lo quitó y lo dejó aparte.

Más temprano que tarde, cuando no encontrara a Mitch oculto entre las cortaderas o los chaparros, o en algún escondite natural esculpido por los elementos en una roca, el pistolero regresaría a vigilar el Chrysler. Era probable que supusiera que su presa había regresado al coche con la esperanza de encontrar las llaves puestas.

Este asesino profesional sería incapaz de entender que un buen esposo jamás daría la espalda al compromiso con su esposa, a su mejor esperanza de amor en un mundo que tiene tan poco de éste que ofrecer.

Si el pistolero establecía su punto de observación detrás del coche, tendría que cruzar el camino que la luna alumbraba. Sería cauto y veloz, pero así y todo quedaría expuesto.

También era posible que vigilara la parte delantera del vehículo. Pero si el tiempo pasaba y nada ocurría, era posible que se embarcara en otra exploración general del terreno y que, al regresar, se pusiera en el punto de mira de Mitch.

Sólo habían pasado siete u ocho minutos desde que los dos, al abrir el baúl, recibieran un saludo de disparos. El pistolero que sobrevivió sería paciente. Pero quizás, si su vigilancia y sus exploraciones no daban fruto, y por mucho que temiera a su jefe, consideraría la posibilidad de volver.

En ese momento, si no antes, iría a la parte trasera del vehículo para ocuparse del cadáver. Querría cargarlo en el baúl.

Ahora Mitch, medio sentado y medio recostado, envuelto en la oscuridad, alzaba su cabeza apenas lo suficiente como para mirar sobre el borde de la abertura del baúl.

Acababa de matar a un hombre.

Tenía intención de matar a otro.

La pistola resultaba pesada en su mano. Recorrió su superficie con los dedos, en busca de algún seguro que se soltase con un chasquido, pero no lo encontró.

Mientras contemplaba el solitario camino que la luna iluminaba, rodeado por todos lados por el espectral desierto, se dio cuenta de que lo que había perdido, la inocencia, y esa expectativa, fundamentalmente infantil, de un gozo inminente e inefable, iba siendo reemplazado poco a poco por otra cosa que no era mala. El agujero que había en él se iba llenando, pero no sabía de qué.

Desde el baúl, su visión del mundo era limitada, pero por esa rendija percibía mucho más de esa noche que lo que hubiera podido ver antes.

El plateado camino se alejaba, pero también se acercaba a él, ofreciéndole dos horizontes distintos.

Algunas formaciones pétreas contenían granos de mica que centelleaban a la luz de la luna, y, cuando las rocas se recortaban contra el cielo, parecía como si las estrellas hubiesen sido espolvoreadas sobre la tierra.

Procedente del norte, navegando hacia el sur, impulsado por su velamen de plumas, un gran búho cornudo, tan pálido como inmenso, cruzó el camino, volando bajo antes de batir sus alas para ascender en el aire nocturno; siguió subiendo hasta perderse de vista.

Mitch sintió que lo que parecía estar obteniendo a cambio de lo perdido, lo que colmaba el vacío de su interior a tanta velocidad, era la capacidad de asombro, un sentido más profundo del misterio de las cosas.

Entonces, se apartó del filo del precipicio del asombro para regresar al terror y a una sombría determinación. El pistolero había regresado, con una intención que él no previó.

## Capítulo
## 32

El asesino volvió con tal sigilo que Mitch no fue consciente de su presencia hasta que no oyó el chasquido, seguido del más leve de los chirridos, que una de las puertas del coche produjo al abrirse.

El hombre se había aproximado por la parte delantera del Chrysler. Arriesgándose a quedar expuesto ante el breve resplandor de las luces interiores del coche, había entrado y cerrado la puerta con tanta suavidad como le fue posible.

Si se había puesto al volante, debía de tener intención de abandonar el lugar.

No. No se marcharía con la tapa del baúl abierta. Y sin duda no abandonaría el cadáver.

Mitch aguardó en silencio.

El pistolero también se mantenía en silencio.

Poco a poco, el silencio se convirtió en una especie de presión que Mitch podía sentir en la piel, en los tímpanos, en sus ojos, que no parpadeaban, como si el coche descendiera a un abismo marino y el peso del océano no dejara de aumentar, aplastándolo.

El pistolero debía de estar sentado en la oscuridad, escrutando la noche, esperando para ver si el fugaz destello había llamado la atención, si había sido visto. Si su regreso no producía respuesta alguna, ¿cuál sería su próximo paso?

El desierto parecía contener la respiración.

En tales circunstancias, el coche sería tan sensible a sus movimientos como un barco ligero en el agua. Si Mitch se movía, el asesino se daría cuenta de su presencia.

Pasó un minuto. Otro.

El joven se imaginó al pistolero de rostro terso sentado en el vehículo, en la penumbra. Tenía al menos treinta años, treinta y cinco, quizás, y sin embargo su rostro era tan notablemente terso que hacía pensar que la vida nunca lo había tocado y nunca lo haría.

Trató de imaginar qué hacía, qué planeaba el hombre de la cara tersa. La mente que se ocultaba detrás de esa máscara no era accesible para la imaginación de Mitch. Le hubiese sido más fructífero cavilar acerca de las creencias de un lagarto del desierto respecto a Dios, la lluvia o el estramonio.

Tras una larga inmovilidad, el pistolero cambió de postura y su movimiento fue una revelación. La inquietante intimidad del sonido indicaba que el hombre no estaba al volante del Chrysler. Estaba en el asiento trasero.

Debía de haber estado inclinándose hacia delante, vigilando, desde el momento en que entró al coche. Cuando, por fin, se apoyó en el respaldo, el tapizado emitió el sonido que hacen el cuero o el vinilo al tensarse, y los muelles del asiento se quejaron quedamente.

El asiento trasero era al mismo tiempo la pared posterior del baúl. Él y Mitch estaban a medio metro el uno del otro.

Estaban casi tan cerca como cuando caminaron desde la biblioteca hasta el pabellón de los coches antiguos.

Tendido en el baúl, Mitch pensó en ese recorrido.

El pistolero emitió un sonido bajo, una tos o un gemido, amortiguado por el material tapizado que los separaba.

Aunque quizás había resultado alcanzado. Su herida tal vez no era lo suficientemente grave como para persuadirlo de marcharse, aunque sí lo bastante dolorosa como para quitarle las ganas de seguir explorando.

Estaba claro que se había instalado en el coche con la esperanza de que su presa, desesperada, regresara a él. Se imaginaría que Mitch se aproximaría con prudencia, escudriñando concienzudamente el terreno aledaño, pero sin imaginar que la muerte lo aguardaba entre las sombras del asiento trasero.

En este improvisado cuarto de aprendizaje, Mitch pensó en la caminata desde la biblioteca al pabellón de los coches, en la luna flotando en la piscina como un lecho de nenúfares, el cañón de la pistola apretado contra su costado, el canto de los sapos, las ramas como de encaje de los pitosporos plateados, otra vez el cañón de la pistola oprimiéndole las costillas...

Ese coche de época seguramente no tenía protección antiincendios ni amortiguador de choques entre el baúl y la cabina. El respaldo del asiento trasero bien podía terminar en un panel de fibra de medio centímetro de espesor, o tal vez sólo fuera de tela.

Seguramente, contendría unos quince centímetros de relleno. Una bala encontraría alguna resistencia.

La barrera no era a prueba de balas. Si uno se pone un mero almohadón a modo de armadura, mal puede esperar salir indemne de una andanada de diez disparos de alta velocidad.

En ese momento, Mitch estaba medio reclinado, medio sentado, sobre su costado izquierdo, mirando la noche por la abertura entornada del baúl. Debía volverse hacia el lado derecho si quería apoyar su pistola en el fondo del cubículo.

Pesaba setenta y cinco kilos. No hacía falta estar diplomado en física para entender que el vehículo respondería al desplazamiento de todo ese peso.

Podía darse vuelta rápidamente y abrir fuego, pero quizá sólo para descubrir que se había equivocado con respecto a la separación del baúl y la cabina. Si se trataba de un panel metálico, no sólo corría el riesgo de ser herido por el rebote de sus propios disparos, sino también de no darle a su objetivo.

De ser así, se encontraría herido y sin municiones. Y el pistolero sabría dónde encontrarlo.

Una gota de sudor se le deslizó por la nariz y se detuvo en la comisura de sus labios.

La noche era templada, no cálida.

Una urgente necesidad de actuar le tensaba los nervios como la cuerda de un arco.

Mientras Mitch se debatía en la indecisión, recordó el grito de Holly, el seco sonido que se oyó cuando la abofetearon.

Un sonido real devolvió su atención al presente. En la cabina, su enemigo luchaba por contener un acceso de tos.

El sonido había sido amortiguado tan eficazmente que era imposible que se hubiera oído fuera del coche. Como la vez anterior, la tos sólo duró pocos segundos.

Tal vez, la tos del pistolero fuese producida por una herida. O quizás fuese alérgico al polen del desierto.

Cuando el tipo volviera a toser, Mitch aprovecharía la ocasión para cambiar de postura.

Fuera del baúl, el desierto parecía oscurecerse, iluminarse y volver a oscurecerse rítmicamente. Pero lo cierto era que su agudeza visual aumentaba momentáneamente con cada sístole y cada diástole de su galopante corazón.

Pero la repentina ilusión de que nevaba tenía base en un hecho real. La luz de la luna escarchaba las alas fosforescentes de unas polillas que se habían arremolinado sobre el camino, como los copos de nieve en invierno.

Las manos esposadas de Mitch agarraban la pistola con tanta fuerza que los nudillos le hacían daño. Su índice derecho se curvaba sobre la defensa del gatillo, no sobre el gatillo mismo, pues temía que una contracción nerviosa lo hiciese disparar antes de lo deseado.

Tenía los dientes apretados. Se oyó inhalar, exhalar. Abrió la boca para respirar sin ruido.

Aunque su corazón iba a toda velocidad, el tiempo dejó de ser un río que fluye para transformarse en una sigilosa corriente de cieno.

Durante las pasadas horas, su instinto le había sido útil a Mitch. Pero también el pistolero podía contar con un sexto sentido y darse cuenta de que no estaba solo.

Una espesa corriente de segundos llenó un minuto, después otro y otro... Entonces, un tercer ataque de tos sofocada del pistolero le dio a Mitch ocasión de rodar, volviéndose de modo que quedó sobre su costado derecho. Una vez completada la maniobra, permaneció muy quieto, dándole la espalda a la tapa abierta del baúl.

El silencio del pistolero parecía indicar un elemento de renovada vigilancia, de sospecha. Ahora, el mundo penetraba en los cinco sentidos de Mitch a través de la lente distorsionadora de la extrema ansiedad.

¿Qué ángulo de disparo? ¿Cómo hacerlo?

Piensa.

El hombre del rostro terso no debía de estar erguido en el asiento. Se habría inclinado hacia delante para aprovechar al máximo la oscuridad del asiento trasero.

En otras circunstancias, el asesino quizás habría preferido un rincón, lo que contribuiría más a su invisibilidad. Pero como la alzada tapa del baúl impedía que lo vieran con facilidad por la luna trasera, podía sentarse a salvo en mitad del asiento para cubrir mejor ambas puertas.

Manteniendo tensa la cadena de las esposas, Mitch posó la pistola en el suelo sin hacer ruido. Temía golpearla contra algo durante la exploración que necesitaba hacer.

Tanteó a ciegas con ambas manos y dio con la parte trasera del baúl. Las yemas de sus dedos sintieron que la superficie estaba cubierta de tela, pero era firme.

Quizás el Chrysler no hubiese sido restaurado con total fidelidad al modelo original. Campbell podía haber decidido introducir algunas mejoras y, entre ellas, materiales más avanzados para el baúl.

Como un par de arañas sincronizadas, sus manos se deslizaban a izquierda y derecha de la superficie, buscando. Presionó con suavidad y después con un poco más de fuerza.

Bajo la indagación de sus yemas, la superficie cedió un poco. Podía tratarse de un tablero de madera aglomerada de medio centímetro de espesor y revestida de tela. No parecía metal.

El panel aguantó la presión de sus manos en silencio, pero, cuando ésta cedió, recuperó su forma con un sutil sonido de rebote.

Desde la cabina, llegó un chirrido de protesta del tapizado, apenas un leve sonido y nada más. Lo más probable era que el pistolero hubiese ajustado su posición para estar más cómodo... O quizás se había vuelto para escuchar con más atención.

Mitch tanteó el suelo, buscando la pistola y posó sus manos sobre ella.

Tumbado de lado, las rodillas plegadas, sin lugar para extender los brazos, estaba en mala posición para disparar.

Si trataba de moverse hacia el lado abierto del baúl antes de disparar, revelaría su presencia. Sólo uno o dos segundos de advertencia podían ser suficientes para que ese pistolero experto rodase del asiento al suelo.

Mitch repasó una vez más su plan para confirmar que no había pasado nada por alto. El menor error de cálculo podía determinar su muerte.

Alzó la pistola. Dispararía de izquierda a derecha y después de derecha a izquierda en una doble andanada de cinco disparos cada una.

Cuando apretó el gatillo, no ocurrió nada.

Apenas un leve, aunque nítido, chasquido metálico.

Su corazón golpeaba y era golpeado, era martillo y yunque, y debió esforzarse para oír por encima de los estruendosos latidos. Pero aun así, estaba bastante seguro de que el pistolero no se había vuelto a mover, que no había detectado el pequeño sonido que emitió la pistola rebelde.

Antes, había revisado el arma en busca de un seguro.

Aflojó la presión de su dedo sobre el gatillo, vaciló, volvió a apretar.

De nuevo, sólo un chasquido.

Antes de que el pánico lo dominara, el azar revoloteó junto a su mejilla y se le metió en la boca en forma de polilla. No era tan fría como le habían parecido sus congéneres cuando se arremolinaban semejándose a copos de nieve.

En un acto reflejo carraspeó y escupió el insecto para no atragantarse. Su dedo se crispó sobre el gatillo. El gatillo tenía incorporada una resistencia, que quizás fuese, a fin de cuentas, el seguro. Para abrir fuego, se requería de una doble presión, y, como esta vez apretó con más fuerza que antes, la pistola se disparó.

El retroceso, exacerbado por la postura en que se encontraba, lo sacudió. La detonación fue más fuerte que el ruido que produciría la puerta del infierno al cerrarse de golpe a sus espaldas. Una lluvia de residuos, trozos de tela chamuscada y restos de madera aglomerada le dio en la cara, sorprendiéndolo, pero entornó los ojos y continuó disparando, de izquierda a derecha. El retroceso alzaba la pistola en un movimiento desordenado, pero la controló mientras seguía disparando, ahora de derecha a izquierda, y aunque creía que podría contar los tiros mientras los disparaba, perdió la cuenta después de los dos primeros y así siguió hasta que el cargador quedó vacío.

# Capítulo
## 34

S i el pistolero no estaba muerto, sino sólo herido, podía devolver los disparos a través del respaldo. El baúl aún era una trampa mortal en potencia.

Abandonando la inútil pistola, Mitch se apresuró a salir al camino, golpeándose una rodilla contra el borde del baúl y un codo contra el parachoques. Cayó sobre las manos y las rodillas y se levantó. Corrió agachado unos quince metros antes de detenerse y mirar hacia atrás.

El pistolero no había salido del Chrysler. Las cuatro puertas estaban cerradas.

Mitch esperó. El sudor le goteaba desde la punta de la nariz, desde el mentón.

Ya no estaban por allí las polillas que parecían copos de nieve, ni el gran búho cornudo, ni el siniestro insecto desconocido que emitía la estridente música.

Bajo la luna muda, en el desierto petrificado, el Chrysler resultaba anacrónico, como una máquina del tiempo surgida en el Mesozoico, aerodinámica y reluciente a falta de cien millones de años para que fuese creada.

Cuando el aire, seco como la sal, comenzó a chamuscarle la garganta, dejó de respirar por la boca, y cuando el sudor se le comenzó a secar en el rostro, se preguntó cuánto debería esperar para poder suponer que el hombre había muerto. Miró su reloj. Miró la luna. Esperó.

Necesitaba el coche.

Había controlado el tiempo que, al llegar, duró el recorrido por el camino de tierra: doce minutos. Debieron avanzar a unos cuarenta kilómetros por hora en ese último tramo de su viaje. Eso significaba que estaba a unos diez kilómetros de una carretera asfaltada.

Incluso si llegaba a ese rastro de civilización, era posible que se encontrara con que se hallaba un territorio solitario y sin mucho tráfico. Además, en el estado en que se encontraba, sucio, desarreglado y, sin duda, con aspecto de trastornado, nadie lo recogería, a no ser, quizás, algún psicópata itinerante en busca de víctimas.

Al fin, se aproximó al Chrysler.

Rodeó el vehículo, manteniéndose tan lejos de él como se lo permitía el ancho del camino, atento a la posibilidad de que un rostro terso y espectral atisbase desde el sombrío interior. Tras llegar sin novedad hasta el baúl del que había escapado dos veces, se detuvo a escuchar.

Holly estaba en la peor situación posible, y si los secuestradores trataban de comunicarse con Mitch, no tendrían suerte, pues su celular había quedado en aquella bolsa blanca de plástico, en la quinta de Campbell. La llamada de mediodía a casa de Anson sería su única posibilidad de restablecer contacto con ellos antes de que decidiesen cortar en trocitos a su rehén y pasar a otra cosa.

Sin dudarlo más, fue a la puerta trasera del lado del conductor y la abrió.

El hombre del rostro terso tenía los ojos abiertos. Estaba tendido en el asiento, ensangrentado, pero aún con vida. Apuntaba su pistola a la puerta. El cañón parecía una cuenca ocular vacía, y el pistolero adoptó una expresión triunfal al decir:

—Muere.

Trató de apretar el gatillo, pero de repente la pistola se estremeció en su mano, que aflojó la presión. El arma fue a dar al suelo del coche y la mano del pistolero cayó sobre su propio regazo. Ahora que su amenaza de una sola palabra había demostrado ser una predicción de su propio destino, se quedó así, como si hiciera una proposición obscena.

Dejando la puerta abierta, Mitch se fue al borde del camino y se quedó sentado en una piedra hasta que tuvo la certeza de que, finalmente, no vomitaría.

itch, sentado en la piedra, tenía mucho en qué pensar.

Cuando todo esto terminara, si es que terminaba, quizás lo mejor sería acudir a la policía, contarles su historia de desesperada autodefensa, llevarles los dos pistoleros muertos en el baúl del Chrysler.

Julian Campbell negaría que fueran sus empleados, o al menos que les había ordenado matar a Mitch. Era de suponer que los hombres de esta clase cobraban en efectivo, sin dejar rastro de su relación profesional; desde el punto de vista de Campbell, cuantos menos registros de su actividad quedaran, mejor sería, y los pistoleros no parecían pertenecer a la clase de gente que se preocupa por el hecho de que, cuando se cobra en efectivo, no hay deducciones impositivas, por lo que, llegado el momento, la seguridad social podría rechazarlos.

Existía la posibilidad de que las autoridades no estuviesen al tanto del lado oscuro del imperio de Campbell. Tal vez aparentara ser, en todos los terrenos, uno de los ciudadanos más destacados de California.

Mitch, en cambio, no era más que un humilde jardinero, que estaba atrapado en falsas pruebas que lo harían parecer culpable del asesinato de su esposa en el caso de que no consiguiese pagar su rescate. Y en Corona del Mar, en la calle donde vivía Anson, estaba su Honda, cuyo baúl contenía el cadáver de John Knox.

Aunque creía en el imperio de la ley, Mitch no suponía ni por un minuto que las investigaciones forenses fuesen tan meticulosas ni los técnicos tan infalibles como los presentaba la televisión. Cuantas más evidencias que sugiriesen su culpabilidad encontraran, aunque fueran falsas, más crecerían sus sospechas y más fácil les sería ignorar los detalles que podían absolverlo.

Sea como fuere, lo más importante en ese momento era mantenerse libre y en movimiento hasta pagar el rescate de Holly. Sí, claro que la rescataría. O moriría en el intento.

Después de conocer a Holly y de enamorarse de ella casi enseguida, se dio cuenta de que hasta entonces sólo vivía a medias, de que había sido sepultado en vida durante la infancia. Ella había abierto el ataúd emocional donde lo dejaran sus padres, y él había resucitado y madurado.

Su propia transformación lo había asombrado. Cuando se casaron sintió que, por primera vez, estaba plenamente vivo.

Pero esa noche se dio cuenta de que, de todas formas, una parte de él había permanecido dormida. Al despertar, la claridad con que lo veía le produjo más terror que euforia.

Se había encontrado con una maldad tan absoluta que, hasta entonces, no había sabido que existía, un mal cuya existencia misma había sido educado para negar. Pero junto al reconocimiento del mal, llegó una conciencia de nuevas dimensiones en todo lo que percibía. En cada objeto veía una mayor belleza, extrañas promesas y misterio.

No sabía qué quería decir exactamente eso. Sólo sabía que era así, que sus ojos se habían abierto a una realidad superior.

Detrás de los sucesivos misterios deslumbrantes de este nuevo mundo que lo rodeaba, intuía una verdad que, despojándose de varios velos, terminaría por revelarse plenamente.

Era curioso que en ese estado de iluminación la tarea más urgente que tuviese por delante fuera mover un par de hombres muertos.

Estuvo a punto de echarse a reír, pero se contuvo. Sentado en el desierto, cerca de medianoche, con unos cadáveres como única compañía, reír a la luna no parecía un buen primer paso para salir de allí.

Desde un punto elevado del cielo, hacia el este, un cometa se deslizó en dirección al oeste. Parecía un cierre luminoso. Abrió el negro firmamento, dejando atisbar un color blanco por detrás de éste. Pero el cierre se cerró tan rápido como se había abierto, y el cielo permaneció vestido, mientras que el meteoro se reducía a la nada, a simple vapor.

Considerando que la estrella fugaz era una señal que le ordenaba que se ocupara de la macabra faena que tenía pendiente, Mitch se inclinó junto al pistolero de la cara marcada y le registró los bolsillos. No tardó en encontrar las dos cosas que quería, la llave de las esposas y las del Chrysler Windsor.

Una vez que se quitó las esposas, las echó al baúl abierto del coche. Se frotó las doloridas muñecas.

Arrastró el cuerpo del pistolero hasta el lateral sur del camino, lo hizo pasar por encima de los matorrales que lo bordeaban y lo dejó allí.

Sacar al otro del asiento trasero requirió una desagradable lucha, pero al cabo de escasos minutos los dos muertos estaban tendidos, uno junto al otro, de cara a las estrellas.

De regreso al coche, Mitch encontró una linterna en el asiento delantero. Supuso que habría una, pues debían de tener intención de enterrarlo por allí y necesitaban luz para hacerlo.

La débil luz del techo del coche no alumbraba el asiento trasero con la claridad que Mitch necesitaba. Lo examinó con la linterna.

Como el pistolero no había muerto al instante, tuvo tiempo de sangrar, cosa que hizo a conciencia.

Mitch contó ocho agujeros en el respaldo de los balazos que, disparados desde el baúl, lo habían atravesado. Era evidente que los otros dos habían sido desviados o completamente detenidos por la estructura del asiento.

Había cinco agujeros en la parte trasera del asiento delantero, pero sólo una de las balas lo había atravesado. Una marca en la puerta de la guantera indicaba dónde había terminado su trayectoria.

Encontró la bala en el suelo, frente al asiento del acompañante. La tiró afuera.

Una vez que saliera del camino de tierra al asfalto, tendría que obedecer lo que señalaran los carteles indicadores de velocidad máxima, por mucha prisa que tuviera. Si una patrulla de carretera lo detenía y le echaba un vistazo a la sangre y al asiento trasero dañado, Mitch probablemente pasara un largo tiempo comiendo a costa del estado de California.

Los pistoleros no habían llevado pala.

Dada la profesionalidad de ambos, dudaba que hubiesen dejado su cuerpo pudriéndose en un lugar donde excursionistas o aficionados a conducir por el desierto lo pudieran descubrir. Seguramente estaban familiarizados con la zona y conocían un lugar que servía de tumba natural y que no podía ser descubierto con facilidad.

A Mitch no le atraía la idea de buscar ese lugar de noche y a la luz de la linterna. Tampoco la perspectiva de ver la colección de huesos que quizás hallara allí.

Regresó junto a los cuerpos y los alivió de sus billeteras, para hacer más difícil la identificación. Manipularlos le provocaba menos repulsión que antes, y esta nueva actitud lo perturbó.

Tras arrastrar los cadáveres, alejándolos más del camino, los metió en un cerrado matorral de gayubas. Una especie de sudarios de hojas correosas impedirían que los descubrieran con facilidad.

Aunque el desierto parece hostil a cualquier forma de vida, varias especies medran en él y muchas de ellas son carroñeras. En menos de una hora, los primeros acudirían al banquete por partida doble que ocultaban las gayubas.

Algunos eran escarabajos, como el que los pistoleros procuraron que no pisara cuando lo llevaban por la columnata del pabellón de los coches.

Por la mañana, el calor del desierto comenzaría a hacer su trabajo, acelerando de forma significativa el proceso de descomposición.

Si alguna vez los encontraban, quizá nunca se supiera de quiénes se trataba. Y no importaría, ni contaría para nada, cuál había tenido terribles cicatrices de acné y cuál un rostro terso.

En el pabellón de los coches antiguos, cuando estaban a punto de cerrar la tapa del baúl sobre él, había dicho: «Ojalá no tuviésemos que hacer esto».

«Bueno, es lo que hay», respondió el de piel tersa.

Otra estrella fugaz desvió su atención al profundo y claro cielo. Una breve herida de luz, y el firmamento quedó curado un instante después.

Volvió al coche y cerró la tapa del baúl.

Vencer a dos asesinos expertos quizás debería hacerlo sentirse potente, orgulloso, feroz. Pero se sentía más humilde que antes.

Para no sufrir el hedor de la sangre, bajó las ventanillas de las cuatro puertas del Chrysler Windsor.

El motor se puso en marcha de inmediato, entonando una canción llena de energía. Encendió los faros.

Sintió alivio al ver que el indicador del depósito de gasolina señalaba que estaba lleno en sus tres cuartas partes. No quería detenerse en lugares públicos, ni siquiera en una gasolinera de autoservicio.

Había conducido el coche de vuelta y recorrido seis kilómetros por el camino de tierra cuando, al llegar a lo alto de una cuesta, se encontró con un espectáculo que lo hizo frenar.

Al sur, en una baja hondonada del terreno, había un lago de mercurio en el que flotaban anillos concéntricos de refulgentes diamantes. Se movían con lentitud siguiendo la corriente de un sigiloso remolino, majestuosos como la espiral de una galaxia.

Durante un momento, la escena le pareció tan irreal que supuso que sería una alucinación o una visión. Después comprendió que era una plantación, tal vez de cebada silvestre, con sus sedosas florescencias en forma de penacho.

La luz de la luna daba tonos argenta a las espigas, arrancando chispas de las lustrosas plantas. Una brisa apenas perceptible soplaba alrededor con tal sutileza y a un ritmo tan regular, que parecía una música especialmente compuesta para la danza de la hierba, como un vals.

Había un significado oculto en algo tan trivial como la hierba, pero el olor de la sangre lo hizo pasar de lo místico a lo mundano.

Continuó hasta el fin del camino de tierra y dobló a la derecha, pues recordaba que, en el camino de ida, habían girado a la izquierda. Las carreteras asfaltadas estaban bien señalizadas y no retornó a la quinta de Campbell, que esperaba no volver a ver nunca, sino a la autopista interestatal.

Pasaba ya de medianoche y el tráfico era escaso. Se dirigió al norte sin sobrepasar nunca la velocidad máxima en más de ocho kilómetros por hora, exceso que la ley rara vez castigaba.

El Chrysler Windsor era una hermosa máquina. No es frecuente que los muertos regresen a acosar a los vivos con tanta elegancia.

# Capítulo
# 36

Mitch llegó a la ciudad de Orange a las 2.20 de la madrugada y estacionó a una manzana de distancia de su casa.

Cerró las cuatro ventanillas del Chrysler y lo cerró con llave.

Llevaba una pistola en el cinturón, oculta por el faldón de la camisa. Era la del pistolero de rostro terso, el que, cuando dijo «muere», no tuvo fuerzas para apretar una última vez el dedo sobre el gatillo. Contenía ocho balas. Mitch esperaba no tener que usar ninguna.

Había estacionado bajo un viejo jacarandá en plena floración, y cuando, al bajar, quedó bajo una de las luces que alumbraban la calle, vio que caminaba sobre una alfombra de pétalos malvas.

Con cautela, se aproximó a su casa por el callejón que corría por la parte posterior.

Un leve ruido lo hizo encender la linterna. De entre dos tachos de basura que alguien había dejado listos para la recogida matutina asomó un mapache adaptado a la vida urbana, cuyo rostro pálido de sonrosado hocico palpitante lo hacía parecer una gran rata.

Mitch apagó la luz y siguió hacia su garaje. El portillo del extremo del jardín nunca estaba cerrado. Entró por allí al patio trasero.

En la biblioteca de Campbell le habían confiscado las llaves de su casa, además de su billetera y otros artículos personales.

Guardaba una llave adicional en una diminuta caja fuerte de las que se usan con ese propósito, que estaba asegurada con un candado al muro del garaje y oculta por una fila de azaleas.

Arriesgándose a encender la linterna, pero velándola con los dedos, Mitch separó las azaleas. Giró la ruedita para marcar los números de la clave, abrió, sacó la llave de la caja fuerte y apagó la linterna.

Sin hacer ruido, entró al garaje, cuyas llaves eran las mismas que las de la casa.

La luna se había desplazado hacia el oeste y los árboles dejaban pasar poca luz por las ventanas. Se quedó en la oscuridad, escuchando.

Fuera porque el silencio lo convenció de que estaba solo o porque la oscuridad le recordaba demasiado al baúl de donde había escapado dos veces, encendió las luces del garaje.

Su camioneta seguía donde la había dejado. El lugar del Honda estaba vacío.

Subió las escaleras hasta el altillo. La pila de cajas aún disimulaba la rotura de la barandilla.

Al llegar a la parte delantera del altillo, se encontró con que la grabadora y el equipo de vigilancia electrónica ya no estaban allí. Uno de los secuestradores debía de haber regresado a buscarlos.

Se preguntó qué creerían que le había ocurrido a John Knox. Le preocupaba la posibilidad de que la desaparición de Knox ya hubiera tenido consecuencias para Holly.

Cuando un súbito temblor lo estremeció, forzó a su mente a apartarse de esa oscura hipótesis.

Él no era una máquina y ella tampoco. Sus vidas tenían sentido. El destino las había unido con un propósito, y lo cumplirían.

Tenía que creer que era verdad. Si no lo hacía, no le quedaba nada.

Dejó el garaje a oscuras y entró a la casa por la puerta trasera, confiado en que ya nadie vigilaba el lugar.

La escenificación del asesinato en la cocina seguía como la había dejado. Las salpicaduras de sangre ya estaban secas. Las huellas de manos en los armarios, también.

En el lavadero aledaño se quitó los zapatos y los estudió bajo la luz fluorescente. Se sorprendió al ver que no había sangre en ellos.

Los calcetines tampoco tenían manchas de sangre. De todos modos, se los quitó y los puso en la lavadora.

Había manchas pequeñas en la camisa y los pantalones. En el bolsillo de la camisa encontró la tarjeta del detective Taggart. La dejó aparte, metió las prendas en la máquina, tiró detergente y la puso en marcha.

De pie frente al lavabo, se lavó manos y antebrazos con jabón y un cepillo de cerdas blandas. No trataba de eliminar pruebas, no pensaba en eso. Tal vez lo que esperaba que se fuera por el desagüe eran, más bien, ciertos recuerdos.

Se echó agua en la cara y el cuello.

Su fatiga era profunda. Necesitaba descansar, pero no tenía tiempo para el sueño. Y aunque intentara dormir, su mente estaría atormentada por temores conocidos y también ignotos, que la harían galopar en círculos, dejándolo despierto y exhausto.

En zapatillas y ropa interior, llevando siempre la pistola, fue a la cocina. Sacó de la heladera una lata de Red Bull, una bebida con alto contenido de cafeína, y se lo bebió.

Cuando estaba terminando la bebida vio el bolso de Holly abierto sobre una mesada.

Ya estaba allí antes.

Pero entonces él no se había detenido a mirar los artículos que estaban esparcidos por la mesada. Un envoltorio de celofán acolchado. Una pequeña caja, abierta por arriba. Un folleto de instrucciones.

Holly se había comprado un test de embarazo. Lo había abierto y, evidentemente, usado, en algún momento entre su regreso del trabajo y la irrupción de los secuestradores.

A veces, cuando eres niño y estás en el cuarto de aprendizaje, y no has hablado con nadie en mucho tiempo, ni oído otra voz que la tuya, en susurros, y cuando se te niega la comida, aunque nunca el agua, hasta durante tres días, cuando llevas una semana o dos sin ver la luz más que en el breve intervalo en que te cambian las botellas para orinar y la bacinilla para los excrementos por otras limpias, llega un momento en que el silencio y la oscuridad ya no parecen condiciones ambientales, sino objetos con entidad propia, cosas que comparten el espacio contigo y, creciendo a cada hora, exigen más y más espacio, hasta que el silencio y la oscuridad te oprimen por todos lados, te aplastan desde arriba, te meten a la fuerza en el espacio mínimo que tu cuerpo sólo puede ocupar si se reduce como un coche comprimido por la prensa de un depósito de chatarra. En medio del horror de esa claustrofobia extrema, tal vez te digas a ti mismo que no puedes soportarlo ni un minuto más, pero sí que puedes, y lo soportas, un minuto, otro, otro, una hora, un día, lo soportas siempre, y entonces la puerta se abre y el cautiverio termina y llega la luz, al fin siempre llega la luz.

Holly no le había dicho que su período se había atrasado. Ya habían albergado falsas expectativas en dos ocasiones. Esta vez, quiso cerciorarse antes de decirle nada.

Antes, Mitch no creía en el destino; ahora sí. Y, al fin y al cabo, si uno cree en el destino debe imaginar que es dorado, que reluce. No esperará pasivamente para ver cuánto destino le sirven, claro que no. Untará tanto destino como pueda en su pan de la vida y se comerá la hogaza entera.

Palpando la pistola, se apresuró a ir al dormitorio. El interruptor que se encontraba junto a la puerta encendía una de las dos lámparas que había en sendas mesillas.

Decidido, con un único objetivo, fue al armario. La puerta estaba abierta.

Sus ropas estaban en desorden. Dos pares de jeans se habían caído de sus perchas y estaban sobre el suelo del armario.

No recordaba haber dejado el armario en esas condiciones, pero de todas maneras recogió unos pantalones del suelo y se los puso.

Al abrocharse una camisa de manga larga de algodón azul oscuro, le dio la espalda al armario y vio por primera vez las prendas esparcidas sobre la cama. Unos pantalones color caqui, una camisa amarilla, calcetines deportivos blancos, unos calzoncillos y una camiseta blancos.

La ropa era suya. La reconocía.

Estaba manchada con motas de sangre oscura.

A esas alturas, ya sabía qué aspecto tienen las pruebas fabricadas. Alguien quería colgarle alguna nueva atrocidad.

Sacó la pistola del estante del armario donde la dejara mientras se cambiaba.

La puerta que daba al oscuro cuarto de baño estaba abierta.

Como si fuese la vara de un zahorí, la pistola lo llevó hacia esa oscuridad. Al cruzar el umbral, accionó el interruptor y, conteniendo la respiración, entró al iluminado cuarto de baño.

Esperaba encontrar alguna cosa macabra en la ducha, algo cercenado en el lavabo. Pero todo parecía normal.

En el espejo, vio que su rostro estaba crispado de miedo, cerrado como un puño. Pero nunca había tenido los ojos más abiertos, y ya no era ciego ante nada.

Al regresar al dormitorio, notó algo fuera de lugar en la mesa de luz cuya lámpara no estaba encendida. Pulsó el interruptor.

En la mesa de luz había dos pulidas esferas de estiércol de dinosaurio sobre sus pequeñas bases de bronce.

Aunque eran opacas, lo hicieron pensar en bolas de cristal y en siniestras adivinas de viejas películas que predicen un horrible destino.

—Anson —susurró Mitch, y, después, una palabra que no solía emplear—. Dios. Oh, Dios mío.

# Capítulo
## 37

Los intensos vientos que venían de las montañas del este solían levantarse al amanecer o al llegar el ocaso. Ahora, muchas horas después del crepúsculo y horas antes del alba, un fuerte viento de primavera sopló sobre las tierras bajas, como si irrumpiera por una gran puerta.

Mitch fue por el callejón, donde silbaba el viento, hasta el Chrysler, con el ánimo vacilante de un hombre que emprende la corta travesía que lo llevará de su celda al patíbulo.

No perdió tiempo en bajar las cuatro ventanillas. Mientras conducía, abrió sólo la del lado del conductor.

Un viento agresivo bufaba sobre él, le desordenaba el cabello con su aliento cálido e insistente.

Los desequilibrados no saben controlarse. Ven conspiraciones que los rodean por todas partes y revelan su locura en explosiones de ira irracional, con temores absurdos, incontrolables. Los verdaderos desequilibrados no saben que están locos, de modo que no ven la necesidad de disimular.

Mitch quería creer que su hermano estaba desequilibrado. De no ser así, si Anson actuaba a sangre fría, calculando, era un monstruo. Si uno había admirado y amado a un monstruo, debía avergonzarse de la propia credulidad. Y, lo que era todavía peor, pudiera ser que tu disposición a ser engañado fuese lo que le daba poder al monstruo. Compartías al menos una pequeña parte de la responsabilidad por sus crímenes.

Anson no carecía de autocontrol. Nunca hablaba de conspiraciones. No le temía a nada. En lo referente a disimulos, tenía capacidad para desorientar, talento para disfrazarse, genio para el engaño. No estaba loco.

En las calles, las datileras se sacudían en la noche, como locas frenéticas que agitaran sus cabelleras.

El terreno ascendía y las colinas bajas se convertían en otras, más altas. En el viento volaban trozos de papel, hojas, periódicos que parecían cometas, una gran bolsa de plástico transparente, ondulante como una medusa.

La casa de sus padres era la única de la calle en cuyas ventanas se veía luz.

Tal vez tendría que haber sido discreto, pero estacionó en el camino de entrada. Cerró la ventanilla, dejó la pistola en el coche y llevó consigo la linterna.

El viento, colmado por las voces del caos, rico de aroma a eucalipto, hacía que las sombras de los árboles azotaran el sendero.

No tocó el timbre. No tenía falsas esperanzas, sólo una horrible necesidad de saber.

Tal y como había supuesto que ocurriría, la puerta no estaba cerrada con llave. Entró al vestíbulo y cerró la puerta tras de sí.

A su derecha, a su izquierda, un incontable número de imágenes de Mitch se alejaban de él, internándose en un mundo de espejos. Todos tenían una expresión aterrada, todos estaban perdidos.

La casa no estaba en silencio, pues el viento parloteaba en las ventanas y gemía en el tejado, mientras sus ráfagas con aroma a eucalipto daban latigazos en los muros.

En el estudio de Daniel, esquirlas de los despedazados estantes de vidrio centelleaban en el suelo. Las coloridas esferas pulidas estaban esparcidas por todas partes, como si un duende hubiera jugado al billar con ellas.

Mitch registró la planta baja, habitación por habitación, encendiendo las luces cuando estaban apagadas. Lo cierto era que no esperaba encontrar nada más en esa parte de la casa, y así fue. Se dijo que sólo estaba siendo concienzudo. Pero sabía que lo que hacía era postergar su ascenso al primer piso.

Al llegar al pie de la escalera, alzó la vista, y se oyó decir «Daniel» y «Kathy» en tono quedo.

Mientras subía, la larga exhalación de la naturaleza se tornó más feroz. Las ventanas se sacudían. Las vigas crujían.

En el vestíbulo del piso superior, un objeto negro yacía sobre la madera pulida. Tenía la forma de una máquina de afeitar eléctrica, aunque era algo más grande. En uno de sus extremos tenía dos relucientes puntas de metal, separadas por una brecha de unos diez centímetros.

Titubeó antes de recogerlo. Tenía un interruptor a un lado. Cuando lo pulsó, un serrado arco blanco de electricidad crepitó entre las puntas, en realidad dos polos.

Era un Taser, un arma de defensa. Era de suponer que Daniel y Kathy no lo habían empleado para defenderse.

Era más probable que Anson lo hubiese llevado consigo, usándolo para atacarlos. Una descarga de Taser puede paralizar a un hombre durante minutos, dejándolo inerme, con los músculos sacudidos por los espasmos que disparan los nervios, presa de un cortocircuito.

Aunque Mitch sabía dónde debía ir, postergó el terrible momento y se dirigió al dormitorio principal.

Las luces estaban encendidas, a excepción de la lámpara de una de las mesas de luz, que había caído al suelo en la lucha.

Su bombilla estaba rota. Las sábanas, en desorden. Las almohadas habían caído al suelo.

Los durmientes habrían tenido un despertar literalmente electrizante.

Daniel era dueño de una gran colección de corbatas, y unas doce de ellas estaban esparcidas por la alfombra. Eran brillantes serpientes de seda.

Echando un vistazo por las otras puertas abiertas, pero sin demorarse para inspeccionar a fondo las habitaciones que había detrás de ellas, Mitch se dirigió, decidido, a la habitación que estaba al final del más corto de los dos pasillos de la planta alta.

Allí había una puerta igual a todas las demás, pero cuando la abrió, se encontró frente a otra. Ésta estaba cubierta por un espeso tapiz acolchado, forrado en tela negra.

Temblando, titubeó. No esperaba tener que regresar jamás a ese lugar, verse obligado a cruzar otra vez ese umbral.

La puerta interior sólo podía abrirse desde el vestíbulo, no desde la habitación. Movió el cerrojo. Los bien ajustados rebordes de goma del marco y la puerta se separaron con un sonido de succión cuando empujó hacia adentro.

En el interior no había lámpara alguna, ni siquiera una en el techo. Encendió la linterna.

Después de que Daniel mismo revistiera suelo, muros y techo con sucesivas capas, de un espesor total de cuarenta centímetros, de diversos materiales aislantes, la habitación había quedado reducida a un espacio sin ventanas de algo más de dos metros y medio de lado. El techo quedaba a una altura de menos de dos metros.

El material negro que recubría todas las superficies, de tejido tupido y opaco, absorbía la luz de la linterna.

Privación sensorial modificada. Decían que no era un castigo, sino un instrumento de disciplina, un método para enfocar la mente hacia dentro, para ayudar a descubrirse a uno mismo. Una técnica, no una tortura. Había muchos estudios publicados sobre las maravillas de los distintos grados de privación sensorial.

Daniel y Kathy estaban tendidos uno junto al otro. Ella en pijama; él, en ropa interior. Sus manos y sus tobillos habían sido amarrados con corbatas. Los nudos estaban cruelmente ceñidos y mordían la carne.

Las ligaduras de las muñecas y las de los tobillos habían sido atadas unas a otras con una tercera corbata, bien tensa, para evitar los movimientos de las víctimas.

No habían sido amordazados. Quizás Anson había querido mantener una conversación con ellos.

Y el cuarto de aprendizaje no permitía que se oyeran los gritos.

Aunque Mitch apenas se asomó a la puerta, el agresivo silencio tiró de él, como lo hacen las arenas movedizas con todo lo que atrapan, como lo hace la gravedad con los objetos que caen. Su respiración agitada y urgente se hacía sorda, transformándose en una brisa susurrante.

Ya no podía oír el vendaval, pero estaba seguro de que continuaba soplando.

Mirar a Kathy le fue más difícil que hacerlo con Daniel, aunque no tanto como hubiera supuesto. Si hubiese podido, se habría interpuesto entre ellos y su hermano. Pero ahora que estaba hecho... Hecho estaba. Y su corazón se hundía, más que detenerse, y su mente caía en el abatimiento, pero no en la desesperación.

El rostro de Daniel, con los ojos abiertos, estaba retorcido por el terror, pero en él también se evidenciaba el desconcierto. En su penúltimo momento debía de haberse preguntado cómo podía ser que eso ocurriera, cómo era posible que Anson, su único éxito, terminara por darle muerte.

Los sistemas de educación son incontables, y nadie muere a causa de ellos, y menos los hombres y mujeres que se dedican a concebir y refinar tales teorías.

Después de ser electrocutados, amarrados y, tal vez, de mantener una conversación, Daniel y Kathy habían sido apuñalados. Mitch no se detuvo en la observación de sus heridas.

Las armas eran unas tijeras de podar y una pala de mano.

Mitch reconoció las dos. Procedían del tablero de herramientas de su garaje.

## Capítulo

## 38

Mitch cerró la puerta del cuarto de aprendizaje, encerrando los dos cuerpos, y se sentó a pensar en un peldaño de las escaleras. El miedo, la conmoción y una Red Bull no bastaban para despejar sus pensamientos como lo hubiesen hecho cuatro horas de sueño.

Terribles ráfagas de viento arremetieron contra la casa, cuyos muros se estremecieron, pero resistieron el embate.

Mitch habría llorado si se hubiese atrevido a hacerlo; pero no hubiera sabido por quién derramaba sus lágrimas.

Nunca había visto a Daniel ni a Kathy llorar. Creían en la razón aplicada y en el «análisis de mutua contención», no en las emociones fáciles.

¿Cómo podía uno llorar por quienes jamás habían llorado por sí mismos ni por nadie, por quienes no hacían más que hablar y hablar de sus desilusiones, sus errores, sus penas?

Nadie que conociese la verdad acerca de esta familia podría culparlo si lloraba por sí mismo. Pero no lloraba por él mismo desde que a los cinco años se negó a darles la satisfacción de mostrarles sus lágrimas.

No lloraría por su hermano.

La desganada piedad que sintiera por Anson se había evaporado. No había hervido hasta desaparecer allí, en el cuarto de aprendizaje, sino en el baúl del viejo Chrysler.

Durante el trayecto que lo llevó de Rancho Santa Fe al norte, con las cuatro ventanillas abiertas para ventilar el coche, dejó que el viento se llevara toda ilusión, todo autoengaño. De hecho, el hermano a quien creía conocer, que suponía que amaba, nunca había existido. Mitch no había amado a una persona real, sino al disfraz de un psicópata, a un fantasma.

Ahora, Anson había aprovechado la ocasión para vengarse de Daniel y Kathy, echándole la culpa a su hermano, que, según creía, nunca sería hallado porque estaba muerto y enterrado.

Si no se pagaba el rescate por Holly, sus secuestradores la matarían y quizás se desharían de su cuerpo en el mar. Mitch sería considerado responsable de su asesinato y, también, por algún desconocido procedimiento, del de Jason Osteen.

Semejante matanza sería muy apropiada para alimentar los programas de televisión por cable dedicados a glosar delitos espectaculares. La búsqueda del terrible Mitch, aunque en realidad estuviera muerto y en una tumba en el desierto, sería su principal historia durante semanas, si no meses.

Con el tiempo, quizás llegara a ser una leyenda como D. B. Cooper, el secuestrador de aviones que, décadas atrás, se había lanzado en paracaídas desde uno de ellos, con una fortuna en efectivo, para no ser visto nunca más.

Mitch pensó en regresar al cuarto de aprendizaje para llevarse las tijeras de podar y la pala de mano. La idea de arrancarlas de los cuerpos le repugnaba. Había hecho cosas peores en las últimas horas. Pero no podía hacer eso.

Además, dado que Anson era tan inteligente, era de suponer que habría dejado aquí y allá otras evidencias, además de las herramientas de jardinería. Encontrar esas otras pruebas llevaría tiempo y Mitch no tenía tiempo que perder.

Su reloj de pulsera decía que eran las tres y seis de la mañana. En menos de nueve horas, los secuestradores llamarían a Anson con nuevas instrucciones.

Quedaban cuarenta y cinco horas para la medianoche del miércoles.

Estaba dispuesto a conseguir que todo acabara mucho antes de ese momento. Nuevos hechos requerirían nuevas reglas, y Mitch sería quien las fijara.

El viento, imitando el aullido de los lobos, lo invitó a salir a la noche.

Tras apagar las luces de la planta alta, bajó a la cocina. En el pasado, Daniel siempre había guardado una caja de tabletas de Hershey en la heladera. Le gustaba el chocolate frío.

La caja esperaba en el anaquel más bajo. Sólo quedaba una tableta. Las golosinas de Daniel siempre habían estado prohibidas para todos los demás.

Mitch se llevó la caja. Estaba demasiado exhausto y demasiado atenazado por la ansiedad como para sentir hambre, pero tenía la esperanza de que el azúcar combatiera el sueño.

Apagó las luces de la planta baja y salió de la casa por la puerta delantera.

Escobas hechas de hojas de palma caídas barrían la calle, y detrás de ellas venía rodando un bote de basura que vomitaba sus contenidos. Las alegrías se marchitaron antes de hacerse pedazos, los arbustos se sacudían como si quisieran desraizarse a sí mismos; un toldo de ventana arrancado, verde, pero que la luz hacía parecer negro, aleteó locamente, como si fuese la bandera de alguna nación de demonios. Los eucaliptos prestaban mil voces siseantes al viento, que parecía estar a punto de derribar la luna de un soplido y apagar las estrellas como si fuesen velas.

En el Chrysler embrujado, Mitch partió en busca de Anson.

Capítulo

## 39

Holly sigue afanándose con el clavo, aunque no progresa, porque si no lo hiciera no tendría nada que hacer, y, sin nada que hacer, enloquecería.

Por alguna razón, recuerda a Glenn Close haciendo de loca en *Atracción fatal*. Aunque enloqueciera, Holly no sería capaz de cocinar el conejo mascota en una olla, a no ser, claro, que su familia estuviese pasando hambre y no hubiera nada más para comer, o que el conejo estuviera poseído por el demonio. En un caso así, no hay reglas que valgan.

De pronto, el clavo se mueve, y eso es emocionante. Está tan excitada que casi necesita hacer uso de la bacinilla que le dejaron los secuestradores.

Su emoción mengua cuando en el transcurso de la siguiente media hora sólo logra sacar aproximadamente medio centímetro del clavo del tablón del suelo. A partir de ese momento, se resiste y no cede nada más.

Así y todo, medio centímetro es más que nada. El clavo puede tener, ¿cuánto?, ¿siete centímetros de largo? En total, descontando los descansos que se tomó para comer unos trozos de la pizza que le dieron y para que descansaran los dedos, debe de haberle dedicado al clavo unas siete horas. Si logra sacarlo a un ritmo un poco más rápido, de digamos, dos centímetros al día, quizá cuando llegue la hora límite, el miércoles a medianoche, sólo faltarán algo más de dos centímetros.

En caso de que Mitch haya logrado reunir el dinero del rescate antes de ese momento, todos tendrán que esperar un día más, y ella podrá terminar de sacar el maldito clavo.

Siempre fue optimista. La gente dice que es brillante, alegre, feliz, bulliciosa; una vez, irritado por su forma persistentemente positiva de ver las cosas, un amargado le preguntó si no sería una hija natural del ratón Mickey y el hada Campanita.

Si hubiera sido vulgar, le habría respondido con la verdad: que su padre murió en un accidente de tráfico y su madre al darla a luz, y que fue criada por una abuela llena de amor y alegría.

Pero en cambio, como era brillante, le dijo: «Sí, pero como las caderas de Campanita son demasiado estrechas como para permitirle dar a luz, me implantaron en el útero de la pata Daisy».

En ese momento, encuentra muy difícil mantener alto el ánimo, lo que es muy poco propio de ella. Pero que a uno lo secuestren afecta al optimismo y al sentido del humor.

Se le rompieron dos uñas y le duelen las yemas de los dedos. Probablemente, si no se las hubiese envuelto en el faldón de su blusa, sangrarían.

En el orden general de los acontecimientos, sus heridas son insignificantes. En cambio, si sus captores comenzaran a cortarle los dedos, como le dijeron a Mitch que lo harían, sí que tendría motivos de queja.

Se da una tregua en su faena con el clavo. En la oscuridad, se tiende sobre el colchón inflable.

Aunque está exhausta, no espera dormirse. Enseguida se encuentra soñando que está en un lugar sin luz que no es éste, no es el sitio donde la tienen prisionera sus secuestradores.

En el sueño, no está encadenada a una anilla empotrada en el suelo. Camina por la oscuridad con un bulto en brazos.

No está en una habitación, sino en una serie de pasadizos. Una red de túneles. Un laberinto.

El bulto se hace más pesado. Los brazos le duelen. No sabe qué es lo que lleva, pero sí que ocurrirá algo terrible si lo deja.

Un mortecino fulgor le llama la atención. Llega a una habitación alumbrada por una única vela.

Mitch está allí. Se siente muy feliz al verlo. También están sus propios padres, a quienes sólo conoció por fotografías.

El hato que lleva en brazos es un bebé que duerme. Es suyo.

Sonriendo, su madre avanza para tomar al bebé. A Holly le duelen los brazos, pero se aferra al precioso bulto.

Mitch dice: «Danos el bebé, cariño. Tiene que quedarse con nosotros. Tú no deberías estar aquí».

Sus padres están muertos, Mitch también, y ella sabe que si les entrega al bebé, éste ya no estará simplemente dormido.

Se niega a darles a su hijo y, entonces, de alguna manera, ve que su madre ya lo tiene en brazos. Su padre apaga la vela de un soplido.

Holly despierta y oye el aullido de una bestia que, aunque no es más que el viento, de todas maneras es una bestia. Martillea las paredes y sacude las vigas hasta hacer que caiga polvo de ellas.

Un suave resplandor, que no es el de una vela sino el de una linterna pequeña, apenas alivia la oscuridad en que ha estado encerrada. Descubre las gigantescas gafas de esquí, los labios cuarteados y los ojos azules de uno de sus carceleros, precisamente el que le preocupa, que está agachado frente a ella.

—Te traje un chocolate —dice.

Se lo tiende.

Tiene dedos largos y blancos, uñas roídas.

A Holly le desagrada tocar cualquier cosa que él haya tocado. Disimulando su desagrado, acepta la barra de chocolate.

—Todos duermen. Es mi turno de guardia —deposita frente a ella una lata perlada de gotas gélidas—. ¿Te gusta la Pepsi?

—Sí. Gracias.

—¿Conoces Chamisal, en Nuevo México?

Tiene una voz suave y musical. Casi podría parecer la voz de una mujer, pero no del todo.

—¿Chamisal? —pregunta ella—. No. Nunca estuve allí.

—Tuve experiencias en ese lugar —dice él—. Mi vida cambió.

El viento ruge y algo parece temblar en el techo, y ella alza la vista, con la esperanza de ver algo que pueda recordar cuando llegue el momento de testificar, de prestar declaración para acusar a aquellos tipos.

La llevaron allí con los ojos vendados. Al llegar, subieron por unos estrechos escalones. Cree que quizás se encuentre en un desván.

La mitad de la lámpara de la linterna está cubierta con cinta adhesiva. El techo sigue invisible, en penumbra. La luz sólo llega a la más cercana de las paredes hecha de tablas desnudas. Todo lo demás se pierde en las sombras.

Son cuidadosos.

—¿Conoces Río Lucio, en Nuevo México? —pregunta él.

—No. Tampoco estuve ahí.

—En Río Lucio hay una casita de estuco, pintada de azul con vivos toques amarillos. ¿Por qué no te comes tu chocolate?

—Me lo estoy guardando para después.

—¿Quién de nosotros sabe cuánto tiempo nos queda? —inquiere él con escalofriante suavidad—. Disfruta ahora que puedes. Me gusta verte comer.

Con renuencia, le quita el envoltorio al chocolate.

—Una mujer santa llamada Ermina Lavato vive en la casa de estuco azul y amarillo de Río Lucio. Tiene setenta y dos años.

Él cree que afirmaciones como ésas son una conversación. Sus pausas sugieren que le parece obvio que Holly debería tener algo que responderle.

Tras tragar un poco de chocolate, ella habla.

—¿Ermina está emparentada contigo?

—No. Es de origen hispano. Hace unas fajitas de pollo exquisitas, en una cocina que parece salida de la década de 1920.

—No sé cocinar muy bien —dice Holly, incongruente.

Él tiene la mirada clavada en su boca, y cuando ella le da un mordisco al chocolate, tiene la impresión de estar llevando a cabo un acto obsceno.

—Ermina es muy pobre. La casa es muy pequeña, pero hermosa. Cada habitación está pintada de un color distinto, todas en tonos relajantes.

Él le clava la mirada en la boca y ella le devuelve el escrutinio, en la medida en que los anteojos se lo permiten. Tiene los dientes amarillos. Los incisivos son afilados, los caninos extrañamente puntiagudos.

—Hay cuarenta y dos imágenes de la Virgen María en las paredes del dormitorio.

Parece tener los labios perpetuamente resecos. A veces, cuando no habla, se mordisquea los jirones de piel que le cuelgan de ellos.

—En la sala de estar hay treinta y nueve imágenes del Sagrado Corazón de Jesús, lacerado por espinas.

Las grietas de sus labios relucen como si estuviesen a punto de supurar.

—Enterré un tesoro en el patio trasero de Ermina Lavato.

—¿Como regalo para ella? —pregunta Holly.

—No. Ella no aprobaría que enterrara lo que enterré. Bebe tu Pepsi.

Ella no quiere beber de una lata que él haya tocado. Pero de todos modos hace un esfuerzo, la abre y bebe un sorbo.

—¿Conoces Penasco, en Nuevo México?

—No viajé mucho por Nuevo México.

Él calla durante un momento y el viento aúlla en medio de su silencio. Cuando ella traga Pepsi, el tipo baja la mirada a su garganta.

—Mi vida cambió en Penasco.

—Creí que eso había ocurrido en Chamisal.

—Mi vida cambió muchas veces en Nuevo México. Es un lugar de cambios y de grandes misterios.

Pensando en algún uso que le podría dar a la lata de Pepsi, para sus planes, Holly la deja a un lado con la intención de no haber terminado de beberla cuando él se marche. Con suerte, se la dejará.

—Te agradarían Chamisal, Penasco, Rodarte, todos esos lugares bellos y misteriosos.

Ella piensa lo que dirá antes de hablar.

—Espero vivir lo suficiente como para llegar a conocerlos.

Él la mira a los ojos. Sus ojos son del azul de un cielo sombrío que anuncia una tormenta inminente, aun en ausencia de nubes.

Ahora habla a la joven con una voz todavía más suave de lo habitual, no susurrando, sino con queda ternura.

—¿Puedo decirte algo en confianza?

Si la toca, gritará hasta que los otros se despierten.

Interpretando que su expresión revela asentimiento, prosigue.

—Éramos cinco, pero sólo quedamos tres.

No es lo que ella se esperaba. Aunque hacerlo la perturba, le sostiene la mirada.

—Para no tener que repartir entre cinco, sino entre cuatro, matamos a Jason.

En su interior, ella se encoge cuando él le revela el nombre. No quiere saber nombres ni ver caras.

—Y ahora desapareció Johnny Knox —dice—. Johnny se estaba ocupando de la vigilancia y se ha esfumado. Los tres que quedamos nunca hablamos de la posibilidad de repartir el botín en menos de cuatro partes. Ninguno lo planteó.

«Mitch», piensa ella enseguida.

Fuera, el tono del viento cambia. Ya no chilla, sino que sopla emitiendo un gran susurro, como si chistara diciéndole a Holly que lo prudente es permanecer en silencio.

—Los otros dos salieron a hacer cosas fuera —continúa él—. Por separado y a distintas horas. Cualquiera de ellos pudo haber matado a Johnny.

Para recompensarlo por estas revelaciones, ella come más chocolate.

—Quizás hayan decidido repartirlo entre los dos. O tal vez uno de ellos quiera quedarse con todo —dice, mirando ahora la boca de la mujer.

Para que no parezca que quiere sembrar la discordia, ella trata de calmarlo.

—No harían eso.

—Son capaces. ¿Conoces Vallecito, en Nuevo México?

—No.

—Es austero —dice él—. Muchos de esos lugares son austeros, pero hermosos. Mi vida cambió en Vallecito.

—¿En qué cambió?

No responde a la pregunta.

—Deberías ver Las Trampas, en Nuevo México, bajo la nieve. Un puñado de construcciones humildes, campos blancos, colinas bajas que el chaparral sombrea, un cielo tan blanco como los campos.

—Eres todo un poeta —dice ella, y se lo cree a medias.

—No hay casinos en Las Vegas, Nuevo México. Hay vida y hay misterio.

Sus blancas manos se unen, en un gesto que no es de contemplación, ni, por cierto, de plegaria. Es como si ambas tuviesen conciencias independientes y les agradara tocarse la una a la otra.

—En Río Lucio, Eloisa Sandoval tiene un santuario dedicado a san Antonio en su pequeña cocina de paredes de adobe. Doce imágenes de cerámica dispuestas en hilera, una por cada uno de sus hijos y nietos. Enciende velas cada noche, a la hora de las vísperas.

Ella tiene la esperanza de que haga nuevas revelaciones sobre sus socios, pero sabe que debe demostrar un discreto interés por todo lo que dice.

—Ernesto Sandoval anda en un Chevy Impala del 64, con gigantescos eslabones de acero a modo de volante, un tablero pintado hecho a medida y el techo tapizado de terciopelo rojo.

Los largos dedos con yemas en forma de espátula se acarician unos a otros. Se acarician y vuelven a acariciarse.

—A Ernest le interesan los santos con los que su piadosa esposa no está familiarizada. Y conoce... lugares asombrosos.

A Holly, el chocolate ha comenzado a resultarle empalagoso, a pegársele a la garganta, pero le da otro mordisco.

—En Nuevo México moran espíritus antiguos. Están allí desde antes de que existiera el género humano. ¿Eres una buscadora de la verdad?

No le entiende, pero es mejor fingir que sí, sin exageraciones. Si ella lo alienta demasiado, él no creerá en su sinceridad.

—Creo que no lo soy especialmente. A veces, todos sentimos que... nos falta algo. Pero eso nos ocurre a todos. Así es la naturaleza humana.

—Veo una buscadora en ti, Holly Rafferty. Una diminuta semilla de espíritu lista para florecer.

Sus ojos son claros como un arroyo límpido, pero los sedimentos de su fondo ocultan extrañas formas que ella no sabe identificar.

—Me temo que ves en mí más de lo que hay. No suelo pensar en cosas profundas —dice, bajando la mirada, recatada.

—El secreto es no pensar. Pensamos en palabras. Y lo que subyace a la realidad que vemos es una verdad que las palabras no pueden contener. El secreto es sentir.

—Ves, para ti ése es un concepto simple, pero incluso eso es demasiado profundo para mí —se ríe interiormente de sí misma—. Mi mayor aspiración es dedicarme a los bienes raíces.

—Te subestimas —le asegura él—. En tu interior hay posibilidades enormes.

Sus grandes muñecas huesudas y sus largas manos pálidas son totalmente lampiñas, por naturaleza o porque usa crema depilatoria.

# Capítulo
# 40

Mitch, amenazado por los trasgos del viento, que se asomaban a la abierta ventanilla del lado del conductor, pasó frente a la casa de Anson en Corona del Mar.

El viento había hecho caer grandes flores de un blanco cremoso de la gran magnolia, apilándolas frente a la puerta de entrada. La tenue luz que permanecía encendida toda la noche las alumbraba. Fuera de eso, la casa estaba a oscuras.

No creía que Anson se hubiese ido a casa para dormir alegremente nada más matar a sus padres. Debía de andar por ahí, haciendo algo.

El Honda de Mitch ya no estaba estacionado frente al cordón donde lo había dejado cuando llegó allí la otra vez, siguiendo las instrucciones de los secuestradores.

Estacionó en la calle siguiente, se terminó la tableta de Hershey, cerró la ventanilla y puso llave a las puertas del Chrysler Windsor. Por desgracia, llamaba la atención entre los vehículos contemporáneos que lo rodeaban. Su anticuada majestad contrastaba con los otros, que parecían salidos de un videojuego.

Mitch caminó hasta el callejón al que daba el garaje de Anson. Se veían luces encendidas en todo el primer piso de la parte trasera del adosado, ubicada encima de los garajes para dos vehículos.

Quizás haya personas cuyo trabajo las mantiene ocupadas hasta pasadas las tres de la madrugada. O tal vez sufran de insomnio.

De pie en el callejón, Mitch separó las piernas, plantándose para resistir el embate del viento. Estudió las ventanas del primer piso, que tenían corridas las cortinas.

Desde lo ocurrido en la biblioteca de Campbell, había entrado a una nueva dimensión de la realidad. Ahora veía las cosas con más claridad que desde su perspectiva anterior.

Si Anson tenía ocho millones de dólares y un yate que ya había terminado de pagar, era probable que fuese dueño de las dos partes del chalé adosado, no de una, como decía. Vivía en la unidad delantera y empleaba la trasera como oficina en la que aplicaba la teoría lingüística al diseño de programas de computadora, o lo que en realidad hiciera para enriquecerse.

Quien trabajaba por la noche detrás de esas ventanas con cortinas cerradas no era un vecino. El propio Anson estaba allí, encorvado frente a una computadora.

Tal vez estaba planeando una travesía que lo llevaría, con su yate, a un refugio situado más allá de la autoridad de toda ley.

Una puerta de servicio daba a un estrecho sendero peatonal que corría junto al garaje. Mitch lo siguió hasta el atrio de ladrillo que separaba ambas partes del edificio. Las luces de ese patio estaban apagadas.

Lozanos parterres rodeaban el atrio, en el que había nandinas y helechos, entre los que destacaban las notas rojas que proporcionaban las flores de bromelias y anturios.

Las casas que había atrás y delante, las altas vallas laterales y las viviendas aledañas que se hacinaban en sus angostos terrenos bloqueaban el viento. Éste, en una versión más suave, pero que aún levantaba repentinos remolinos, se deslizaba por la pendiente del techo y danzaba con las plantas del patio en lugar de azotarlas.

Mitch se deslizó bajo las ramas abovedadas de un helecho arborescente de Tasmania, que se mecía y temblaba. Se quedó allí, de cuclillas, escrutando el patio.

Ese dosel de amplias frondas, como de encaje, subía y bajaba, subía y bajaba, pero sin llegar nunca a ocultar del todo el patio. Si se mantenía alerta, no podía dejar de ver a alguien que pasara de la parte trasera a la delantera.

Refugiado bajo la copa del helecho arborescente, percibió el rico aroma de la tierra negra, un fertilizante inorgánico, y el olor vagamente almizclado del musgo.

Al principio, esto lo confortó, pues le recordaba la época en que la vida era más simple, hacía dieciséis horas. Pero al cabo de unos pocos minutos, la mezcla de fragancias le trajo a la mente el olor de la sangre.

En el chalé ubicado por encima del garaje se apagaron las luces.

Una puerta se cerró de golpe, ayudada, tal vez, por la tormenta de viento. El coro de voces del aire no cubrió del todo el retumbar de unos pesados pasos que descendían a toda prisa por las escaleras exteriores que llevaban al atrio.

Entre las ramas, Mitch vio una silueta osuna que cruzaba el patio de ladrillos.

Anson no se dio cuenta de que su hermano estaba detrás de él y se le iba acercando, y lanzó un grito ahogado cuando el Taser le paralizó el sistema nervioso.

Anson se tambaleó hacia delante, procurando mantenerse en pie, y Mitch se mantuvo cerca de él. El Taser le dio otro golpe de muchos voltios.

Anson besó los ladrillos. Rodó hasta quedar boca arriba. Su fornido cuerpo se estremecía. Sus brazos se agitaban en un movimiento blando. La cabeza rodaba de un lado a otro y emitía sonidos que sugerían que quizás corriera peligro de tragarse la lengua.

Mitch no quería que Anson se tragara la lengua, pero tampoco estaba dispuesto a hacer nada para impedirlo.

# Capítulo
# 41

*A*pocalípticas aves generadoras de viento batían sus alas contra los muros, y la oscuridad misma parecía vibrar.

Las manos lampiñas, blancas como palomas, siguen acariciándose la una a la otra entre el fulgor mortecino de la linterna con la lámpara a medio tapar.

La suave voz le sigue hablando.

—En El Valle, en Nuevo México, hay un cementerio donde rara vez cortan el césped. Algunas tumbas tienen lápidas, otras no.

Holly se termina el chocolate. Siente deseos de vomitar. La boca le sabe a sangre. Usa Pepsi para enjuagársela.

—Unas pocas tumbas que no tienen lápidas están rodeadas de pequeñas empalizadas hechas de tablas de viejos cajones de fruta y hortalizas.

Todo esto lleva a algún lado, pero los pensamientos del hombre circulan por sendas neuronales que sólo podrían ser previstas por una mente tan retorcida como la suya.

—Me encantaron las que estaban pintadas de color pastel, de azul como un huevo de petirrojo, de verde pálido, del amarillo de los girasoles marchitos.

A pesar de los oscuros enigmas que yacen por debajo de su suave color, en ese momento, a Holly le repugnan menos los ojos del hombre que sus manos.

—Bajo la luna creciente, horas después de que una nueva tumba fuese cerrada, fuimos con palas. Abrimos el ataúd de madera de una niña.

—El amarillo de los girasoles marchitos —repite Holly, procurando llenar su mente con ese color como defensa contra la imagen de una niña en un ataúd.

—Tenía ocho años y se la llevó el cáncer. La enterraron con una medalla de san Cristóbal en la mano izquierda y una figura de porcelana de Cenicienta en la derecha, porque le encantaba ese cuento.

Los girasoles no bastan y, en el ojo de su mente, Holly ve las manitas que se aferran al santo protector y a la promesa que representa la niña pobre que llegó a princesa.

—Estos objetos, por haber pasado unas horas en la tumba de una inocente, adquirieron un gran poder. La muerte los lavó y los espíritus los pulieron.

Cuanto más lo mira a los ojos, menos familiares le parecen.

—Le quitamos la medalla y la estatuilla y las reemplazamos por... otros artículos.

Una mano blanca se desvanece en el bolsillo del abrigo negro del hombre. Cuando reaparece, sujeta una medalla de san Cristóbal por su cadena de plata.

—Aquí está. Tómala.

No le repele que el objeto provenga de una tumba, pero sí la ofende que haya sido robado de la mano de una niña muerta.

Aquí ocurre algo más de lo que él expresa con palabras. Hay un mensaje oculto que Holly no entiende.

Intuye que rechazar la medalla con cualquier argumento tendría consecuencias terribles. Tiende la mano derecha y él deja caer allí la medalla. La cadena se le enrosca en la mano formando caprichosos lazos.

—¿Conoces Española, en Nuevo México?

Cierra la mano en torno a la medalla y responde.

—Es otro de los lugares cuyo encanto me he perdido.

—Mi vida cambió allí —revela él, recogiendo la linterna y poniéndose de pie.

La deja en una oscuridad muy negra, con la media lata de Pepsi, que había supuesto que él se llevaría. Su intención es, o fue, aplastar la lata y hacer una palanca en miniatura para trabajar con ella en el empecinado clavo.

La medalla de san Cristóbal funcionará mejor. Fundida en bronce y recubierta de plata o de níquel, es mucho más resistente que el blando aluminio de la lata de refresco.

La visita de su carcelero ha transformado la calidad de ese espacio sin luz. Antes, era una oscuridad solitaria. Ahora, Holly imagina que está habitada por ratas y cucarachas y por legiones de cosas horrendas que se arrastran.

# Capítulo
## 42

nson se derrumbó pesadamente frente a la puerta trasera y el viento pareció prorrumpir en vítores al verlo caer.

Como un pez fuera del agua, se estremecía en constantes espasmos. Agitaba las manos, golpeándose los nudillos en los ladrillos.

Miraba a Mitch con la boca muy abierta, moviéndola como si tratara de hablarle. Tal vez procurara gritar de dolor. Lo único que surgía era un fino chillido, un mero hilo de sonido, como si el esófago se le hubiese contraído hasta tener el diámetro de un alfiler.

Mitch empujó la puerta. No estaba cerrada con llave. La abrió y entró a la cocina.

Las luces estaban apagadas. No las encendió.

No estaba seguro de cuánto tiempo durarían los efectos de la descarga eléctrica. Esperando que fuese, por lo menos, un minuto o dos, puso el Taser sobre una mesada y regresó a la puerta abierta.

Receloso, tomó a Anson de los tobillos. Su hermano no estaba en condiciones de intentar resistir, de lanzarle patadas. Mitch lo arrastró hasta el interior de la casa y dio un salto cuando la cabeza de Anson rebotó al pasar sobre el alto umbral.

Cerró la puerta y encendió las luces. Las persianas estaban cerradas, como lo habían estado cuando Anson y él recibieron la llamada de los secuestradores.

La olla de *zuppa massaia* seguía en la cocina, fría, pero aún fragante.

Había un lavadero junto a la cocina. Lo fue a ver, confirmando que era tal cual lo recordaba, pequeño y sin ventanas.

Las cuatro sillas dispuestas en torno a la mesa de la cocina eran de un elegante estilo retro, de acero inoxidable y vinilo rojo. Llevó una al lavadero.

En el suelo, abrazándose como si se estuviese congelando, aunque lo más probable fuera que lo hiciese para tratar de controlar los ahora menos espectaculares, pero aún continuos, espasmos musculares, Anson emitía los lastimeros sonidos propios de un perro dolororido.

Su sufrimiento podía ser real, pero también fingido. Mitch se mantuvo a una distancia prudente.

Tomó el Taser, se llevó la mano a la cintura y sacó la pistola que se había metido en el cinturón.

—Anson, quiero que ruedes hasta quedar boca abajo.

La cabeza de su hermano se meneó de un lado a otro, quizás en forma involuntaria, más que negando.

La idea de la venganza había sido, a su modo, parecida a la euforia que produce a veces ingerir azúcar. En realidad, no tenía nada de dulce.

—Escúchame. Quiero que te pongas de bruces y te arrastres como mejor puedas hasta el lavadero.

Anson babeaba por una comisura de la boca. Su mentón relucía.

—Te estoy dando la oportunidad de hacerlo por las buenas.

Anson parecía desorientado. No daba la impresión de poder controlar su propio cuerpo con facilidad.

Mitch se preguntó si sus dos descargas de Taser en rápida sucesión, la segunda, tal vez, demasiado prolongada, le podían haber causado un daño permanente. Anson parecía algo más que aturdido.

La caída de ese gran hombre podía haber contenido un elemento de grandeza, de tragedia, si se hubiese producido desde un lugar alto. Pero se había precipitado de un pozo a una sima más honda, sin grandeza alguna.

Mitch lo acosó, repitiendo una y otra vez las mismas órdenes.

—Maldita sea, Anson, si debo hacerlo, te daré otra descarga y te arrastraré por las malas.

La puerta trasera dio unos golpes, distrayendo a Mitch. Pero quien probaba el pestillo sólo era la fuerte mano del viento. Una ráfaga más fuerte que las anteriores había tenido la osadía de entrar hasta el interior del protegido patio.

Cuando volvió a mirar a Anson, vio una evidente conciencia en los ojos de su hermano, una expresión aguda y calculadora que se desvaneció al instante, transformándose una vez más en una mirada de desorientación. Anson puso los ojos en blanco.

Mitch aguardó medio minuto. Luego, se acercó rápidamente a su hermano.

Anson se dio cuenta de que se le acercaba y, creyendo que volvería a aplicarle el Taser, se sentó para bloquearlo y apoderarse de él.

Pero lo que hizo Mitch fue disparar un tiro, que falló intencionadamente, aunque no por mucho. Ante la detonación de la pistola, Anson, sorprendido, se echó bruscamente hacia atrás y Mitch le estrelló la pistola contra un lado de la cabeza, con fuerza suficiente como para que le doliera de verdad. El golpe también resultó ser lo bastante fuerte para dejarlo inconsciente.

La idea había sido ganarse la cooperación de Anson, convenciéndolo de que el Mitch con quien trataba ahora no era el mismo de antes. Pero esto también funcionaba.

No me pesa, es mi hermano», dice la canción. Mentira. Anson era hermano de Mitch, y le pesaba.

Arrastrarlo por el pulido suelo de madera de la cocina hasta el lavadero resultó ser más difícil de lo que esperaba. Izarlo para que quedara sentado en la silla fue casi imposible, pero lo logró.

El panel tapizado del respaldo de la silla estaba colocado entre dos barras de acero verticales. Entre cada uno de los lados del panel y aquéllas quedaba un espacio abierto.

Metió las manos de Anson por esas brechas. Con las mismas esposas que le pusieran a él hacía unas horas, aprisionó las muñecas de Anson por detrás de la silla.

En un cajón de herramientas encontró tres cables alargadores. Uno de ellos, grueso y de color naranja, tenía unos doce metros de largo.

Tras hacerlo pasar entre las patas y las barras del respaldo de la silla, Mitch lo amarró en torno a la lavadora. El cable, revestido de caucho, era mucho menos flexible que una soga y no se podían ceñir mucho sus nudos, de modo que Mitch los hizo triples.

Aunque Anson consiguiera incorporarse a medias, tendría que llevarse la silla consigo. Anclado a la lavadora, no tenía manera de moverse.

El golpe de la pistola le había abierto un corte en la oreja. Sangraba, pero no mucho.

Su pulso era lento, pero regular. Tal vez no tardase en recuperar la conciencia.

Dejando encendida la luz cenital, Mitch subió al dormitorio principal. Allí, encontró lo que esperaba, dos lamparillas para iluminación nocturna, ambas apagadas, conectadas a los enchufes de la pared.

De niño, Anson siempre dormía con una tenue luz encendida. Había comenzado a usar lamparillas como ésas en su adolescencia. En todas las habitaciones de la casa guardaba, como prevención ante un posible corte de energía, linternas, cuyas pilas renovaba cuatro veces al año.

Mitch bajó y le echó un vistazo al lavadero. Anson seguía inconsciente en su silla.

El hermano menor registró los cajones de la cocina hasta dar con el lugar donde Anson guardaba sus llaves. Tomó una de la casa. También otras tres, correspondientes a otros tantos coches, y entre ellos, su Honda, y abandonó la casa por la puerta trasera.

Dudaba que los vecinos hubieran oído el disparo. Y aunque hubiese sido así, el estrépito y los alaridos del viento que guerreaba consigo mismo habrían hecho difícil que lo reconocieran como lo que era. Así y todo, se sintió aliviado al ver que no había luz en las casas vecinas.

Subió por las escaleras que llevaban a la sección del adosado ubicada por encima de los garajes y estudió la puerta. Estaba cerrada con llave. Tal como esperaba, la llave de la casa de Anson también abría ésta.

Dentro, encontró la oficina de Anson, instalada en el lugar previsto para sala de estar y comedor. En las paredes, cuadros con motivos náuticos, algunos de los mismos artistas cuyas obras se veían en la otra sección del inmueble.

Había una única silla giratoria frente a cuatro computadoras. El tamaño de sus unidades de procesamiento, mucho más grande que el que se ve habitualmente en computadoras caseras, hacía suponer que su trabajo requería de cálculos simultáneos a alta velocidad y de una inmensa capacidad de almacenamiento de datos.

Mitch no era ningún genio de la informática. No se hacía ilusiones con respecto a su capacidad para iniciar estas máquinas, si es que «iniciar» era un término que siguiera en uso, y descubrir la naturaleza del trabajo que había enriquecido a su hermano.

Además, Anson debía de tener barreras y más barreras de contraseñas y procedimientos de seguridad para mantener a raya a los piratas informáticos. Siempre le fascinaron los elaborados códigos y simbolismos arcanos de los mapas que los piratas trazaban para indicar dónde tenían sepultados sus tesoros en los cuentos que tanto le agradaban en su niñez.

Mitch salió, cerró con llave y bajó hasta el primer garaje. Allí encontró el Expedition que habían usado para ir a la quinta de Campbell en Rancho Santa Fe y el Buick Super Woody de 1947.

En el otro garaje para dos coches había una plaza vacía. Junto a él estaba estacionado el Honda que Mitch dejara en la calle.

Quizás Anson lo hubiera dejado ahí tras conducirlo hasta Orange para buscar dos de las herramientas de jardinería de Mitch, además de algunas de sus prendas, y luego seguir camino hasta la casa de sus padres y asesinarlos. Después, habría regresado a casa de Mitch para poner allí las falsas pruebas.

Mitch abrió el baúl. El cuerpo de John Knox seguía en él, envuelto en la ajada lona de plástico.

El accidente en el altillo parecía haber ocurrido hacía mucho tiempo, en otra vida.

Regresó al primer garaje, puso en marcha el Expedition y lo trasladó a la plaza vacía del segundo garaje.

Después, llevó su Honda al lugar que había quedado libre al lado a la furgoneta Buick. Cerró la gran puerta levadiza del garaje.

De mala gana, bregó hasta sacar el recalcitrante cadáver del baúl del Honda. Cuando quedó sobre el suelo del garaje, lo hizo rodar hasta que estuvo fuera de la lona.

Aún no había comenzado a pudrirse de verdad. Sin embargo, el muerto emitía un siniestro olor agridulce del que Mitch ansiaba alejarse.

El viento gemía en los altos ventanucos del garaje, como si le gustara lo macabro y hubiese venido desde un lugar muy lejano para ver cómo Mitch llevaba a cabo su atroz tarea.

Pensó que esto de arrastrar cuerpos de aquí para allá debía de tener algo de cómico, de farsa, en especial si se tenía en cuenta que Knox estaba rígido por el rigor mortis y que era endiabladamente difícil de manejar. Pero en ese momento carecía por completo de sentido del humor.

Una vez que cargó a Knox en la furgoneta Buick, cuya puerta trasera cerró, plegó la lona y la metió en el baúl del Honda. Llegado el momento, la dejaría en un contenedor de basura o en el tacho de desperdicios de algún desconocido.

No recordaba haber estado tan exhausto nunca; ni en lo físico, ni en lo mental, ni en lo emocional. Los ojos le ardían, sus articulaciones parecían a punto de deshacerse, y sentía que tenía los músculos recocidos, tan blandos como para desprenderse de un momento a otro de los huesos.

Quizás lo que impedía que su maquinaria se detuviese fuesen el azúcar y la cafeína del chocolate Hershey. También lo impulsaba el miedo. Pero lo que verdaderamente mantenía sus engranajes en movimiento era la idea de que Holly estaba en manos de unos monstruos.

«Hasta que la muerte nos separe», era el compromiso que había adquirido al formular sus votos matrimoniales. Pero Mitch no quedaría relevado de ellos si su mujer moría. El compromiso perduraría. Pasaría lo que le quedara de vida en una paciente espera.

Fue por el camino peatonal hasta la calle, regresó al Chrysler Windsor y lo condujo hasta el segundo garaje. Lo estacionó junto al Expedition y cerró la puerta levadiza.

Consultó su reloj de pulsera y vio que eran las 4.09.

En hora y media, tal vez algo más, o algo menos, el furioso viento del este traería consigo el alba. Como la atmósfera estaba saturada de polvo, la primera luz sería de un color rosa que no tardaría en difuminarse por el firmamento, adoptando un matiz más definido antes de perderse en el mar.

Desde que conociera a Holly, saludaba cada nuevo día con grandes esperanzas. Éste sería un alba diferente.

Regresó a la casa y se encontró con que Anson estaba despierto. Y enojado.

Capítulo
44

Al coagularse, la sangre le había cerrado el corte de la oreja izquierda, y el calor de su cuerpo iba secando rápidamente la que le había chorreado por la mejilla y el cuello.

Su osuna apostura mostraba unos rasgos más afilados, como si un contagio genético hubiera introducido grandes cantidades de ADN de lobo en su rostro. Anson, con las mandíbulas tan apretadas que le tensaban los músculos faciales, con una rabia que rebosaba como lava de sus ojos, permanecía en un furioso silencio.

Aquí, el sonido del viento no era muy fuerte. Un conducto de ventilación transmitía los suspiros y susurros del exterior a la secadora, haciendo parecer que un alma en pena embrujaba la máquina.

Mitch habló.

—Me vas a ayudar a recuperar a Holly con vida.

Anson no asintió ni negó, sino que se limitó a fulminarlo con la mirada.

Paradójicamente, Anson, atado a la silla, inmovilizado, parecía más grande que antes. Las ataduras realzaban su fuerza física y daba la impresión de que, como un personaje mitológico, sería capaz de cortar sus amarras como si fuesen débiles cordeles cuando alcanzara el cenit de su rabia.

Durante la ausencia de Mitch, Anson había dedicado todas sus fuerzas a tratar de soltar la silla de la lavadora. Las patas de acero de la silla habían raspado y golpeteado el piso de baldosas, dejándole cicatrices que revelaban la intensidad de su infructuoso esfuerzo. Además, había corrido la lavadora, que ya no estaba alineada con el secador.

—Dijiste que podías reunir el dinero por teléfono, por computadora —le recordó Mitch—, en tres horas, como mucho.

Anson escupió en el suelo, entre ambos.

—Si tienes ocho millones, puedes permitirte pagar dos por Holly. Una vez que lo hagas, tú y yo no nos volveremos a ver. Podrás regresar a la cloaca que es esa vida que te construiste.

Si Anson descubría que Mitch sabía que Daniel y Kathy estaban muertos en el cuarto de aprendizaje no habría manera de forzarlo a cooperar. Creería que Mitch ya se habría deshecho de las pruebas fabricadas, haciendo así que los ojos de la ley se dirigieran al verdadero culpable.

Mientras creyese que Mitch aún no sabía nada de los asesinatos, era posible que albergara la esperanza de que, en algún momento, la cooperación lo llevase a cometer un error que invirtiera sus respectivas posiciones.

—Campbell no te dejó marchar —dijo Anson.

—No.

—Entonces, ¿cómo...?

—Maté a esos dos.

—¿Tú?

—Ahora, tendré que vivir con eso.

—¿Mataste a Vosky y a Creed?

—No sé cuáles eran sus nombres.

—Los que te acabo de decir.

—Es por tu culpa —dijo Mitch.

—¿Tú mataste a Vosky y Creed? No me lo termino de creer.

—Entonces, será que Campbell me dejó ir.

—Campbell nunca te hubiera dejado ir.

—Cree lo que quieras.

Frunciendo el ceño, Anson lo estudió con mirada agria.

—¿De dónde sacaste el Taser?

—De Vosky y Creed —mintió Mitch.

—¿Así que fue cuestión de quitárselo y nada más?

—Ya te lo dije. Se lo quité todo, incluso la vida. Ahora te daré unas horas para que pienses.

—Puedes llevarte el dinero.

—Lo que debes pensar no es eso.

—Te lo puedes llevar, pero bajo ciertas condiciones.

—Tú no pones las reglas —le dijo Mitch.

—Los dos millones son míos.

—No. Ahora son míos. Me los gané.

—Tranquilízate, ¿de acuerdo?

—Si tú fueras ellos, primero la violarías.

—Eh, eso fue sólo algo que dije por decir.

—Si tú fueras ellos, primero la violarías y después la matarías.

—Fue sólo por decir algo. En cualquier caso, yo no soy ellos.

—No, no eres ellos. Eres quien los cruzó en nuestro camino.

—Te equivocas. Las cosas ocurren. Simplemente ocurren.

—Si no fuera por ti, no me estarían ocurriendo a mí.

—Si quieres verlo así, así lo verás.

—En lo que debes pensar es en quién soy ahora.

—¿Quieres que piense en quién eres tú?

—Se terminó lo de *fratello piccolo*. ¿Entiendes? ¿Eh?

—Pero aún eres mi hermano menor.

—Si me consideras bajo ese aspecto, dirás o harás alguna estupidez con la que me hubieras engañado antes. Pero no ahora.

—Si llegamos a un acuerdo, no intentaré nada.

—El trato ya está cerrado.

—Dame algún margen de acción.

—¿Tanto como para que me mates?

—¿Cómo va a funcionar ningún acuerdo sin siquiera un poco de confianza?

—Limítate a quedarte donde estás y piensa en qué fácil me resultaría matarte.

Mitch apagó las luces y cruzó el umbral.

Desde el lavadero sin iluminación ni ventanas, Anson siguió insistiendo.

—¿Qué estás haciendo?

—Te estoy proporcionando el mejor de los ambientes de aprendizaje —dijo Mitch, y cerró la puerta.

—¡Mickey! —llamó Anson.

«Mickey». Después de todo lo ocurrido le llamaba «Mickey».

—Mickey, no me hagas esto.

Mitch se lavó las manos en el lavabo de la cocina, usando mucho jabón y agua caliente. Trataba de eliminar el recuerdo táctil del cuerpo de John Knox, que sentía en la piel.

Sacó un paquete de fetas de queso y un frasco de mostaza de la heladera. Encontró una hogaza de pan y se hizo un sándwich.

—Te oigo, Mickey —oyó decir a Anson desde el lavadero—. ¿Qué haces?

Mitch puso el sándwich sobre un plato y le añadió embutidos. Luego sacó una botella de cerveza de la heladera.

—¿De qué sirve esto, Mickey? Ya llegamos a un acuerdo. Esto no sirve para nada.

Mitch encajó una silla de cocina inclinada bajo el pomo de la puerta del lavadero, bloqueándola.

—¿Qué es eso? —preguntó Anson—. ¿Qué ocurre?

Mitch apagó las luces de la cocina y fue al dormitorio de su hermano.

Tras dejar la pistola y el Taser sobre la mesilla, se sentó en la cama, con la espalda contra la cabecera tapizada.

No plegó el cobertor de seda acolchada. No se quitó los zapatos.

Tras comer el sándwich y beberse la cerveza, programó la radio-despertador para las ocho y media de la mañana.

Quería que Anson tuviese tiempo para pensar, pero el principal motivo de esa pausa de cuatro horas era que el agotamiento le embotaba la mente. Necesitaba tener la cabeza despejada para afrontar lo que vendría.

El viento que rugía en el techo y golpeaba las ventanas con la voz salvaje de una turba enloquecida parecía burlarse de él, prometerle que todos sus planes terminarían en el caos.

Lo que soplaba era el Santa Ana, el viento seco que despoja de toda humedad la vegetación de los cañones en torno a los cuales se alzan tantas comunidades del sur de California, convirtiendo su denso follaje en pura yesca. Si un pirómano echaba allí un trapo encendido o alguien recurría a un mechero o usaba fósforos, los noticieros hablarían del gigantesco incendio durante días.

Las cortinas estaban corridas y, cuando apagó la lámpara, un manto de oscuridad cayó sobre él. No usó ninguna de las lamparillas de Anson.

El adorable rostro de Holly apareció en su mente y Mitch habló en voz alta.

—Dios, por favor, dame la fuerza y la sabiduría que necesito para ayudarla.

Era la primera vez en su vida que le hablaba a Dios.

No le prometió ser piadoso ni caritativo. No le parecía que las cosas funcionasen así. No se pueden hacer tratos con Dios.

El día más importante de su vida estaba a punto de amanecer y no creía que pudiera dormir. Pero lo hizo.

E l clavo sigue esperando.

Holly está sentada en la oscuridad, escuchando el viento, acariciando la medalla de san Cristóbal.

Deja a un lado la lata de Pepsi, sin beber la mitad que aún le queda. No quiere volver a usar la bacinilla, al menos mientras el hijo de puta que esté de guardia sea el de las manos lampiñas.

La idea de que él vacíe y limpie su bacinilla le da escalofríos. El solo hecho de pedirle que lo haga crearía entre ellos una intimidad intolerable.

Mientras acaricia la medalla con la mano izquierda, se lleva la derecha al vientre. La cintura es estrecha, el abdomen, plano. En su interior, el niño crece en secreto, tan íntimo como un sueño.

Dicen que si las mujeres embarazadas oyen música clásica el bebé nacerá con un coeficiente de inteligencia más alto. Durante su infancia llorará menos y estará más contento.

Tal vez sea verdad. La vida es compleja y misteriosa. Causa y efecto no siempre son evidentes. Los físicos cuánticos aseguran que, a veces, el efecto viene antes de la causa. Ella vio un documental al respecto en Discovery Channel. No entendió mucho; y los científicos que describían los diversos fenómenos admitían que no podían explicarlos, sólo observarlos.

Mueve la mano trazando lentos círculos sobre su vientre, pensando qué bueno, qué dulce sería que el bebé hiciera algún movimiento que ella pudiese sentir. Claro que en esta etapa no es más que un puñado de células, incapaz aún de decir «hola, mami» con una patada.

Sin embargo, incluso ahora, todo su potencial está ahí, presente. Hay una diminuta persona en la ostra que es ella, como una perla que se fuera formando poco a poco en su interior. Todo lo que ella haga afectará al pequeño inquilino. Se acabó el vino con la cena. Debe reducir cuanto pueda el café. Hacer ejercicio, con constancia y sensatez. Evitar que vuelvan a secuestrarla.

Sus yemas palpan a ciegas la imagen de san Cristóbal, patrono de los niños, lo que la lleva a pensar otra vez en el clavo.

Tal vez está siendo irracional y lleva demasiado lejos todo aquello de que los bebés aprenden en el vientre. Sin embargo, le parece que si, encinta como está, le metiera a alguno el clavo en la carótida, o en el ojo, para llegar al cerebro, el incidente no dejaría de afectar al bebé.

Siempre según Discovery Channel, las emociones extremadamente intensas hacen que el cerebro dé la orden de liberar en la sangre verdaderos torrentes de hormonas u otros productos químicos. Podría decirse que el frenesí homicida es una emoción fuerte.

Si demasiada cafeína en la sangre puede poner en riesgo al niño que está por nacer, raudales de enzimas de mamá asesina no deben de ser recomendables. Claro que tiene la intención de usar el clavo contra un tipo malo, malo de verdad. Pero el bebé no tiene forma de saber que la víctima no era un buen tipo.

Tampoco es que el bebé vaya a nacer con tendencias homicidas por un único incidente violento de defensa propia.

Aun así, Holly piensa mucho sobre el clavo y su utilidad.

Tal vez esa preocupación irracional sea un mero síntoma de embarazo, como las náuseas matinales, que aún no han llegado, o como los antojos de helado de chocolate.

La prudencia también desempeña un papel en sus reflexiones sobre el clavo. Cuando uno debe lidiar con personas como las que la han secuestrado, lo mejor es no atacarlas si no se tiene la certeza de que la maniobra tendrá éxito.

Si uno trata de meterle a alguien un clavo en el ojo y, en cambio, se lo clava en la nariz, se verá enfrentado a un psicópata criminal con la nariz lastimada y furioso. Y eso no es bueno.

Sigue acariciando la medalla de san Cristóbal, evaluando los pros y contras de luchar contra crueles pistoleros con un clavo de siete centímetros, y nada más, cuando el representante de la oficina de turismo de Nuevo México regresa. Se agacha frente a ella y deja la linterna en el suelo.

—Te gusta el medallón —dice. Parece agradarle que ella se lo pase entre los dedos como si fuera un rosario o un amuleto.

El instinto le dice que siga la corriente a sus extrañas inclinaciones.

—Me produce una sensación... interesante.

—La niña del ataúd vestía un sencillo vestido blanco con puntillas baratas cosidas al cuello y los puños. Parecía muy tranquila.

A fuerza de mordisquear, se ha arrancado todos los pellejos colgantes de sus labios resecos. Están moteados de rojo y parecen irritados, inflamados.

—Tenía gardenias en el pelo. Cuando abrimos la tapa, el perfume concentrado de las gardenias era intenso.

Holly cierra los ojos para no mirar los de él.

—Llevamos el medallón y la estatuilla de Cenicienta a un lugar cerca de Angel Fire, en Nuevo México, donde hay un vórtice.

Es evidente que supone que ella sabe qué quiere decir con eso de «vórtice».

Su suave voz se vuelve aún más suave, triste, casi.

—Los maté a los dos mientras dormían.

Durante un momento, ella supone que esta afirmación tiene que ver con el vórtice de Angel Fire, Nuevo México, y trata de darle sentido a la frase en ese contexto. Cuando cae en la cuenta de a qué se refiere, abre los ojos.

—Fingían no tener ni idea de lo que ocurrió con John Knox, pero al menos uno de ellos debía saberlo. Probablemente, ambos lo supieran.

En la habitación contigua hay dos hombres muertos. No oyó disparos. Quizás los degolló.

Puede imaginarse sus pálidas manos lampiñas manejando una navaja barbera con la gracia de un prestidigitador cuando hace rodar una moneda entre sus nudillos.

Holly ya se ha acostumbrado al grillete que le apresa el tobillo, a la cadena que la ata a una anilla empotrada en el suelo. De pronto, vuelve a tomar aguda conciencia de que no sólo está encarcelada en una habitación sin ventanas, sino que sólo puede desplazarse por ella tanto como se lo permite la cadena.

—Yo hubiera sido el próximo y se habrían repartido el rescate entre los dos.

Cinco personas planearon su secuestro. Sólo queda una.

Si él la toca, no habrá nadie que responda a sus gritos. Están juntos y a solas.

—¿Y ahora qué ocurre? —pregunta ella, y enseguida se arrepiente de haberlo hecho.

—Hablaré con tu marido a mediodía, como quedamos. Para esa hora, Anson ya habrá conseguido el dinero. De ahí en adelante, depende de ti.

Ella se queda rumiando esa respuesta, pero es un limón seco del que no puede extraer jugo alguno.

—¿A qué te refieres?

Pero no responde, sigue con sus extraños recuerdos.

—En agosto, como parte de una celebración de la iglesia, una pequeña feria itinerante va a Penasco, en Nuevo México.

Ella tiene la loca sensación de que si le arrancara los lentes de esquí, descubriría que ese rostro no tiene más facciones que los ojos azules y la boca de dientes amarillos y labios cuarteados, que no habría cejas, nariz, ni orejas, sino sólo una piel tersa y uniforme, como de vinilo blanco.

—Apenas una noria y otras pocas cosas en las que subirse, además de unos pocos juegos... Y, el año pasado, una adivina.

Sus manos se alzan y se mueven para trazar el contorno de la rueda de la fortuna, pero no tardan en posarse sobre sus muslos.

—La adivina se hace llamar Madame Tiresias, pero, por supuesto, no es su verdadero nombre.

Holly aprieta el medallón con tanta fuerza que los nudillos le duelen y la efigie en relieve del santo se le graba en la palma de la mano.

—Lo de Madame Tiresias es puro engaño, pero lo curioso es que sí tiene poderes, aunque no es consciente de ello.

Hace una pausa entre cada afirmación, como si lo que acaba de decir fuese tan profundo que quiere que ella tenga tiempo para absorberlo.

—No necesitaría andar engañando a la gente si supiera quién es en realidad y, este año, tengo intención de hacérselo saber.

Hablar sin que le tiemble la voz no le resulta fácil, pero Holly se controla y le recuerda la pregunta que no respondió.

—¿Qué quieres decir con eso de que las cosas dependen de mí?

Cuando él sonríe, parte de su boca desaparece tras la abertura horizontal de los grandes lentes que parecen una máscara.

Ello hace que su sonrisa resulte astuta, como si nadie pudiera ocultarle nada.

—Ya sabes lo que quiero decir —asegura—. No eres Madame Tiresias. Tienes pleno conocimiento de ti misma.

Ella intuye que si cuestiona esta afirmación pondrá a prueba su paciencia y tal vez haga que se enoje. Su suave voz y sus modales amables son una mera piel de cordero, y Holly no tiene intención de despertar al lobo que se esconde debajo de ella.

—Me has dado mucho que pensar —dice ella.

—Lo sé. Has vivido detrás de una cortina y ahora ves que más allá de ella no sólo había una ventana, sino todo un mundo nuevo.

Temerosa de que una palabra equivocada pueda quebrar el hechizo de la fantasía en que el asesino se ha sumido, Holly sólo asiente.

—Sí.

Él se pone de pie.

—Te quedan unas horas para decidir. ¿Necesitas algo?

«Una escopeta», piensa, pero dice otra cosa.

—No.

—Sé cuál será tu decisión. Pero debes llegar a ella por tu cuenta. ¿Estuviste alguna vez en Guadalupita, en Nuevo México?

—No.

Su sonrisa dibuja una curva.

—Irás y te quedarás atónita.

Se va con su linterna, dejándola en la oscuridad.

Poco a poco, Holly se da cuenta de que el viento aún sopla con fuerza. Desde el momento en que él le contó que había matado a los otros secuestradores, el vendaval había desaparecido de su conciencia.

Durante un rato, no oyó más que la voz del asesino. Su voz sinuosa, insidiosa.

El bebé, esa pequeña formación de células, ahora está sumergido en las secreciones químicas que el cerebro de su madre ordena que se liberen en la sangre mientras se debate en el dilema entre huir o luchar. Quizás eso no sea tan malo. Tal vez, hasta sea bueno. Quizás haga que el pequeño Rafferty, sea cual fuere su sexo, sea más duro.

Y éste es un mundo que requiere, cada vez más, que los buenos también sean duros.

Holly se pone a trabajar diligentemente en el clavo con la medalla de san Cristóbal.

# Hasta que la muerte nos separe

PARTE 3

# Capítulo
## 46

La radio programada despertó a Mitch a las 8.30. El viento que había atormentado sus sueños seguía revolviendo el mundo real.

Se sentó en el borde de la cama durante un momento, bostezando y mirándose el dorso y las palmas de las manos. Después de lo que esas manos habían hecho la noche anterior, no era posible que tuvieran el mismo aspecto que antes. Pero no pudo discernir cambio alguno.

Al pasar frente a los espejos de las puertas del armario, vio que sus ropas no estaban más arrugadas que de costumbre. Había despertado en la misma posición en que se durmiera. Al parecer, pasó cuatro horas sin cambiar de postura.

Registró los cajones del cuarto de baño hasta dar con varios cepillos de dientes, sin estrenar y aún en sus envoltorios. Abrió uno y lo usó antes de afeitarse con la maquinilla eléctrica de Anson.

Tomó la pistola y el Taser y bajó a la cocina.

La silla aún estaba encajada bajo el pomo de la puerta del lavadero.

Rompió tres huevos, los condimentó con tabasco, los batió y espolvoreó con queso rallado antes de freírlos y comérselos con dos tostadas con mantequilla y un vaso de jugo de naranja.

Por pura costumbre, comenzó a recoger los platos que había usado para lavarlos, pero se dio cuenta de lo absurdo que era hacer de invitado bien educado en aquellas circunstancias. Dejó los platos sucios sobre la mesa.

Cuando abrió el lavadero y encendió las luces, encontró a Anson atado como antes y empapado en sudor. En la habitación no hacía más calor que de costumbre.

—¿Has pensado en quién soy ahora? —preguntó Mitch.

Anson ya no parecía enojado. Estaba reclinado en la silla y agachaba su maciza cabeza. No parecía más pequeño en lo físico, pero sí en algún otro sentido.

Cuando vio que su hermano no respondía, Mitch repitió la pregunta.

—¿Has pensado en quién soy?

Anson alzó la cabeza. Tenía los ojos inyectados en sangre, los labios pálidos. Perlas de sudor centelleaban entre su barba incipiente.

—Estoy mal —se quejó con una voz que nunca había usado. Su tono lastimero y un matiz especial de persona ofendida sugerían que se consideraba una víctima.

—Una vez más te lo pregunto: ¿has pensado en quién soy?

—Eres Mitch, pero no el Mitch que conozco.

—Es un buen comienzo.

—Hay una parte de ti que... No sé quién eres ahora.

—Soy un marido. Cultivo. Preservo.

—¿Qué quieres decir con eso?

—No creo que lo puedas entender.

—Tengo que ir al lavabo. Necesito orinar.

—Hazlo, pues.

—Estoy a punto de reventar. Tengo que mear, de verdad.

—A mí no me molesta.

—¿Quieres decir que lo haga aquí?

—Es sucio, pero práctico.

—No me hagas esto, hermano.

—No me llames «hermano».

—Sigues siendo mi hermano.

—En lo biológico.

—Vamos, esto no está bien.

—No, no lo está.

Las patas de la silla habían desconchado aún más las baldosas. Dos estaban rotas.

—¿Dónde guardas el dinero en efectivo? —preguntó Mitch.

—Yo no te sometería a estas indignidades.

—Me entregaste para que me mataran.

—No te humillé antes de hacerlo.

—Dijiste que, si de ti dependiera, violarías a mi mujer antes de matarla.

—¿Sólo piensas en eso? Ya te lo expliqué.

Había bregado tan ferozmente por soltar la silla de la lavadora que el grueso cable anaranjado había abollado el metal de una de las aristas de la máquina.

—¿Dónde guardas el dinero, Anson?

—En la billetera tengo, no sé, unos pocos cientos.

—No soy estúpido. No me tomes el pelo.

La voz de Anson se quebró.

—Esto duele muchísimo.

—¿Qué duele?

—Mis brazos. Siento como si se me incendiaran los hombros. Déjame cambiar de posición. Átame las manos por delante. Esto es una tortura.

Anson, a punto de hacer pucheros, parecía un niñito grande. Un niño con el cerebro frío y calculador de un reptil.

—Primero, hablemos del dinero —dijo Mitch.

—¿Crees que hay dinero en efectivo, mucho dinero? No es así.

—Si hago una transferencia electrónica, nunca volveré a ver a Holly.

—Quizás sí. Ellos no querrán que vayas a llorarle a la policía.

—No correrán el riesgo de que ella los pueda identificar ante un tribunal.

—Campbell podría persuadirlos de que terminen con esto.

—¿Golpeando a sus madres y violando a sus hermanas?

—¿Quieres que te devuelvan a Holly o no?

—Maté a dos de sus hombres. ¿Crees que me ayudaría ahora?

—Tal vez sí. Ahora, lo haría por una cuestión de respeto.

—El respeto no sería mutuo.

—Hermano, hay que ser flexible con las personas.

—Les voy a decir a los secuestradores que pagaré en efectivo y en persona.

—Eso es imposible.

—Tienes dinero en efectivo en algún lugar —insistió Mitch.

—El dinero produce intereses, dividendos. No lo escondo en el colchón.

—Tú leías muchas historias de piratas.

—¿Y qué?

—Te identificabas con los piratas. Te parecían de lo más enrollado.

Con una mueca de dolor, Anson insistió en sus quejas.

—Por favor, Mitch, déjame ir al baño. De verdad que estoy mal.

—Y ahora eres un verdadero pirata. Hasta tienes tu propio barco y vas a dirigir tus negocios desde el mar. Los piratas no guardan el dinero en el banco. Lo entierran en distintos lugares para poder recuperarlo con facilidad cuando su suerte cambia.

—Mitch, por favor. Tengo espasmos en la vejiga.

—El dinero que haces con tu trabajo de consultoría sí va al banco. Pero el que proviene de cosas que son, ¿cómo dijiste?, «más abiertamente delictivas», como el trabajo, sea cual fuere, que hiciste para estos tipos cuando los estafaste, ése no va al banco. No pagas impuestos por él.

Anson no dijo nada.

—No voy a llevarte a tu oficina y quedarme mirando mientras usas tu computadora para mover fondos y organizar una transferencia electrónica. Eres más fuerte que yo. Estás desesperado. No te voy a dar la oportunidad de que tomes el control. Te quedas en la silla hasta que terminemos.

—Siempre respondí a tu llamada cuando me necesitaste.

—No siempre.

—Me refiero a cuando éramos niños. Cuando éramos niños, siempre respondí cuando me necesitaste.

—De hecho —confirmó Mitch—, los cinco hermanos nos ayudábamos unos a otros.

—Sí, así es. Tienes razón. Como deben hacer los hermanos. Podríamos recuperar esa costumbre —dijo Anson, con cierto tono de reproche.

—¿Sí? ¿Y cómo lo haríamos?

—No digo que vaya a ser fácil. Podemos empezar por ser francos. Me equivoqué, Mitch. Lo que te hice fue horrible. Es que estaba tomando drogas, y me confundieron las ideas.

—No estabas tomando drogas. No digas que fue por eso. ¿Dónde está el dinero?

—Hermano, te lo juro, el dinero sucio se blanquea. También ése termina en el banco.

—No te creo.

—Insiste cuanto quieras, pero eso no cambiará la realidad.

—¿Por qué no lo piensas un poco más? —sugirió Mitch.

—No hay nada que pensar. Las cosas son como son.

Mitch apagó la luz.

—¡No! —dijo Anson con voz plañidera.

Cruzando el umbral y cerrando la puerta tras de sí, Mitch dejó a su hermano en la oscuridad.

# 47

Mitch comenzó por el desván. Se accedía a él por una puerta trampa ubicada en el techo del ropero del dormitorio principal. Una escalera se desplegaba al abrirla.

Dos bombillas desnudas que proporcionaban una insuficiente iluminación al amplio recinto revelaron las telarañas de los ángulos que formaban las vigas.

De cada orificio de ventilación del tejado surgían ansiosas respiraciones, siseos, jadeos hambrientos, como si el desván fuese la jaula de un canario y el viento un gato voraz.

El viento de Santa Ana es tan inquietante en sí mismo que hasta las arañas parecían agitadas. Se movían sin cesar en sus telas.

No se veía nada almacenado en el desván. Estuvo a punto de retirarse, pero una sospecha, una corazonada, lo retuvo.

El suelo de ese recinto vacío estaba entarimado con planchas de madera aglomerada. No era lógico suponer que Anson escondiera dinero en efectivo bajo una plancha de aglomerado fijada por dieciséis clavos. Ante una emergencia, no podría recuperarlo deprisa.

Aun así, Mitch, agachándose para esquivar las vigas bajas, caminó de un extremo a otro, escuchando el sonido hueco de sus pisadas. Se apoderó de él una extraña sensación de augurio, una intuición de que estaba a punto de hacer un descubrimiento.

Su atención se centró en un clavo. Los otros estaban bien clavados, hasta quedar al nivel del suelo, pero éste sobresalía aproximadamente medio centímetro.

Se agachó para estudiarlo. Su cabeza era ancha y chata. A juzgar por su tamaño y por el grosor del tramo que asomaba, debía de tener al menos siete centímetros de largo.

Cuando tomó el clavo entre pulgar e índice y trató de sacarlo, se encontró con que estaba firmemente colocado.

Una sensación extraordinaria lo embargó. Era parecida, aunque no idéntica, a lo que experimentó cuando vio el campo de cebada silvestre transformado en un torbellino por la brisa y plateado por la luz de la luna.

De repente, se sintió tan cerca de Holly que miró por encima del hombro, casi esperando verla allí. La sensación no se desvaneció, sino que creció, hasta convertirse en un escalofrío que le mordía la nuca.

Salió del desván y bajó a la cocina. En el cajón donde encontrara las llaves de los coches había una pequeña colección de herramientas, de las que se usan con más frecuencia. Escogió un destornillador y un martillo de carpintero.

Desde el lavadero, Anson preguntó.

—¿Qué ocurre?

Mitch no respondió.

De regreso en el desván, extrajo el clavo con las orejas del martillo. Empleando el destornillador a modo de cuña, le dio unos golpes en el mango con el martillo, hasta encajarlo debajo de la cabeza de otro clavo. Así, levantó el siguiente, hasta que también éste asomó medio centímetro. Terminó de sacarlo con el martillo.

Las arañas, inquietas, punteaban silenciosos arpegios en sus arpas de seda. El viento nunca callaba.

A cada clavo que sacaba, el escalofrío que sentía en la nuca se hacía más intenso. Cuando extrajo el último, se apresuró a alzar y apartar la plancha de madera aglomerada.

Debajo, sólo se veían los listones donde había estado clavada. Entre uno y otro sólo había paneles cuadrados de fibra de vidrio, puestos a modo de aislante.

Sacó la fibra de vidrio. Bajo el aislante no había una caja fuerte, ni fajos de billetes envueltos en plástico.

La sensación de augurio pasó y también su intuición de que, de algún modo, estaba cerca de Holly. Se quedó sentado, presa del desaliento.

¿Qué demonios le había ocurrido?

Recorrió el desván con la mirada. No se sentía impulsado a levantar más planchas de madera aglomerada.

Su evaluación inicial había sido correcta. Ante la posibilidad de que un incendio se lo hiciese perder, o por algún otro motivo, Anson no escondería mucho dinero en un lugar al que no pudiese acceder rápidamente.

Mitch dejó a las arañas en la oscuridad, en compañía del infatigable viento.

Tras plegar la escalera y cerrar la puerta trampa del techo del ropero, continuó allí su busca. Miró detrás de las prendas colgadas de perchas, registró los cajones en busca de fondos dobles, palpó cada estante y cada moldura en busca de un resorte oculto que abriera un panel.

En la habitación, miró detrás de cada cuadro, con la esperanza de que alguno ocultara una caja fuerte empotrada en la pared, aunque dudaba de que Anson recurriera a algo tan obvio. Hasta movió la cama matrimonial de su lugar, pero no encontró en la alfombra ningún cuadrado recortado que ocultara una cripta.

Mitch registró los dos cuartos de baño, un armario empotrado en el recibidor y dos dormitorios para huéspedes que ni siquiera estaban amueblados. Nada.

En la planta baja, comenzó por el estudio, de paredes de caoba y cubiertas de estantes llenos de libros. Ahí, los posibles escondrijos eran tantos, que sólo lo había registrado a medias cuando, al echarle un vistazo a su reloj, vio que eran las 11.33.

Los secuestradores llamarían en veintisiete minutos.

En la cocina, tomó la pistola y fue al lavadero. Al abrir la puerta, lo recibió un fuerte hedor a orina.

Encendió la luz y se encontró a un Anson sufriente.

La mayor parte de la micción había sido absorbida por sus pantalones, sus calcetines, sus zapatos, pero aun así, al pie de la silla, había un charquito amarillo sobre las baldosas.

Lo más parecido que tienen los sociópatas a las emociones humanas son el amor a sí mismos y la piedad por sí mismos, el único amor y la única piedad de que son capaces de sentir. Su extremado amor por sí mismos va más allá de la egolatría.

El amor psicótico a uno mismo no incluye emociones tan dignas como el respeto por uno mismo, pero sí un orgullo avasallador. Anson sería incapaz de sentir vergüenza, pero su orgullo había caído desde un lugar alto a una ciénaga de autocompasión.

El bronceado no podía ocultar ahora el tono ceniciento de su piel. Su rostro aparecía esponjoso, enfermizo. Los ojos inyectados en sangre eran una estancada ciénaga de sufrimiento.

—Mira lo que me hiciste —dijo.

—Tú te lo hiciste.

Si la autocompasión le dejaba algún lugar para la ira, lo ocultaba bien.

—Esto es enfermizo, hermano.

—De lo más enfermizo —asintió Mitch.

—Te estás divirtiendo mucho.

—No. Esto no tiene nada de gracioso.

—Te ríes por dentro.

—Detesto lo que ocurre.

—Si lo detestas, ¿cómo es que no te avergüenzas?

Mitch no dijo nada.

—No veo que te ruborices. ¿Dónde está mi hermano, el que se sonroja?

—Se acaba el tiempo, Anson. Están a punto de llamar. Quiero el dinero.

—¿Y yo qué obtengo? ¿Qué saco de esto? ¿Por qué tengo que dar y dar?

Extendiendo su brazo, en la misma postura que adoptara Campbell cuando lo encañonó, Mitch apuntó la pistola al rostro de su hermano.

—Si me das el dinero, te dejo vivir.

—¿Y qué clase de vida sería la mía?

—Te puedes quedar con todo lo que tienes, menos los dos millones. Pago el rescate y hago las cosas de modo que la policía no se entere nunca de que hubo un secuestro. Así, ni siquiera te interrogarán.

Era indudable que Anson pensaba en Daniel y Kathy.

—Puedes seguir con lo que hacías antes —mintió Mitch—. Vive como mejor te parezca.

A Anson le habría sido fácil endilgarle el asesinato de sus padres a Mitch si éste hubiera estado muerto y sepultado en una tumba del desierto, donde nunca lo encontrarían. Ahora, no le resultaría tan sencillo.

—Te doy el dinero —dijo Anson— y tú me sueltas.

—Así es.

—¿Cómo? —preguntó con tono suspicaz.

—Antes de irme a hacer el trueque, te sacudo con el Taser y después te quito las esposas. Me voy mientras sigues inconsciente.

Anson se quedó pensando.

—Vamos, pirata. Entrega el tesoro. Si no lo haces antes de que suene el teléfono, todo habrá terminado para ti.

Anson lo miró a los ojos.

Mitch le sostuvo la mirada.

—Lo haré.

—Eres igual a mí —dijo Anson.

—De eso es de lo que quería que te dieras cuenta.

La mirada de Anson no vaciló. Sus ojos miraban de frente. Eran directos, inquisitivos.

Estaba amarrado a una silla. Le dolían los hombros, los brazos. El cañón de una pistola le apuntaba.

Pero sus ojos estaban serenos, calculadores. Parecía como si una rata de cementerio, después de perforar una serie de túneles entre el montón de calaveras donde anidaba, hubiese ido a asomar a esa cabeza viviente, por cuyos ojos atisbaba con ratonil astucia.

—Hay una caja fuerte empotrada en el suelo de la cocina —dijo Anson.

Capítulo

# 48

El armario de cocina ubicado a la izquierda y debajo del lavabo tenía dos estantes montados sobre carriles. Contenían ollas y sartenes.

Mitch los vació y los hizo correr por sus carriles hasta sacarlos. El suelo del armario quedó a la vista. La operación le llevó cerca de un minuto.

En las cuatro esquinas del suelo había algo que parecían refuerzos de madera. De hecho, eran clavijas que mantenían en su lugar el panel, que no estaba clavado.

Quitó las clavijas y alzó la cubierta del suelo. La plancha de cemento sobre la que se alzaba la casa quedó al descubierto. Había una caja fuerte empotrada en ella.

La combinación que le dio Anson funcionó al primer intento. Abrió la pesada puerta.

La caja ignífuga medía aproximadamente sesenta centímetros de largo por cuarenta y cinco de ancho y treinta de profundidad. Dentro, había gruesos fajos de billetes de cien dólares, envueltos en bolsas de plástico para alimentos, selladas con cinta adhesiva transparente.

También había un sobre de papel. Según Anson, contenía títulos al portador emitidos por un banco suizo. Eran casi tan fáciles de liquidar como los billetes de cien dólares, pero más compactos y manejables cuando hay que cruzar fronteras.

Mitch depositó el tesoro sobre la mesa de la cocina y verificó el contenido del sobre. Contó seis títulos en dólares estadounidenses, de cien mil cada uno, pagaderos al portador, fuera éste o no el mismo que el comprador.

Apenas un día antes, no hubiese imaginado que alguna vez dispondría de todo ese dinero. Dudaba de que volviera a ver semejante cantidad de efectivo en su vida. Pero no sintió el más fugaz asomo de asombro ni deleite al ver tanta riqueza.

Era el rescate de Holly y estaba contento de tenerlo. Ese dinero también era el motivo por el que había sido secuestrada y, por eso, a Mitch le producía tal rechazo que le repugnaba tocarlo.

El reloj de la cocina marcó las 11.54.

Faltaban seis minutos para la llamada.

Regresó al lavadero, que había dejado con la luz encendida y la puerta abierta.

Anson, tan ensimismado como henchido de sí mismo, seguía sentado en su silla húmeda, pero, al mismo tiempo, estaba en algún otro lugar. No regresó a la realidad hasta que Mitch le habló.

—Seiscientos mil en títulos. ¿Cuánto en efectivo?

—Todo lo demás —dijo Anson.

—¿Lo que falta para completar los dos millones? Entonces, ¿hay un millón cuatrocientos mil en efectivo?

—Así es. ¿No es lo que te acabo de decir?

—Lo voy a contar.

—Hazlo.

—Si no está todo, se acabó el trato. Cuando me marche, no te soltaré.

Frustrado, Anson hizo sonar las esposas golpeándolas contra la silla.

—¿Por qué me haces esto?

—Sólo te estoy diciendo cómo están las cosas. Si quieres que mantenga mi parte del trato, mantén la tuya. Voy a contarlo.

Dando la espalda a la puerta del lavadero, Mitch se dirigió a la mesa de la cocina, y Anson confesó.

—Hay ochocientos mil en efectivo.

—¿No un millón cuatrocientos?

—El total, entre efectivo y títulos, es de un millón cuatrocientos mil. Me equivoqué.

—Ajá. Te equivocaste. Necesito seiscientos mil más.

—Es todo lo que hay. No tengo más.

—También dijiste que no tenías esto.

—No siempre miento —replicó Anson.

—Los piratas no entierran todo lo que tienen en un solo lugar.

—¿Puedes dejar esa mierda de los piratas?

—¿Por qué? ¿Te hace volver a la infancia?

El reloj marcaba las 11.55.

Mitch sintió una súbita inspiración.

—Quieres que pare con esa mierda de los piratas, porque si continúo, quizás piense en tu yate. ¿Cuánto tienes allí?

—Nada. En el barco no hay nada. No tuve tiempo de instalar una caja fuerte.

—Si matan a Holly, registraré tus papeles —dijo Mitch—. Me enteraré del nombre del barco y de dónde está amarrado. Iré al embarcadero con un hacha y un taladro eléctrico.

—Haz lo que mejor te parezca.

—Lo abriré de proa a popa, y, cuando encuentre el dinero y sepa que me mentiste, regresaré aquí y te cerraré la boca con cinta adhesiva para que no vuelvas a hacerlo jamás.

—Te estoy diciendo la verdad.

—Te dejaré encerrado en la oscuridad, sin agua, ni comida. Te dejaré ahí para que te mueras de deshidratación entre tu propia inmundicia. Yo estaré aquí mismo, en tu cocina, sentado a tu mesa, comiéndome tu comida, mientras oigo cómo mueres en la oscuridad.

Mitch no se creía capaz de matar a alguien de una forma tan cruel, pero su propia voz le sonó dura, fría y convincente.

Si perdía a Holly, quizás fuera capaz de cualquier cosa. Había llegado a vivir plenamente gracias a ella. Sin ella, parte de él moriría y sería menos de lo que era ahora.

Anson parecía haber seguido esa misma cadena de razonamiento.

—Está bien. De acuerdo. Cuatrocientos mil.

—¿Qué?

—En el barco. Te diré dónde encontrarlos.

—Aún faltan doscientos mil.

—No hay más. No en efectivo. Tendré que vender algunas acciones.

Mitch se volvió a mirar el reloj de la cocina. Las 11.56.

—Faltan cuatro minutos. No hay tiempo para mentiras, Anson.

—¿Me creerás esta vez? ¿Aunque sólo sea esta vez? No hay más en efectivo.

—Ya tengo bastante con lograr cambiar las condiciones del intercambio —dijo Mitch—. Nada de transferencias electrónicas. Ahora, me veré obligado a regatear para que me hagan una rebaja de doscientos mil.

—Lo aceptarán —le aseguró Anson—. Conozco a estos cerdos. ¿Te crees que rechazarían un millón ochocientos mil? Imposible. Nunca lo harían.

—Será mejor que no te equivoques.

—Oye, ahora estamos de acuerdo ¿no? ¿Verdad que estamos de acuerdo? No me dejes a oscuras.

Mitch ya le había dado la espalda. No apagó la luz ni cerró la puerta del lavadero.

De pie frente a la mesa, se quedó mirando los títulos al portador y el dinero en efectivo. Tomó el bolígrafo y la libreta y se dirigió al teléfono.

No podía soportar mirar el teléfono. Últimamente, los teléfonos no le habían traído más que malas noticias.

Cerró los ojos.

Tres años atrás, Holly y él se habían casado. No hubo familiares presentes en la boda. Dorothy, la abuela que criara a Holly, había muerto de forma repentina cinco meses antes. Holly tenía una tía y dos primos por el lado paterno. No los conocía. No le importaba.

Mitch no podía invitar a su hermano ni a sus tres hermanas sin incluir a sus padres en la invitación. No quería que Daniel y Kathy estuvieran allí.

Lo que lo impulsaba no era la amargura. No es que los excluyera porque estuviera enojado con ellos o quisiera castigarlos. Daniel y Kathy eran una enfermedad incurable, estructural, para cualquier familia. Si se les permitía llegar a las raíces, indudablemente deformarían la planta y marchitarían su fruto.

Después, le contaría a su familia que él y su flamante mujer se habían escapado juntos. Pero la verdad era que habían celebrado una pequeña ceremonia en su casa, seguida de una recepción para un reducido grupo de amigos. Iggy tenía razón, el grupo musical daba pena. Demasiadas canciones con pandereta. Y un cantante que creía que su mejor recurso eran los largos solos en falsete.

Cuando todos se marcharon y la banda no fue más que un recuerdo cómico, Holly y él bailaron solos, al son de la radio, en la pista de baile provisional que habían instalado en el patio trasero para el evento. A la luz de la luna, ella estaba tan adorable que casi parecía de otro mundo. Inconscientemente la había estrechado con demasiada fuerza, como si temiera que se desvaneciese como un fantasma, hasta que ella le dijo: «Eh, no soy irrompible», y él se relajó y ella le apoyó la cabeza en el hombro. Aunque por lo general era torpe a la hora de bailar, no había dado ni un paso equivocado, mientras giraban en el exuberante jardín, fruto de su paciente labor. Por encima de ellos brillaban las estrellas que él nunca le había ofrecido, pues no era hombre de hacer declaraciones poéticas. Pero ella ya era dueña de las estrellas y, esa noche, también la luna y el cielo le rendían pleitesía.

El teléfono sonó.

Capítulo

## 49

Descolgó al segundo timbrazo.

—Soy Mitch.

—Hola, Mitch. ¿Esperanzado?

La melosa voz no era la de las llamadas anteriores y el cambio inquietó a Mitch.

—Sí. Estoy esperanzado —dijo.

—Bien. Nada se obtiene sin esperanza. La esperanza fue lo que me trajo desde Angel Fire a este lugar y es lo que me llevará de regreso allí.

Pensándolo bien, lo que perturbaba a Mitch no era tanto el cambio de interlocutor como la naturaleza de la voz. La suavidad con que hablaba el hombre estaba al borde de lo fantasmal.

—Quiero hablar con Holly.

—Claro que quieres. Es la mujer del momento. Y debo decir que se desenvuelve muy bien. Esta dama tiene un espíritu muy sólido.

Mitch no supo qué pensar. Lo que el tipo acababa de decir sobre Holly era verdad, pero, viniendo de él, sonaba extraño.

La voz de Holly apareció en la línea.

—¿Estás bien, Mitch?

—Estoy bien. Me estoy volviendo loco, pero estoy bien. Te amo.

—Yo también estoy bien. No me han lastimado en serio.

—Saldremos de ésta —le aseguró él—. No te voy a fallar.

—Nunca creí que fallarías. Nunca.

—Te amo, Holly.

—Él quiere hablarte —dijo ella, y le devolvió el teléfono a su raptor.

La voz de Holly había sonado forzada. Mitch le dijo que la amaba dos veces, pero ella no le respondió con una declaración recíproca. Algo andaba mal.

La voz suave volvió a sonar.

—Ha habido un cambio de planes, Mitch, un cambio importante. En lugar de una transferencia electrónica, queremos efectivo.

A Mitch le había preocupado la posibilidad de no poder convencerlos de que el pago del rescate no se hiciera mediante una transferencia electrónica. Esta novedad tendría que haberlo aliviado. Pero, en cambio, lo perturbaba. Era otro indicio de que había ocurrido algo que alteraba los planes de los secuestradores. Una nueva voz en el teléfono, el tono receloso de Holly, y ahora este repentino interés por el dinero en efectivo.

—¿Sigues ahí, Mitch?

—Sí. Ocurre que se me complicaron un poco las cosas. Debes saber que Anson... En fin, no demostró tanta preocupación fraterna como yo hubiera supuesto.

El otro pareció divertido.

—Los demás supusieron que sí lo haría. Yo nunca estuve tan seguro. No hay razón para esperar que un cocodrilo derrame lágrimas sinceras.

—Controlo la situación —le aseguró Mitch.

—¿Te sorprendió tu hermano?

—Repetidas veces. Mira, ahora mismo sólo puedo garantizarte ochocientos mil en efectivo y seiscientos mil en bonos al portador.

Antes de que Mitch pudiera mencionar los cuatrocientos mil adicionales que, supuestamente, estaban a bordo del barco de Anson, el secuestrador habló.

—Por supuesto que es una decepción. Los seiscientos mil restantes hubieran comprado mucho tiempo de búsqueda.

Mitch no entendió la última parte.

—¿Tiempo de qué?

—¿Eres un buscador, Mitch?

—¿Buscador de qué?

—Si supiésemos la respuesta, no necesitaríamos buscar. Un millón cuatrocientos mil está bien. Consideraré que es un descuento por pago en efectivo.

Sorprendido por la facilidad con que el otro aceptaba la rebaja, Mitch preguntó.

—¿Hablas en nombre de todos, también de tus socios?

—Sí. Si yo no hablara por ellos, ¿quién iba a hacerlo?

—Entonces..., ¿cuáles son los pasos siguientes?

—Ven solo.

—De acuerdo.

—Desarmado.

—De acuerdo.

—Mete el dinero y los títulos en una bolsa de basura, de plástico. No la cierres del todo. ¿Sabes dónde queda la casa Turnbridge?

—Todos los habitantes del condado conocen la casa Turnbridge.

—Ve allí a las 15.00. No te hagas el vivo y creas que puedes ir más temprano y sorprenderme. Lo que obtendrías a cambio de eso sería una esposa muerta.

—Estaré a las 15.00. Ni un minuto antes. ¿Cómo hago para entrar?

—El portón parecerá cerrado con cadena, pero ésta no tendrá candado. Una vez que entres con tu vehículo, deja la cadena como la encontraste. ¿En qué coche irás?

—En mi Honda.

—Detente justo frente a la casa. Verás un utilitario. Estaciona bien lejos de él. Pon el Honda con la parte trasera mirando hacia la casa y el baúl abierto. Quiero cerciorarme de que no haya nadie escondido ahí.

—Muy bien.

—En cuanto lo hagas, te llamaré a tu celular para decirte qué debes hacer.

—Espera. Mi celular se quedó sin batería. —Lo cierto era que estaba en algún lugar de Rancho Santa Fe—. ¿Puedo usar el de Anson?

—¿Cuál es su número?

El celular estaba sobre la mesa de la cocina, junto al dinero y los bonos. Mitch lo tomó.

—No sé el número. Tengo que encenderlo para ver. Dame un minuto.

Mientras Mitch esperaba a que el logotipo de la empresa telefónica desapareciera de la pantalla, el hombre de la voz suave habló.

—Dime una cosa, ¿Anson está vivo?

Sorprendido por la pregunta, Mitch respondió.

—Sí.

—Esa simple respuesta me dice mucho —replicó el otro, divertido.

—¿Qué te dice?

—Que te subestimó.

—Sacas demasiadas conclusiones de una sola palabra. Apunta el número del celular.

Una vez que Mitch leyó el número y lo repitió, su interlocutor hizo una advertencia.

—Queremos que éste sea un trueque fácil y sencillo, Mitch. Los mejores negocios son aquellos en que todos salen ganando.

Mitch pensó que era la primera vez que el hombre de la voz suave hablaba en plural.

—A las 15.00 —le recordó el otro y cortó.

En el lavadero, todo era blanco. Todo, menos la silla roja, Anson, atado a ella, y el charquito amarillo.

Anson, hediondo, inquieto, meciéndose en la silla, estaba resignado a cooperar.

—Sí, uno de ellos habla así. Se llama Jimmy Null. Es un profesional, pero no es el jefe. Si quien telefoneó es él, es que los otros están muertos.

—¿Cómo que muertos?

—Algo salió mal, tuvieron un desacuerdo por algo y decidió embolsarse toda la ganancia.

—¿Así que crees que ahora sólo queda uno de ellos?

—Eso hace las cosas más difíciles, no más fáciles, para ti.

—¿Por qué más difíciles?

—Dado que se ha deshecho de los otros, querrá hacer una limpieza total.

—Holly y yo.

—Sólo cuando tenga el dinero. —Incluso en su desdicha, Anson se las compuso para sonreír de manera atroz—. ¿Quieres saber algo del dinero, hermano? ¿Quieres saber cómo me gano la vida?

Que Anson se ofreciera a dar esa información sólo podía significar que creía que conocerla le haría daño a su hermano.

Mitch se dio cuenta de que el centelleo de cruel regocijo en los ojos de su hermano era un buen motivo para continuar en la ignorancia, pero la curiosidad pudo más que su cautela.

Antes de que ninguno de los dos pudiera hablar, sonó el teléfono.

Mitch regresó a la cocina. Durante un instante, pensó no atender la llamada, pero lo hizo. Podía tratarse de Jimmy Null, que llamaba para darle nuevas instrucciones.

—¿Hola?

—¿Anson?

—No está.

—¿Quién habla?

No era la voz de Jimmy Null.

—Soy un amigo de Anson —dijo Mitch.

Ahora que había atendido la llamada, lo mejor que podía hacer era comportarse como si allí todo transcurriera con normalidad.

—¿Cuándo regresa? —preguntó su interlocutor.

—Mañana.

—¿Pruebo a llamarlo a su celular?

La voz le sonaba conocida a Mitch.

Tomando el celular de Anson de la mesada, Mitch dijo:

—Olvidó llevarlo.

—¿Puedes dejarle un mensaje?

—Sí. Dime.

—Dile que llamó Julian Campbell.

El brillo de los ojos grises, el reluciente Rolex de oro.

—¿Algo más? —preguntó Mitch.

—Eso es todo. Pero sí hay algo que me preocupa, amigo de Anson.

Mitch no dijo nada.

—Amigo de Anson, ¿estás ahí?

—Sí.

—Espero que estés cuidando bien mi Chrysler Windsor. Amo ese coche. Nos vemos.

# Capítulo
## 51

Mitch buscó hasta dar con el cajón de la cocina en que Anson guardaba dos cajas de bolsas de basura. Eligió una de las de menor tamaño, de cincuenta litros de capacidad.

Metió los fajos de billetes y el sobre de títulos al portador en la bolsa. Retorció los bordes, pero no la anudó.

A esa hora, y con el tráfico habitual, llegar desde Rancho Santa Fe a Corona del Mar podía suponer hasta dos horas. Aunque Campbell tenía colaboradores en Corona del Mar, no llegarían de inmediato.

Cuando Mitch regresó al lavadero, Anson se mostró curioso.

—¿Quién era?

—Un vendedor de algo.

Los ojos de Anson, verde mar, enrojecidos, eran como océanos enturbiados por la sangre en un festín de tiburones.

—No parecía tratarse de un asunto de ventas.

—Me ibas contar cómo te ganas la vida.

Un malévolo regocijo volvió a asomar en los ojos de Anson. Quería compartir su triunfo, no tanto por orgullo como porque sabía que ese conocimiento heriría a Mitch de alguna manera.

—Imagínate que le envías datos a un cliente por Internet, material aparentemente inocente, fotos, digamos o una historia de Irlanda.

—¿Aparentemente?

—No se trata de datos codificados, que son ininteligibles si no tienes la clave que los descifra. Esto se ve a las claras y no tiene nada de particular. Pero cuando lo procesas con un programa especial, las fotos y el texto se combinan y vuelven a conformarse de una manera totalmente diferente, revelando la verdad oculta.

—¿Qué verdad?

—Espera. Primero tu cliente descarga el programa, pero nunca tiene una copia en disco. Si la policía registra su computadora y trata de copiar o analizar el programa, éste se autodestruye, de modo que es imposible reconstruirlo. Lo mismo ocurre con todos sus archivos, sea en su forma original o convertidos.

Mitch, que siempre había bregado por mantener su conocimiento de la informática en el mínimo aceptable para el mundo moderno, no estaba demasiado seguro de entender qué aplicación útil se le podía dar a ese programa. Se le ocurrió una.

—Así, los terroristas podrían comunicarse por Internet y cualquiera que interviniese sus comunicaciones sólo encontraría que están compartiendo una historia de Irlanda.

—O de Francia, o de Tahití, o un largo análisis de las películas de John Wayne. Nada siniestro, ningún código obvio que despierte sospechas. Pero los terroristas no son un mercado estable ni provechoso.

—¿Quién lo es?

—Hay muchos. Pero de lo que te quiero hablar es del trabajo que hice para Julian Campbell.

—El empresario del entretenimiento —dijo Mitch.

—Es verdad que es dueño de casinos en varios países. Entre otras cosas, los usa para blanquear dinero de otras actividades.

Mitch creía que ahora conocía al verdadero Anson, un hombre muy diferente de aquel con quien emprendió el viaje a Rancho Santa Fe. Que ya no le quedaban ilusiones al respecto. Que ya no era ciego por propia decisión.

Pero en ese momento esencial, se revelaba una escalofriante tercera versión de su hermano, casi tan desconocida para Mitch como ese segundo Anson que apareció por primera vez en la biblioteca de Campbell.

Su rostro pareció pertenecer a un nuevo inquilino, que, tras escabullirse por entre los recovecos de su cráneo, se asomara a las familiares ventanas verdes iluminándolas con una luz sombría.

También cambió algo en su cuerpo. Una forma más primitiva pareció ocupar el asiento donde hasta hace un minuto estaba Anson; era la forma de un hombre, pero un hombre en quien el animal se ve con más claridad.

Esta percepción le llegó a Mitch antes de que su hermano comenzara a revelarle en qué consistían sus negocios con Campbell. No podía decirse a sí mismo que se trataba de un efecto psicológico, que lo dicho por Anson lo había transformado a sus ojos, pues el cambio precedió a la revelación.

—El 0,5 por ciento de los hombres son pedófilos —dijo Anson—. En Estados Unidos, eso es un millón y medio de personas. Y hay millones más en el mundo.

En aquella habitación de un blanco brillante, Mitch sintió que estaba en el umbral de la oscuridad, que ante él se abría un portón terrible y que no podía retroceder.

—Los pedófilos son ávidos consumidores de pornografía infantil —continuó Anson—. Lo arriesgan todo por obtenerla, aunque saben que tras la compra siempre puede haber una operación encubierta de la policía, que los llevaría a la ruina. Si la obtienen bajo la forma de aburridos textos sobre la historia del teatro británico y la pueden convertir en excitantes fotos, vídeos, incluso, si logran satisfacer su ansia sin correr peligro, su apetito se vuelve insaciable.

Mitch había dejado la pistola sobre la mesa de la cocina. Quizás sospechaba inconscientemente alguna atrocidad como ésa y temía lo que pudiese hacer con el arma.

—Campbell tiene doscientos mil clientes. De aquí a dos años espera que lleguen a un millón, de todo el mundo, lo que proporcionará ingresos de cinco mil millones de dólares.

Mitch recordó los huevos revueltos y las tostadas que se había preparado en la cocina de aquel ser y el estómago se le contrajo al pensar que había comido en platos, con cubiertos, tocados por esas manos.

—La ganancia neta es del 60 por ciento. Los actores porno adultos lo hacen por diversión. A las estrellas infantiles no se les paga. ¿Para qué quieren dinero a su edad? Tengo una pequeña participación en el negocio de Julian. Te dije que tenía ocho millones, pero lo cierto es que son veinticuatro.

El lavadero parecía intolerablemente lleno. Mitch sintió que, además de su hermano y él, multitudes invisibles se agolpaban allí.

—Hermano, sólo quería que supieras lo sucio que es el dinero que rescatará a Holly. Durante toda tu vida, cada vez que la beses, que la toques, pensarás en el origen de ese dinero mugriento, demasiado mugriento.

Inerme, encadenado a la silla, sentado en su propia orina, empapado en el sudor de miedo que la oscuridad le había hecho brotar, Anson alzó la cabeza e hinchó el pecho con aire desafiante. Sus ojos tenían un brillo triunfal, como si haber hecho lo que hizo, como si facilitar la vil empresa de Campbell fuese pago suficiente, como si haber tenido ocasión de saciar el apetito de los depravados a costa de los inocentes fuera toda la recompensa que necesitaba para sustentarlo durante su presente humillación y en la ruina personal que lo esperaba.

Algunos dirían que se trataba de locura, pero Mitch sabía cuál era su verdadero nombre.

—Me voy —anunció, pues ninguna otra cosa que dijese valdría de nada.

—Sacúdeme con el Taser —ordenó Anson, como para dejar claro que nada de lo que le hiciera Mitch podía herirlo en forma perdurable.

—¿Invocas el trato que hicimos? —dijo Mitch—. A la mierda con él.

Apagó las luces y cerró la puerta. Como hay fuerzas contra las que es prudente tomar precauciones adicionales, aun cuando parezcan irracionales, volvió a encajar una silla bajo el pomo para mantener la puerta cerrada. Si hubiera tenido tiempo, tal vez hasta la habría clausurado clavándola a su marco.

Se preguntó si alguna vez volvería a sentirse limpio.

Se echó a temblar. Estaba a punto de vomitar.

Fue al lavabo y se echó agua fría en la cara.

El timbre de la puerta sonó.

# Capítulo
# 52

Las campanillas tocaron unos pocos compases del *Himno de la alegría.*

Sólo habían pasado unos minutos desde que Julian Campbell cortara la comunicación. Haría cualquier cosa por proteger unos ingresos de cinco mil millones al año, pero no era posible que hubiera enviado a dos nuevos pistoleros a casa de Anson con tanta rapidez.

Mitch cerró el canilla del lavabo y, con el rostro empapado, trató de pensar si había algún motivo para arriesgarse a identificar al visitante espiando por una de las ventanas de la sala de estar.

Era hora de irse.

Tomó la bolsa de basura que contenía el rescate y recogió la pistola de la mesa. Se dirigió a la puerta trasera.

El Taser. Lo había dejado en una mesada, junto al horno. Regresó a buscarlo.

El visitante desconocido hizo sonar la campanilla otra vez.

—¿Quién es? —preguntó Anson desde el lavadero.

—El cartero. Ahora, cállate.

Mientras se dirigía otra vez a la puerta trasera, Mitch recordó el celular de su hermano. Estaba en la mesa, junto al rescate y, aunque había recogido esa bolsa, olvidó guardar el teléfono.

La rápida sucesión de la llamada de Julian Campbell, las horribles revelaciones de Anson y el timbrazo lo habían sacudido, haciéndole perder el equilibrio.

Tras recuperar el celular, Mitch miró en torno a sí, estudiando la cocina. Por cuanto podía ver, no se había olvidado nada más.

Apagó las luces, salió de la casa y cerró con llave la puerta.

El infatigable viento jugaba al escondite entre los helechos y el bambú. Correosas hojas de banano traídas por el viento desde otras casas, otros jardines, revoloteaban por el patio, arañando los ladrillos.

Mitch fue al primero de los dos garajes y entró por la puerta que daba al patio. Allí lo aguardaba su Honda y, allí, en la parte trasera del Buick Super Woody Wagon, John Knox se pudría.

Tenía la vaga intención de endilgarle la muerte de Knox a Anson, librándose al mismo tiempo de la trampa acusatoria que éste le tendiera con los asesinatos de Daniel y Kathy. Pero la inesperada reaparición de Campbell le dejó la sensación de que caminaba sobre una superficie de hielo muy delgado. Su plan pasó de vago a inexistente.

De todas maneras, nada de eso importaba en ese momento. Una vez que Holly estuviera a salvo, John Knox, los cuerpos del cuarto de aprendizaje y Anson esposado a la silla volverían a importar, y mucho, pero ahora eran meros elementos accesorios del problema central.

Faltaban más de dos horas y media para el momento en que debía cambiar el dinero por Holly. Abrió el baúl del Honda y metió la bolsa bajo la rueda de repuesto.

Encontró un control remoto para el portón del garaje en el asiento delantero del Woody. Lo colocó junto al parabrisas del Honda, para cerrar el portón desde el callejón.

Puso la pistola y el Taser en el compartimento de la puerta del lado del conductor. Sentado al volante, podía ver las armas desde arriba y, además, era más fácil tomarlas de ahí que de debajo del asiento.

Pulsó el control remoto y vio subir el portón por el espejo retrovisor.

Salió del garaje marcha atrás y, mirando hacia la derecha, vio que el callejón estaba despejado. Pisó el freno, sorprendido, cuando alguien golpeó la ventanilla del lado del conductor. Al volver bruscamente la cabeza hacia la izquierda, se encontró cara a cara con el detective Taggart.

# Capítulo
## 53

El cristal amortiguó su saludo.

—Hola, señor Rafferty.

Mitch se lo quedó mirando durante mucho tiempo antes de bajar la ventanilla. Al otro no le llamaría la atención su expresión de sorpresa; sí su miedo, su conmoción.

El tibio viento agitaba el abrigo deportivo de Taggart. Hizo ondear el cuello de su camisa hawaiana amarilla y ocre cuando acercó el rostro a la ventanilla.

—¿Puede dedicarme un momento?

—Bueno, tengo cita con el médico —respondió Mitch.

—Está bien, no lo entretendré mucho. ¿Vamos a hablar al garaje, resguardados del viento?

El cuerpo de John Knox estaba a la vista en la parte trasera del Buick. Quizás el detective de homicidios tuviese un olfato particularmente sensible a los primeros hedores de la descomposición y eso lo hiciera acercarse al viejo vehículo, o quizás se aproximaría para admirar la belleza de éste.

—Hablemos en el coche —dijo Mitch, cerrando la ventanilla mientras terminaba de salir del garaje.

Accionó el control remoto del portón y, mientras bajaba, estacionó a un lado de la calzada.

Instalándose en el asiento del acompañante, Taggart habló.

—¿Ha llamado ya a un exterminador para que se ocupe de esas termitas?

—Todavía no.

—No lo postergue demasiado.

—No lo haré.

Mitch no despegaba la vista del callejón. Estaba decidido a mirar a Taggart sólo de cuando en cuando, pues recordaba el poder de penetración de los ojos del policía.

—Si lo que le preocupa son los pesticidas, hoy día existen otras soluciones.

—Lo sé. Pueden congelarlas en los muros.

—Aún mejor, hay un producto, extracto de naranja altamente concentrado, que las mata por contacto. Es totalmente natural y, además, la casa queda impregnada de un olor delicioso.

—Naranjas. Tendré que preguntar por eso.

—Me imagino que habrá estado demasiado atareado como para pensar en termitas.

Un inocente se preguntaría qué estaba sucediendo y estaría impaciente por seguir con sus actividades del día, de modo que Mitch se arriesgó a preguntar.

—¿Qué lo trae por aquí, teniente?

—Vine a ver a su hermano, pero nadie me abrió la puerta.

—Está fuera hasta mañana.

—¿Dónde fue?

—A Las Vegas.

—¿Sabe a qué hotel?

—No me lo dijo.

—¿No oyó el timbre? —preguntó Taggart.

—Debo de haber salido antes de que usted llamara. Tenía cosas que hacer en el garaje.

—¿Le cuida la casa a su hermano hasta que regrese?

—Así es. ¿De qué tiene que hablar con él?

El detective giró una pierna y se volvió de costado en su asiento, quedando enfrentado a Mitch, como si quisiera obligarlo a que lo mirara a los ojos.

—Los números de teléfono de su hermano estaban en la libreta de direcciones de Jason Osteen.

Contento de poder decir algo que fuera verdad, Mitch respondió.

—Se conocieron cuando Jason y yo vivíamos juntos.

—¿Usted no se mantuvo en contacto con Jason, pero su hermano sí?

—No lo sé. Quizás. Se llevaban bien.

Durante la noche y la mañana, todas las hojas sueltas, los desperdicios y el polvo que levantaba el viento habían volado hasta el mar. Ahora, el viento no arrastraba nada que fuera visible. Inmensas masas de aire cristalino, invisibles como la onda expansiva de una explosión, arremetían por el callejón, haciendo que el Honda se meciera.

—Jason andaba con una muchacha llamada Leelee Morheim —dijo el policía—. ¿La conoce?

—No.

—Leelee dice que Jason odiaba a su hermano. Dice que lo había estafado en algún negocio.

—¿Qué negocio?

—Leelee no lo sabe. Pero hay algo sobre Jason que está muy claro, no hacía ningún trabajo honesto.

Esta afirmación obligó a Mitch a mirar al detective a los ojos, frunciendo el ceño en un convincente gesto de desconcierto.

—¿Me está diciendo que Anson estaba metido en algo ilegal?

—¿Cree que eso es posible?

—Tiene un doctorado en lingüística y es un genio de las computadoras.

—Conocí a un profesor de física que asesinó a su mujer y a un sacerdote que asesinó a un niño.

A la luz los últimos acontecimientos, Mitch ya no creía que el detective fuera uno de los secuestradores.

«Si le hubieses contado algo, Mitch, Holly ya estaría muerta».

También había dejado de preocuparle que los secuestradores pudieran estar vigilándolo u oyendo sus conversaciones. Podía haber un rastreador oculto en el Honda, pero tampoco eso lo preocupaba.

Si Anson tenía razón, Jimmy Null, el de la voz suave, el que se preocupaba porque Mitch se mantuviera esperanzado, había matado a sus socios. Ahora todo debía de estar a cargo de él. En estas últimas horas de la operación, Null no se ocuparía de Mitch, sino de los preparativos para el intercambio.

Ello no significaba que Mitch pudiera pedirle ayuda a Taggart. Tendría que explicar lo de John Knox, que yacía en el Woody Wagon como si éste fuese un coche fúnebre, muerto por partida triple, con el cuello roto, el esófago aplastado y un disparo en el corazón. No sería fácil convencer a ningún detective de homicidios de que Knox había perecido en una caída accidental.

Lo de Daniel y Kathy no sería más fácil de explicar que lo de Knox.

Cuando descubriesen a Anson en ese miserable estado, en el lavadero, les parecería una víctima, no un criminal. Con su talento para el engaño, sería convincente en su papel de inocente y confundiría a las autoridades.

Sólo faltaban dos horas y media para el trueque. Mitch no confiaba en que la policía, tan burocrática como todos los servicios del gobierno, pudiese confirmar en ese lapso todo lo que él le contara y hacer algo por ayudar a Holly.

Además, John Knox había muerto en una jurisdicción local, Daniel y Kathy en otra, Jason Osteen en una tercera. Competía a tres burocracias independientes.

Y como se trataba de un secuestro, era de suponer que también el FBI se ocuparía del asunto.

El terror lo invadió al pensar en que podía verse obligado a quedarse inmóvil e inerme mientras los minutos corrían y las autoridades, por bienintencionadas que fueran, se demoraban, procurando dilucidar la situación y todo lo que había llevado a ella.

—¿Cómo está la señora Rafferty? —preguntó Taggart.

Mitch sintió como si el otro llegara al fondo de su ser, como si el detective ya hubiese desatado muchos de los nudos del caso y estuviera empleando esa misma cuerda para tenderle un lazo.

Al ver la expresión azorada de Mitch, Taggart añadió:

—¿Se le pasó la migraña?

—Oh, sí. —Mitch casi no pudo ocultar el alivio que le produjo darse cuenta de que el interés de Taggart por Holly se originaba en su supuesta migraña—. Se siente mejor.

—Pero no del todo, ¿verdad? En realidad, la aspirina no es el tratamiento ideal para la migraña.

Mitch intuyó que el otro le tendía una trampa, pero no supo de qué clase, si era un cepo, un lazo, o una fosa, y tampoco supo cómo eludirla.

—Bueno, a ella le sienta bien.

—Pero ya hace dos días que no va al trabajo —dijo Taggart.

Era posible que Iggy Barnes le hubiese dicho al detective dónde trabajaba Holly. A Mitch no le sorprendió que lo supiera, pero que esto viniera después de sacar a colación lo de las migrañas lo alarmó.

—Nancy Farasand dice que es raro que la señora Rafferty se tome un día por enfermedad.

Nancy Farasand era otra de las secretarias de la agencia inmobiliaria donde trabajaba Holly. Mitch había hablado con ella la tarde anterior.

—¿Conoce a la señora Farasand, Mitch?

—Sí.

—Me dio la impresión de ser una persona muy eficiente. Le cae bien su esposa, tiene muy buena opinión de ella.

—A Holly también le cae bien Nancy.

—Y la señora Farasand dice que no es propio de su esposa no avisar que va a faltar al trabajo.

Mitch debió haber llamado al trabajo de Holly esa mañana para decir que seguía enferma. Había olvidado hacerlo.

También había olvidado llamar a Iggy para cancelar las actividades del día.

Tras vencer a dos asesinos profesionales, había fallado por no estar atento a una o dos obligaciones triviales.

—Ayer —dijo el detective Taggart— usted me dijo que cuando vio cómo le disparaban a Jason Osteen estaba hablando por teléfono con su esposa.

En el coche se sentía encerrado. Mitch quería abrir la ventanilla para que entrara el aire.

El teniente Taggart tenía casi la misma talla que Mitch, pero ahora parecía más fornido que Anson. El jardinero se sintió arrinconado.

—¿Aún sostiene, o piensa que fue así, Mitch, que estaba hablando por teléfono con su esposa?

La verdad era que hablaba con el secuestrador. Lo que en su momento parecía una mentira fácil y segura quizás se hubiese convertido en una trampa. Pero no veía modo de abandonar esa falsedad sin tener una mejor para reemplazarla.

—Sí. Hablaba con ella.

—Dijo usted que ella llamó para decirle que se marchaba temprano del trabajo porque tenía una migraña.

—Así es.

—De modo que hablaba con ella cuando le dispararon a Osteen.

—Sí.

—Eso fue a las 11.43 de la mañana. Usted dijo que ésa era la hora.

—Miré mi reloj inmediatamente después del tiro.

—Pero Nancy Farasand dice que la señora Rafferty llamó para avisar que no iría ayer por la mañana, que nunca fue a la oficina.

Mitch no respondió. Sentía que el martillo estaba a punto de caer sobre él.

—Y la señora Farasand dice que usted la telefoneó entre las 12.15 y las 12.30 de ayer.

El interior del Honda parecía más reducido que el del baúl del Chrysler Windsor.

Taggart siguió.

—A esa hora, usted aún estaba en la escena del crimen, aguardando a que yo le hiciera algunas preguntas adicionales. Su asistente, el señor Barnes, siguió plantando flores. ¿Lo recuerda?

Cuando el detective se detuvo, Mitch pudo hablar al fin.

—Si recuerdo ¿qué?

—Que estaba en la escena del crimen —contestó secamente Taggart.

—Claro. Por supuesto.

—La señora Farasand dice que cuando usted la llamó entre las 12.15 y las 12.30, pidió hablar con su esposa.

—Ella es muy eficiente.

—Lo que no puedo entender —dijo Taggart— es por qué llamó a la oficina de bienes raíces y pidió hablar con su esposa cuarenta y cinco minutos después de que, según su propio testimonio, ella lo hubiera llamado a usted para decirle que se marchaba de ahí porque tenía una terrible migraña.

Grandes, transparentes, turbulentas oleadas de viento inundaban el callejón.

Mitch bajó la mirada al reloj del tablero, sintiendo que el corazón le daba un vuelco.

—¿Mitch?

—¿Sí?

—Míreme.

Con renuencia, miró al detective a los ojos.

Ahora, esos ojos de halcón no perforaban a Mitch, no lo taladraban como antes. En cambio, lo que era todavía peor, mostraban compasión, invitaban a las confidencias, inspiraban confianza.

—Mitch... ¿dónde está su esposa?

## Capítulo

## 54

Mitch recordó el aspecto que tenía el callejón durante la tarde anterior, cuando lo inundó la luz carmesí del ocaso y el gato anaranjado de ojos verde radiactivo acechaba entre las sombras, y recordó también cómo el gato había parecido transformarse en ave.

Entonces se había permitido albergar esperanzas. Su esperanza era Anson y su esperanza había resultado una gran mentira.

Ahora, el cielo, pulido por el viento, se veía duro, de un azul glacial, como si fuese un techo de hielo que tomaba su color del océano.

El gato anaranjado se había ido, el ave también. No se movía ningún ser viviente. La intensa luz era como un cuchillo de carnicero que descarnase las sombras hasta reducirlas a huesos.

—¿Dónde está su esposa? —volvió a preguntar Taggart.

El dinero estaba en el baúl del coche. El lugar y la hora del intercambio ya estaban fijados. El reloj corría, el momento se acercaba. Había llegado muy lejos, soportado mucho y ahora estaba muy cerca.

Había descubierto el Mal con eme mayúscula, pero también había llegado a ver algo que antes no percibía en el mundo, algo puro y verdadero. Veía un misterioso sentido en lo que antes sólo le parecía una máquina ecológica.

Si las cosas ocurrían por un motivo, quizás hubiese una razón que no podía pasar por alto para su encuentro con el persistente detective.

«En la riqueza y en la pobreza. En la enfermedad y en la salud. Amar, honrar, cuidar. Hasta que la muerte nos separe».

Sus votos. Los había formulado. Nadie más se había comprometido así con Holly. Sólo él. Él era el marido.

Nadie estaría tan dispuesto a matar por ella, a morir por ella. Cuidar es amar y también expresar ese amor. Cuidar es hacer todo lo que puedes por el bienestar y la felicidad de la persona que amas, apoyarla, confortarla. Protegerla.

Quizás el sentido de su encuentro con Taggart fuese advertirle de que había llegado al límite de su capacidad para proteger a Holly por su cuenta, alentarlo a que se diese cuenta de que solo ya no podía ir más lejos.

—Mitch, ¿dónde está su esposa?

—¿Qué le parezco?

—¿En qué sentido? —preguntó Taggart.

—En cualquier sentido. ¿Qué impresión le doy?

—La gente parece pensar que usted es un tipo recto.

—Pregunté qué le parezco a usted.

—No lo había conocido hasta ahora. Pero me parece que, por dentro, está hecho de muelles de acero y relojes en marcha.

—No siempre fui así.

—Nadie podría serlo. Estallaría en una semana. También me parece que usted cambió.

—Sólo me conoce desde hace un día.

—Cambió de ayer a hoy.

—No soy malo. Supongo que todos los malos dicen eso.

—No de forma tan directa.

En el cielo, tal vez lo bastante alto como para volar por encima del viento, y sin duda lo suficiente como para no proyectar su sombra sobre el callejón, un avión a reacción que el sol bañaba de plata se dirigía hacia el norte. Mitch se lo quedó mirando como si fuera algo extraño. Ahora, el mundo parecía haberse reducido a ese coche, a ese momento de peligro. Pero lo cierto era que el mundo no se había encogido y las maneras posibles de ir de un lugar a otro cualquiera eran casi infinitas.

—Antes de decirle donde está Holly, quiero que me prometa algo.

—Sólo soy un policía. No tengo autoridad para negociar reducciones de condenas.

—Así que cree que le hice daño.

—No. Sólo le estoy hablando con franqueza.

—La cuestión es que no tenemos mucho tiempo. Lo que quiero que me prometa es que, cuando haya oído el meollo del asunto, actúe deprisa y no pierda tiempo hurgando en los detalles.

—En los detalles está el meollo, Mitch.

—Cuando oiga esto, sabrá dónde está el meollo. Pero, con tan poco tiempo, no quiero que la burocracia policial arruine las cosas.

—Soy un policía solo, no una burocracia. Lo único que puedo prometerle es que haré todo lo que me sea posible.

Mitch respiró hondo.

—Holly fue secuestrada. Quieren un rescate.

Taggart se lo quedó mirando.

—¿Me he perdido algo? ¿Le piden un rescate a usted?

—Quieren dos millones de dólares o la matarán.

—Usted es jardinero.

—Créame que lo sé.

—¿De dónde iba a sacar dos millones?

—Dijeron que encontraría el modo. Le dispararon a Jason Osteen para demostrarme cómo actuaban. Creí que sólo era un tipo que paseaba un perro, que habían matado a uno que pasaba casualmente por ahí.

Los ojos del detective eran tan penetrantes que leerlos se hacía imposible. Su mirada diseccionaba.

—Jason creyó que le dispararían al perro. Así, me asustaron para que los obedeciera y, al mismo tiempo, redujeron el eventual reparto de cinco a cuatro partes.

—Continúe —dijo Taggart.

—Cuando llegué a casa y me encontré con la escenografía que armaron allí, cuando me tuvieron a su merced, me ordenaron que fuese a pedirle el dinero a mi hermano.

—¿De verdad? ¿Tanto dinero tiene?

—Anson hizo no sé qué operación criminal con Jason Osteen, John Knox, Jimmy Null y otros dos cuyos nombres nunca supe.

—¿Qué operación era ésa?

—No lo sé. No fui parte de ella. No sabía que Anson estuviera metido en esa mierda. Y aunque supiera de qué se trataba, sería uno de esos detalles que usted no necesita saber.

—De acuerdo.

—Lo esencial es que... Anson los estafó a la hora del reparto y sólo se enteraron de cuál había sido el verdadero monto de lo obtenido mucho después.

—¿Por qué decidieron llevarse a su esposa? ¿Por qué no fueron directamente a por él?

—Es intocable. Es demasiado valioso para algunas personas muy importantes y muy duras. De modo que lo atacaron a través de su hermano menor. Yo. Supusieron que no querría ver cómo yo perdía a mi esposa.

Mitch creía haber hecho una declaración neutra, pero Taggart notó algo más.

—No le quiso dar el dinero.

—Peor aún. Me entregó a cierta gente.

—¿Cierta gente?

—Para que me mataran.

—¿Su hermano le hizo eso?

—Sí, mi hermano.

—¿Y por qué no lo mataron?

Mitch siguió mirándolo a los ojos. Ahora, todo había salido a la luz y no podía pretender reservarse muchos datos si quería que el otro colaborase con él.

—Algunas cosas les salieron mal.

—Por Dios, Mitch, hable.

—Entonces, regresé donde mi hermano.

—Debe de haber sido toda una reunión.

—No brindamos con champaña, pero cambió de idea respecto a lo de ayudarme.

—¿Le dio el dinero?

—Así es.

—¿Dónde está su hermano ahora?

—Vivo, pero atado. El trueque es a las tres y tengo motivos para creer que uno de los secuestradores asesinó a los otros. Jimmy Null. Él solo es quien tiene a Holly ahora.

—¿Cuánto me está ocultando?

—Casi todo lo que ahora no importa —Mitch decía la verdad.

A través del parabrisas, el detective contemplaba el callejón.

Sacó una caja cilíndrica de caramelos duros de un bolsillo del abrigo. Levantó el extremo del cilindro y sacó un caramelo. Sostuvo la dulce pastilla entre los dientes mientras cerraba la caja. Cuando la devolvió al bolsillo, su lengua succionó el caramelo de entre los labios. Había algo ritual en la secuencia.

—¿Y bien? —preguntó Mitch—. ¿Me cree?

—Tengo un detector de cuentos chinos más grande que mi próstata —dijo Taggart—. Y no se activó.

Mitch no sabía si sentirse aliviado o no.

Si iba a rescatar a Holly solo y ambos resultaban muertos, al menos no tendría que vivir con la mala conciencia de que le había fallado.

Pero si las autoridades le quitaban el asunto de las manos y Holly moría y él quedaba con vida, la responsabilidad sería una carga intolerable.

No tenía más remedio que reconocer que no había posibilidad alguna de que él lo controlara todo, que era inevitable que el destino fuese su socio en esto. Debía hacer lo que presintiera que estaba bien para Holly, con la esperanza de que lo que sentía terminara por ser lo que realmente estaba bien.

—¿Y ahora qué? —preguntó.

—Mitch, el secuestro es un delito federal. Tendremos que notificarlo al FBI.

—Me dan miedo las complicaciones.

—Son buenos. Nadie tiene más experiencia en este tipo de delitos. De todos modos, como sólo quedan dos horas, no tendrán tiempo de enviar un equipo de especialistas. Probablemente quieran que, al principio, nos encarguemos nosotros.

—¿Y eso qué tal es desde mi punto de vista?

—Somos buenos. Nuestro equipo SWAT es de primera. Tenemos un experto negociador para situaciones con rehenes.

—Es mucha gente —lamentó Mitch.

—Yo estaré al mando. ¿Le parece que soy alguien que dispara por diversión?

—No.

—¿Le parece que soy un pesado con los detalles?

—Pesado como el plomo.

El detective sonrió.

—Muy bien. Recuperaremos a su esposa.

Alargó la mano y quitó la llave del coche.

Mitch se sobresaltó.

—¿Por qué hizo eso?

—No quiero que cambie de idea y, después de todo, decida ir solo. No sería lo mejor para ella, Mitch.

—Ya tomé la decisión. Necesito su ayuda. Puede confiarme las llaves.

—Dentro de un rato. Sólo estoy cuidando de usted, de usted y de Holly. Yo también tengo una esposa a la que amo, y dos hijas, ya le hablé de ellas, así que sé cómo está usted ahora mentalmente. Sé lo que siente. Confíe en mí.

Las llaves desaparecieron en un bolsillo del abrigo. El detective sacó un celular de otro bolsillo.

Mientras encendía el teléfono, Taggart masticó lo que quedaba de la pastilla de caramelo. Un olor a golosina endulzó el aire.

Mitch observó al policía, que pulsaba la tecla de marcación abreviada. Una parte de él sintió que el contacto de ese dedo con ese botón no sólo había emitido una llamada, sino sellado el destino de Holly. Mientras Taggart hablaba en jerga policial con quien lo atendió y le daba la dirección de Anson, Mitch miró para ver si se veía otro avión plateado por el horizonte. El cielo estaba vacío.

Taggart cortó la comunicación y se metió el teléfono en el bolsillo.

—¿Así que su hermano está ahí, en la casa?

Mitch no podía seguir fingiendo que Anson estaba en Las Vegas.

—Sí.

—¿Dónde?

—En el lavadero.

—Vamos a hablar con él.

—¿Por qué?

—Hizo algún trabajo con Jimmy Null, ¿no?

—Sí.

—Entonces, lo conoce bien. Si queremos recuperar a Holly de las garras de Null de forma limpia y eficaz, segura y rápida, necesitamos enterarnos de tantos detalles sobre él como nos sea posible.

Cuando Taggart abrió la puerta del lado del acompañante para salir, un viento transparente irrumpió en el Honda. No llevaba polvo ni desperdicios, sino sólo la promesa del caos.

Para bien o para mal, la situación se le iba de las manos a Mitch. No creía que fuera para bien.

Taggart cerró la puerta, pero Mitch se quedó sentado al volante durante un momento más. Sus pensamientos giraban y se atropellaban; su mente, y algo más, no dejaba de funcionar. Salió al azote del viento.

# Capítulo
## 55

Vio el cielo límpido, la cruda luz, el viento que cortaba y, de los cables del tendido eléctrico, oyó que salía un gemido como el de un animal agonizante.

Mitch condujo al detective hasta la entrada de servicio, de madera pintada. Cuando corrió el cerrojo, el viento se lo arrebató de las manos y lo estrelló contra el muro del garaje.

Era indudable que Julian Campbell enviaría a sus hombres, pero ahora no eran una amenaza, porque no llegarían antes que la policía. Y la policía estaría allí en unos minutos.

Cuando avanzaba por el estrecho sendero peatonal de empedrado, que los protegía del impacto del viento, Mitch se topó con una colección de escarabajos muertos. Dos eran del tamaño de monedas de veinticinco centavos, uno, del diámetro de una de diez. Tenían abdómenes amarillos y rígidas patas negras. Estaban boca arriba, en equilibrio sobre sus élitros convexos, y un suave remolino de aire los hacía girar en lentos círculos.

Anson, esposado a una silla, sentado en su propia orina, sería una figura patética. Desempeñaría el papel de víctima en forma convincente, con la habilidad y la astucia de un psicópata.

Aun cuando Taggart había dado a entender que el relato de Mitch le pareció sincero, quizás se asombrara ante la dureza con que éste trató a Anson. El detective, que no había tenido ninguna relación directa con Anson y que sólo había oído una versión condensada de lo ocurrido, podía pensar que el tratamiento no sólo había sido duro, sino también, lo que era peor, cruel.

Al cruzar el patio, donde el viento volvió a acosarlo, Mitch notaba la presencia del detective a sus espaldas. Aunque estaban en terreno abierto, se sentía sofocado, aplastado por la claustrofobia.

En su mente, oía la voz de Anson: «Me contó que mató a mamá y papá. Los apuñaló con instrumentos de jardinería. Dijo que regresaría y me mataría a mí también».

Cuando llegaron a la puerta trasera, a Mitch le temblaban tanto las manos que le costó meter la llave en la cerradura.

«Mató a Holly, detective Taggart. Inventó el cuento de que la habían secuestrado y vino a pedirme dinero, pero después admitió que la había matado».

Taggart sabía que Jason Osteen no se ganaba la vida con honestidad. Sabía, por Leelee Morheim, que Jason había hecho un trabajo con Anson y que había sido estafado. Así que sabía que Anson delinquía.

Así y todo, cuando Anson contara una historia que contradijera la de Mitch, Taggart le prestaría atención. Siempre se les cuentan distintas historias a los policías. Y, sin duda, la mayor parte de las veces, la verdad estaba en algún lugar situado entre ellas.

Llegar a la verdad tomará tiempo, y el tiempo es como una rata que roe los nervios de Mitch. El tiempo es una trampa que se abre bajo los pies de Holly, el tiempo es un nudo corredizo que se le ciñe al cuello.

La llave entró en la cerradura. El pestillo se corrió con un chasquido.

Desde el umbral, Mitch encendió las luces. Enseguida vio en el suelo un largo rastro de sangre al que antes no le había dado importancia, pero que ahora lo preocupaba.

Cuando golpeó a Anson en la cabeza, le hirió en la oreja. El rastro quedó cuando lo arrastraba al lavadero.

Se había tratado de una herida menor. Pero las manchas del suelo hacían pensar en algo peor que un corte en la oreja.

Tales evidencias engañosas planteaban dudas, aguzaban suspicacias.

El tiempo, puerta trampa, nudo corredizo, rata que roe, soltó un muelle que se tensaba en el interior de Mitch. Al entrar a la cocina, se desabrochó con disimulo un botón de la camisa, metió la mano debajo de ella y sacó el Taser que llevaba metido en la cintura, contra el vientre. Lo había tomado del compartimento de la puerta mientras se demoraba en el Honda.

—El lavadero queda por aquí —dijo Mitch, dando unos pasos más antes de volverse repentinamente, blandiendo el Taser.

El detective no lo seguía tan de cerca como Mitch suponía. Iba a dos prudentes pasos de distancia.

Algunos Taser disparan cables, que transmiten una descarga paralizante a media distancia. Otros, requieren que el extremo ofensivo del arma entre en contacto con el atacado, lo que requiere un acercamiento tan grande como el de un acuchillamiento.

Este Taser pertenecía a la segunda clase, así que Mitch debía acercarse y hacerlo deprisa.

Cuando Mitch tendió el brazo derecho, Taggart se lo bloqueó con el izquierdo. El impacto estuvo a punto de hacer que Mitch soltara el Taser.

Dando un paso atrás, el detective metió la mano derecha bajo su abrigo deportivo, buscando, sin duda, el arma que debía de tener en una funda colgada del hombro izquierdo.

Taggart reculó hasta quedar contra una mesada. Mitch amagó con la izquierda, golpeó con la derecha. La mano de Taggart, empuñando la pistola emergió del abrigo. Mitch buscaba piel desnuda, no quería arriesgarse a que la tela aislara parcialmente la descarga, así que le dio al detective en la garganta.

Taggart puso los ojos en blanco y abrió la boca. Disparó un tiro antes de que le cedieran las rodillas y se desplomara.

El disparo, que sonó inusualmente fuerte, retumbó en la habitación.

## Capítulo

## 56

Mitch no estaba herido, pero recordó que John Knox se había disparado a sí mismo al caer del altillo del garaje y se agachó junto al detective, preocupado.

En el suelo, junto a Taggart, estaba su pistola. Mitch la separó, poniéndola fuera de su alcance.

Taggart se estremecía como si sintiese un frío que le llegara hasta el tuétano. Sus manos arañaban las baldosas y burbujas de saliva le bullían en los labios.

Una cinta de humo tenue, delgada y olorosa se elevaba desde el abrigo deportivo de Taggart. La bala lo había atravesado, abriendo un ardiente agujero en él.

Mitch le abrió el abrigo, buscando una herida. No había ninguna.

El alivio que experimentó no lo alegró demasiado. Seguía siendo culpable de atacar a un agente de policía.

Era la primera vez que le hacía daño a un inocente. Descubrió que el remordimiento tiene sabor; un amargor le subió por la garganta.

El detective manoteaba el brazo a Mitch, pero no podía cerrar la mano para apresarlo. Procuró decir algo, pero debía de tener la garganta paralizada, los labios entumecidos.

Mitch no quería darle una segunda descarga con el Taser. Dijo «lo siento» y puso manos a la obra.

La llave del coche había desaparecido en el abrigo de Taggart. Mitch la encontró en el segundo bolsillo que registró.

Desde el lavadero, Anson, tras quedarse pensando en el disparo que había oído y llegar a una conclusión sobre lo que podía significar, se puso a gritar. Mitch lo ignoró.

Tomando a Taggart de los pies, Mitch lo arrastró hasta el patio de ladrillo. Dejó la pistola del detective en la cocina.

Cuando cerraba la puerta trasera, oyó la campanilla del timbre. La policía estaba ante la puerta principal. Mitch, tomándose un momento para poner llave a la puerta, demorando así el momento en que encontraran a Anson y sus mentiras, le dijo a Taggart:

—La amo demasiado como para confiar en nadie más en todo esto. Lo lamento.

Cruzó el patio corriendo, frente al garaje. Pasó por la puerta posterior y se encontró en el callejón que el viento barría.

Cuando vieran que nadie acudía a la puerta, los policías se dirigirían al lateral de la casa, al patio, donde encontrarían a Taggart sobre el empedrado. En segundos, estarían en el callejón.

Poniéndose al volante, arrojó el Taser al asiento del acompañante. Llave, encendido, rugido del motor.

En el compartimento de la puerta estaba la pistola de uno de los asesinos a sueldo de Campbell. Quedaban siete cartuchos en el cargador.

No tenía intención de apuntar a los policías. Lo único que podía hacer era huir como alma que lleva el diablo.

Puso rumbo al este, convencido de que un coche patrulla estaba a punto de cruzarse en la salida del callejón, deteniéndolo.

Se llama «pánico» al miedo que vuelve a las personas irracionales, sobre todo cuando lo experimentan muchas personas al mismo tiempo, un público o una turba. El miedo de Mitch sobraba para una muchedumbre, así que el pánico se apoderó de él.

Al llegar al extremo del callejón, dobló a la derecha y salió a la calle. En la siguiente intersección giró a la izquierda, retomando su rumbo este.

Esta zona de Corona del Mar, que, a su vez, es parte de Newport Beach, se llama El Village. Es una cuadrícula de calles que podía cerrarse con apenas tres puntos de control.

Debía sobrepasar esos posibles lugares de detención. Y tenía que hacerlo deprisa.

En la biblioteca de Joseph Campbell, en el baúl del Chrysler y también la segunda vez que entró a ese baúl, tuvo miedo. Pero nunca fue tan intenso como lo de ahora. Entonces temía por él mismo, ahora por Holly.

Lo peor que le podía ocurrir era que la policía lo capturara o lo matara. Había evaluado todas las posibilidades antes de escoger la que le pareció mejor. Aunque ahora no le importaba lo que le pudiera ocurrir en lo personal, sí era consciente de que, si le pasaba algo, Holly se quedaría sola.

Algunas de las calles del Village son angostas. Mitch circulaba por una de ellas. Había vehículos estacionados a uno y otro lado. A la velocidad a la que iba, corría el riesgo de arrancarle la puerta a alguno si alguien la abría de repente.

Taggart podía describir el Honda. En minutos, el departamento correspondiente les suministraría sus datos. No podía permitirse dañar el coche, pues ello lo haría aún más reconocible.

Llegó al semáforo de la carretera de la Costa Pacífica. Estaba en rojo.

Un intenso tráfico se dirigía al norte y al sur por ambos carriles de la carretera.

No podía pasar en rojo y entrar a esa corriente sin provocar una cadena de choques, en medio de la cual él mismo quedaría atrapado.

Echó un vistazo por el espejo retrovisor. Una camioneta de caja cerrada, o quizás una furgoneta modificada se aproximaba. Aún estaba a una calle de él. En el techo se veían luces como las que llevan los coches de policía.

Hileras de viejos árboles se alineaban a uno y otro lado de la calle. Las sombras moteadas y los rayos de luz, formando velos sobre el vehículo, lo hacían difícil de identificar.

Por los carriles que se dirigían al norte, pasó un coche de la policía. Se abría paso con las luces encendidas, aunque sin hacer sonar la sirena.

Por detrás del Honda, el vehículo que lo preocupaba avanzó una media manzana. Entonces, Mitch distinguió la palabra AMBULANCIA estampada en la franja superior del parabrisas. No tenían prisa. Debían de estar fuera de servicio o tal vez llevaban un muerto.

Respiró hondo. La ambulancia frenó detrás de él. Su alivio fue breve, pues enseguida se preguntó si los paramédicos no tendrían por costumbre escuchar la frecuencia policial en sus radios.

El semáforo se puso en verde. Cruzó los carriles que se dirigían al sur y, doblando a la izquierda, tomó la carretera costera con rumbo norte.

Las gotas de sudor se perseguían unas a otras por su nuca, deslizándose bajo el cuello de la camisa antes de resbalar por la espalda.

Sólo llevaba recorrida la distancia de una manzana por la carretera costera cuando una sirena sonó a sus espaldas. Esta vez, lo que vio por el espejo retrovisor fue un coche de la policía.

Sólo los idiotas se hacen perseguir por la policía. Ésta tiene recursos aéreos, además de los otros muchos de que dispone en tierra.

Derrotado, Mitch acercó el vehículo a la vereda. En cuanto dejó libre el carril, el coche patrulla siguió su camino a toda velocidad.

Desde la vereda, Mitch siguió mirando hasta que el coche patrulla, tras recorrer dos manzanas, abandonó la carretera. Dobló a la izquierda, internándose en el extremo norte del Village.

Evidentemente, Taggart aún no se había recuperado lo suficiente como para darles una descripción del Honda.

Mitch respiró muy hondo. Lo volvió a hacer. Se acarició la nuca. Se secó las manos en los pantalones.

Había atacado a un oficial de policía.

Guiando el Honda entre el denso tráfico que se dirigía al norte, se preguntó si se habría vuelto loco. Se sentía decidido, temerario quizás, pero no privado de raciocinio. Claro que, desde el interior de su demencial burbuja, un lunático no reconoce la locura.

## Capítulo
# 57

Cuando Holly consigue extraer el clavo del tablón, lo hace dar vueltas una y otra vez entre sus dedos lastimados, preguntándose si será tan letal como lo imaginaba cuando aún estaba incrustado en la madera.

Es recto, tiene más de siete, pero menos de diez centímetros de largo, es grueso y, sí, puede decirse que sirve de punzón. La punta no es tan afilada, como, digamos, el cruel remate de un estilete, pero aun así es bastante afilada.

Mientras el viento entona canciones llenas de violencia, ella se imagina las maneras en que podría emplear el punzón contra el monstruo. Su imaginación resulta ser tan fértil que la perturba.

Sus propias ideas no tardan en horrorizarla, de modo que cambia de tema. En lugar de imaginar cómo usar el punzón, piensa dónde podría ocultarlo. Sea cual fuere su utilidad, lo que se la dará es la sorpresa.

Aunque el punzón probablemente no se note si se lo mete en el bolsillo de los jeans, le preocupa no poder extraerlo deprisa si se produce una emergencia. Cuando la llevaron de su casa a este lugar, le ataron estrechamente las muñecas con un chal. Si él vuelve a hacerlo cuando se la lleve de aquí, ella no podrá separar las manos ni, por lo tanto, meter sus dedos con facilidad en ese bolsillo.

El cinturón no ofrece posibilidades, de modo que en la oscuridad, a tientas, palpa las zapatillas. No puede meter el clavo dentro de una de ellas; como mínimo, le produciría una ampolla en el pie. Tal vez pueda ocultarlo en el exterior de la zapatilla.

Afloja la zapatilla izquierda, mete con cuidado el clavo entre la lengüeta y una de las solapas y vuelve a ceñir el cordón.

Al ponerse de pie y caminar en círculo en torno a la anilla a la que está amarrada, no tarda en descubrir que el rígido clavo impide que el pie flexione al pisar. No puede evitar cierto cojeo.

Finalmente, se alza la camiseta y esconde el clavo en el corpiño. No es tan exuberante como el de las mujeres que se dedican a luchar en el barro, pero la naturaleza ha sido más que generosa con ella. Para evitar que el clavo se le deslice entre las copas, hace pasar la punta por el elástico, asegurándola.

Está armada.

Una vez completada la tarea, sus preparativos le parecen patéticos.

Inquieta, vuelve su atención a la anilla, preguntándose si podrá liberarse o, al menos, aumentar su magro arsenal.

Antes, tentando con las manos, ha llegado a la conclusión de que la anilla está soldada a una plancha de acero de un centímetro de espesor y veinte de lado. La plancha está sujeta al suelo por cuatro tornillos que deben de estar asegurados con tuercas desde abajo.

No puede decir con certeza que se trate de tornillos, pues algún material ha sido vertido en el agujero que cada uno ocupa. Al solidificarse, formó un charco duro que cubre la ranura de la cabeza de los tornillos, si es que lo son.

Desalentada, se tiende en el colchón inflable, con la cabeza en la parte alzada para hacer de almohada.

Antes ha dormido a ratos. Su agotamiento emocional se expresa en fatiga física, y sabe que podría volver a dormirse. Pero no quiere amodorrarse.

Teme que, de hacerlo, despierte cuando ya lo tenga encima.

Se queda con los ojos abiertos, aunque esta oscuridad es más honda que la que hay tras sus párpados, y escucha el viento, aunque éste no la consuela.

Al cabo de un tiempo, no sabe cuánto, despierta. La oscuridad aún es absoluta, pero sabe que no está sola. Algún sutil aroma la alerta, o tal vez la percepción intuitiva de que alguien se le acerca.

Se sienta dando un salto, el colchón de aire gime bajo su peso, la cadena tintinea sobre la zona del suelo que se extiende entre la anilla y el grillete.

—Soy yo —le dice él en tono tranquilizador.

Holly se esfuerza por penetrar la oscuridad, porque le parece que el campo gravitatorio de la locura del hombre debería condensar la negrura en torno a él, volviéndolo más oscuro que la oscuridad misma; pero no ve nada.

—Te miraba dormida —dice—, pero después de un rato me preocupó que la luz de la linterna te pudiera despertar.

Descubrir su posición por la voz no es tan fácil como Holly había supuesto.

—Qué bueno —dice él— es estar contigo en la oscuridad.

A su derecha. A un metro de distancia. Puede estar de rodillas o de pie.

—¿Tienes miedo? —pregunta el loco.

—No —miente ella sin vacilar.

—Me decepcionaría que tuvieses miedo. Creo que estás ascendiendo hasta la plenitud de tu espíritu, y quien se eleva debe estar más allá del miedo.

Mientras habla, parece haberse movido hasta quedar detrás de ella. La joven vuelve la cabeza, escuchando con atención.

—En El Valle, en Nuevo México, una noche cayó una nevada muy fuerte.

Si no se equivoca, lo tiene a la derecha, de pie. El viento ha enmascarado los sonidos que produce al moverse.

—En El Valle, cayeron quince centímetros de nieve en cuatro horas. La luz que irradiaba la nieve volvía misterioso el paisaje...

Los cabellos se le erizan, la piel de la nuca se le estremece al pensar en la confianza con que él se mueve en esa oscuridad total. Ni siquiera el fulgor de sus ojos lo delata, como ocurriría si fuese un gato.

—Misterioso, de una manera que no se ve en ningún otro lugar del mundo. Parecen hundirse los llanos y alzarse las colinas, como si no fuesen más que campos de bruma y muros de niebla, formas y dimensiones ilusorias, reflejos de reflejos que a su vez no son más que el reflejo de un sueño.

Ahora, la suave voz suena frente a ella y Holly decide creer que él no se ha movido, que siempre estuvo ahí.

Piensa que, al haberse despertado de golpe, no puede confiar inicialmente en sus sentidos. Una oscuridad tan perfecta desplaza el sonido, desorienta.

—En el llano, era una tormenta sin viento, pero en las altas cumbres soplaban fuertes ráfagas, pues, cuando la nevada amainaba, se veía que casi todas las nubes se hacían jirones y se dispersaban en cuanto se acercaban a aquéllas. Entre las nubes que quedaban, se veía un firmamento negro, festoneado de collares de estrellas.

Ella siente el clavo entre los pechos, templado por el calor de su cuerpo, y trata de que ello la conforte.

—Al cristalero le quedaban fuegos artificiales del último 4 de Julio, y la mujer que soñaba con caballos muertos le ofreció ayudarlo a colocarlos y dispararlos.

Sus historias siempre llevan a algún lado, y Holly ha aprendido a temer sus finales.

—Había estrellas, ruedas, volcanes, girándulas, crisantemos dobles y palmeras doradas...

Su voz se ha hecho más suave y, ahora, está más cerca. Tal vez se incline sobre ella, quizás tenga el rostro a treinta centímetros del suyo.

—Estallidos rojos, verdes, azules como el zafiro y dorados iluminaron el cielo negro, y también proyectaron un reflejo colorido y difuso sobre los campos nevados, creando suaves bandas de colores sobre la nieve.

Mientras el asesino habla en la oscuridad, Holly siente que está a punto de besarla. ¿Cómo reaccionará cuando ella, inevitablemente, se aleje, asqueada?

—La nevada se terminaba. Unos pocos copos tardíos, del tamaño de dólares de plata, descendían describiendo amplios círculos. Los colores también se reflejaban en ellos.

Ella se inclina hacia atrás y ladea la cabeza en temerosa anticipación del beso. Entonces, piensa que tal vez él no quiera besarla en los labios sino en la nuca.

—Los copos, centelleantes de fuego rojo, azul y dorado, van cayendo lentamente, reluciendo, como si algo mágico ardiera en lo alto de la noche, como si cayeran ascuas brillantes como joyas de un palacio glorioso que se incendia al otro lado del firmamento.

Se detiene. Es evidente que espera una respuesta.

Holly se la da.

—Suena tan magnífico, tan hermoso. Me hubiera gustado estar allí.

—A mí me hubiera gustado que estuvieses allí —asiente él.

Dándose cuenta de que quizás él tome sus palabras como una invitación, Holly se apresura a seguir hablando.

—Tiene que haber algo más. ¿Qué más ocurrió en El Valle esa noche? Cuéntame más.

—La mujer que soñaba con caballos muertos tenía una amiga que decía ser una condesa de algún país de la Europa oriental. ¿Conociste alguna vez a una condesa?

—No.

—La condesa tenía un problema de depresión. Lo combatía tomando éxtasis. Tomó demasiado éxtasis y entró a ese campo nevado que los fuegos de artificio transfiguraban. Sintió más felicidad que nunca en su vida y se mató.

Otra pausa que requiere una respuesta, y Holly no se atreve a hacer más que un escueto comentario.

—Qué triste.

—Ya sabía que lo entenderías. Triste, sí. Triste y estúpido. El Valle es una puerta que da entrada a un viaje de grandes cambios. Esa noche, en ese momento en particular, la trascendencia se ofreció a todos los presentes. Pero siempre están los que no pueden ver.

—La condesa.

—Sí, la condesa.

Una presión invisible parecía condensar la oscuridad, haciéndola cada vez más negra.

Siente su aliento cálido sobre la frente, los ojos. No tiene olor. Enseguida desaparece.

Tal vez lo que haya sentido no fuera su aliento, sino una corriente de aire.

Quiere creer que sólo fue una corriente de aire y piensa en cosas limpias, como su marido, su bebé, la luz del sol.

—¿Crees en las señales, Holly Rafferty? —dice él, de repente

—Sí.

—Presagios. Portentos. Augurios. Búhos augures, formas en las nubes, gatos negros, espejos rotos, luces misteriosas en el cielo. ¿Alguna vez viste una señal, Holly Rafferty?

—Creo que no.

—¿Crees que alguna ves lo harás?

Sabe lo que quiere oír y se apresura a decirlo.

—Sí. Así lo espero.

Presiente un aliento tibio sobre la mejilla izquierda, después, en los labios.

Si no es su imaginación y se trata de él, y, en su fuero íntimo, sabe que es él, nada lo diferencia de la oscuridad, aunque sólo unos centímetros los separan.

La oscuridad de la habitación invoca oscuridad en su mente. Se lo imagina hincado frente a ella, desnudo, con el pálido cuerpo cubierto de símbolos arcanos pintados con la sangre de los que mató.

Pugnando por evitar que el miedo que la invade se oiga en su voz, vuelve a hablar, a ganar tiempo.

—Tú viste muchas señales, ¿verdad?

El aliento, el aliento, el aliento sobre sus labios. Pero no llega el beso y, enseguida, tampoco el aliento, porque él se retira.

—Muchas. Tengo una sensibilidad especial para verlas.

—Por favor, cuéntame alguna.

Él calla. Su silencio es un peso afilado y sibilino, una espada que pende sobre ella.

Tal vez ha comenzado a preguntarse si la mujer no estará hablando para eludir el beso.

De ser posible, ella debe evitar ofenderlo. Salir de ese lugar sin desengañarlo de la extraña, oscura, fantasía romántica que parece poseerlo es tan importante como salir de allí sin ser violada.

El hombre parece creer que, al fin y al cabo, ella decidirá que quiere ir con él a Guadalupita, Nuevo México, y que allí «se quedará atónita». Mientras siga empecinado en esa creencia, que Holly ha procurado reforzar con tanta sutileza, tratando de no despertar sus sospechas, quizás pueda sacarle ventaja de alguna manera cuando se haga necesario, en el momento en que la crisis llegue al punto máximo.

Cuando su silencio comienza a parecerle a Holly amenazadoramente prolongado, el asesino habla al fin.

—Esto ocurrió cuando, ese año, el verano se convertía en otoño. Todos decían que las aves se habían marchado al sur antes de lo acostumbrado y se avistaban lobos en lugares donde no los había habido durante una década.

Sentada en la oscuridad, muy erguida, Holly mantiene los brazos cruzados sobre el pecho. Está en guardia.

—El cielo tenía un aspecto hueco. Parecía que se podía quebrar si le tirabas una piedra. ¿Alguna vez estuviste en Eagle Nest, en Nuevo México?

—No.

—Saliendo de allí, yo conducía hacia el sur, por un camino asfaltado, de dos carriles, por lo menos treinta kilómetros al este de Taos. Había dos muchachas haciendo autostop en esta carretera, dirección norte.

En el techo, el viento encuentra otra oquedad y modula una nueva voz. Ahora imita el escalofriante aullido de los coyotes cuando salen de cacería.

—Tenían edad como para ir a la universidad, pero no eran estudiantes. Se notaba que iban en busca de algo, que confiaban en sus buenas botas de excursión, en sus mochilas y bastones y en toda su experiencia.

Se detiene, para aumentar el interés o, tal vez, saboreando el recuerdo.

—Vi la señal y supe enseguida de qué se trataba. Era un zopilote, que, con las alas completamente extendidas, inmóviles, planeaba sobre sus cabezas. Sin esforzarse, aprovechaba las corrientes de aire e iba exactamente a la misma velocidad a la que avanzaban las muchachas.

Ella lamenta haberlo alentado a embarcarse en esta historia. Cierra los ojos para no ver las imágenes que teme que él vaya a describir.

—A sólo dos metros por encima de sus cabezas y apenas un metro por detrás de ellas, el ave planeaba, pero ellas no lo notaban. Ellas ni lo veían, pero yo sabía lo que significaba.

Holly tiene demasiado miedo a la oscuridad que la rodea como para mantener los ojos cerrados. Los abre, aunque no ve nada.

—¿Sabes qué significaba esa ave, Holly Rafferty?

—La muerte —dice ella.

—Sí, exacto. Sí, te estás elevando hasta la plenitud de tu espíritu. Vi el ave y me di cuenta de que la muerte se cernía sobre las muchachas, que ya no les quedaba mucho tiempo en este mundo.

—Y... ¿les quedaba?

—Ese año, el invierno llegó pronto. Hubo muchas nevadas sucesivas y el frío era muy intenso. El deshielo de primavera se extendió hasta el verano y, cuando la nieve se fundió, a final de junio, sus cuerpos aparecieron, tirados en un campo cerca de Arroyo Hondo, al otro lado de Wheeler Peak, que es el lugar donde las vi en la carretera. Reconocí las fotos del periódico.

Holly reza en silencio por las familias de las muchachas desconocidas.

—Quién sabe qué les ocurrió —continúa él—. Estaban desnudas, así que podemos imaginar en parte lo que habrán soportado; pero, aunque a nosotros nos pueda parecer que se trató de una muerte horrible, trágica también, por lo jóvenes que eran, siempre hay posibilidad de iluminación, incluso en la peor de las situaciones. Si vamos en busca de algo, aprendemos de todo y crecemos. Tal vez toda muerte entrañe momentos de belleza iluminadora y la posibilidad de trascender.

Enciende la linterna. Está sentado en el suelo, directamente frente a ella y con las piernas cruzadas.

Si la luz la hubiese sorprendido cuando comenzó esa conversación, quizás hubiera dado un salto. Ahora no se sorprende con tanta facilidad y, además, la luz la alivia tanto que sería poco probable que se asustara al verla.

Él lleva los lentes-máscara de esquí que sólo permiten ver sus labios despellejados y sus ojos de color azul berilo. No está desnudo, ni pintado con la sangre de los que mató.

—Llegó la hora de partir —dice él—. Pagarán un millón cuatrocientos mil dólares por tu rescate. Cuando tenga el dinero en mi poder, habrá llegado el momento de tomar una decisión.

La cifra la deja azorada. Tal vez se trate de una mentira.

Holly ha perdido toda noción del tiempo, pero aun así queda confundida y asombrada por las palabras de él.

—¿Ya es... la medianoche del miércoles?

Él sonríe bajo su máscara.

—Faltan unos minutos para la una de la tarde del martes —informa—. Tu persuasivo marido ha convencido a su hermano de que ponga el dinero antes de lo que hubiera parecido posible. Todo esto se ha desarrollado con tanta fluidez, que es obvio que lo que lo impulsa son las ruedas del destino.

Se pone de pie y le indica con un ademán que ella también lo haga. Holly obedece.

Como antes, le ata las manos a la espalda con un chal de seda azul.

Volviendo a ponerse frente a ella, le aparta el cabello de la frente con gesto tierno. Mientras sus manos, tan frías como pálidas, están así atareadas, no deja de mirarla a los ojos con expresión de romántico desafío.

Ella no osa desviar la mirada. Sólo cierra los ojos cuando él se los venda con gruesas gasas, humedecidas para que se adhieran. Las ciñe con otro trozo de seda, al que le da tres vueltas antes de atarlo por la parte posterior de su cabeza.

Sus manos le rozan el tobillo derecho cuando abre el grillete, librándola de la cadena y la anilla.

Enfoca la linterna sobre la venda, y ella apenas ve la luz a través de la gasa y la seda. Evidentemente satisfecho con su obra, baja la linterna.

—Cuando lleguemos al lugar en que se pagará el rescate —promete—, te quitaré las ataduras. Sólo son para el trayecto.

Como él no es el que la golpeó y le tiró del cabello para hacerla gritar, ella es convincente cuando dice:

—Nunca fuiste cruel conmigo.

Él la estudia en silencio. Así lo supone ella, pues se siente desnudada, despojada por su mirada.

Otra vez el viento, la oscuridad, la odiosa incertidumbre que hace que el corazón le dé saltos como un conejo que se estrella contra las paredes de alambre de una jaula.

Holly siente que el aliento de él le roza apenas los labios, y lo soporta.

Tras respirar cuatro veces sobre ella, el tipo susurra.

—Por la noche, en Guadalupita, el cielo es tan vasto que la luna parece haberse encogido, empequeñecido, y las estrellas que se ven de horizonte a horizonte son más que todas las muertes de la historia del mundo. Ahora, debemos marcharnos.

Toma a Holly del brazo y ella no rechaza ese repulsivo contacto, sino que cruza la habitación con él hasta que llegan a una puerta abierta.

Otra vez los escalones, lo que la lleva al día anterior. Él la guía pacientemente en su descenso, pero como ella no puede agarrarse al pasamanos, va dando cada paso a tientas.

Del desván al primer piso, de ahí a la planta baja y luego al garaje, el loco la va guiando.

—Ahora, un rellano. Muy bien. Baja la cabeza. Ahora, a la izquierda. Cuidado aquí. Y ahora, un umbral.

En el garaje, lo oye abrir la puerta de un vehículo.

—Ésta es la furgoneta en que llegaste aquí —dice, ayudándola a entrar por la parte trasera, al lugar destinado a la carga. El suelo alfombrado sigue oliendo muy mal—. Acuéstate de costado.

Sale, cerrando la puerta tras de sí. El característico sonido metálico de una llave en la cerradura elimina toda idea de que pueda escapar en algún momento del trayecto.

La puerta del lado del conductor se abre y él se sienta al volante.

—Es una furgoneta de dos asientos. No hay separación entre ellos y la parte para la carga. Por eso me oyes con tanta claridad. ¿Me escuchas bien?

—Sí.

Él cierra la puerta.

—Puedo girarme en el asiento y verte. Cuando vinimos, contigo iban dos hombres, para asegurarse de que te comportaras como es debido. Ahora, estoy solo. Así que... si en algún punto del camino debo detenerme en un semáforo en rojo y crees que si gritas alguien te oirá, deberé tratarte con más dureza de lo que quisiera.

—No gritaré.

—Bien. Pero de todas formas te explicaré algo. En el asiento del acompañante, junto a mí, hay una pistola con silenciador. Si te pones a gritar, la tomaré, me daré vuelta en el asiento y te mataré. Estés viva o muerta, recogeré la recompensa. ¿Te haces cargo?

—Sí.

—Eso sonó frío, ¿no? —pregunta él.

—Entiendo tu situación.

—Dime la verdad. Sonó frío.

—Sí.

—Piensa que podría haberte amordazado, pero no lo hice. Podría haberte metido una pelota de goma en esa bonita boca antes de sellarte los labios con cinta adhesiva. ¿Acaso no me hubiera sido fácil?

—Sí.

—Y, entonces, ¿por qué no lo hice?

—Porque sabes que puedes confiar en mí.

—No es que sepa, es que espero poder confiar en ti. Y no te amordacé, Holly, porque soy hombre de esperanza y vivo cada hora de esta vida con esperanza. Una mordaza del tipo que acabo de describir es eficaz, pero extremadamente desagradable. No quiero que ocurra nada así de desagradable entre nosotros por si... Mejor dicho, con la esperanza de que vayamos a Guadalupita.

La mente de ella tiene más facilidad para el engaño de lo que hubiera creído posible hace sólo un día.

Con una voz que no suena para nada seductora, sino solemne y respetuosa, le recita los detalles que demuestran que él realmente la tiene hechizada.

—Guadalupita, Rodarte, Río Lucio, Penasco, donde tu vida cambió, y Chamisal, donde también cambió. Vallecito, Las Trampas y Española, donde tu vida volverá a cambiar.

Él calla durante un momento. Después habla.

—Lamento la incomodidad, Holly. Pronto terminará y vendrá la trascendencia, si así lo quieres.

# Capítulo
# 58

La arquitectura de la armería se inspiraba en las de los colmados que se ven en cientos de películas del oeste. El techo a dos aguas, los muros de tablones a la vista, la galería cubierta que rodeaba el edificio, los postes para atar caballos, todo daba la sensación de que en cualquier momento John Wayne, vestido como en *Río Bravo,* saldría por la puerta principal.

Mitch no se sentía John Wayne, sino más bien algún personaje secundario que resulta muerto en el segundo acto. Sentado en el Honda, en el estacionamiento de la armería, examinaba la pistola que se había traído de Rancho Santa Fe.

Había varias cosas grabadas en el acero, si es que se trataba de acero. Algunas eran números y letras que nada significaban para él. Otras, información útil para un tipo que, como era su caso, no sabe nada de armas.

Cerca del cañón, en letras cursivas, se veían las palabras «Super Tuned». Sobre la culata misma figuraba la palabra CHAMPION en letras de molde, aparentemente grabadas con láser, y justo debajo, CAL. 45.

Mitch prefería no entregar el rescate con sólo siete balas en el cargador. Ahora sabía que debía adquirir munición de calibre cuarenta y cinco.

Probablemente, siete disparos fuesen más que suficientes. Estaba claro que los tiroteos prolongados sólo ocurren en las películas. En la vida real, alguien disparaba el primer tiro, otro respondía y, al cabo de cuatro balazos, uno u otro caía herido o muerto.

Comprar más munición no servía para satisfacer una necesidad genuina, sino sólo psicológica. No le importaba. Tener más munición lo haría sentirse mejor preparado.

Al otro lado de la culata, encontró la palabra SPRINGFIELD. Supuso que se trataría del fabricante.

Lo más probable era que la palabra CHAMPION se refiriera al modelo del arma. Tenía una pistola Springfield Champion 45. Eso sonaba más verosímil que una pistola Champion Springfield 45.

No quería llamar la atención cuando entrara a la tienda. Deseaba parecer alguien que sabe de qué está hablando.

Sacó el cargador y extrajo un proyectil. En la vaina decía 45 ACO, pero no supo qué significaban esas letras.

Devolvió la bala al cargador, que introdujo en el bolsillo de los pantalones. Metió la pistola bajo el asiento del conductor.

Tomó la billetera de John Knox de la guantera. Usar el dinero del muerto le daba cierto reparo, pero no tenía otra opción. Le habían quitado su propia billetera en la biblioteca de Julian Campbell. Sacó los quinientos ochenta y cinco dólares y volvió a colocar la billetera en la guantera.

Salió al viento, cerró con llave el coche y entró a la tienda de armas. Lo de «tienda» parecía inadecuado para el tamaño del local. Tenía pasillos y más pasillos de parafernalia armamentística.

Tras el largo mostrador había un hombre fornido, de mostachos de morsa. Llevaba prendida una placa que lo identificaba como ROLAND.

—Una Springfield Champion —dijo Roland—. Es una versión en acero inoxidable de la Colt Commander, ¿verdad?

Mitch no tenía ni idea de si lo era o no, pero sospechaba que Roland sabía de qué estaba hablando.

—Así es.

—Viene con compartimiento para cargador estriado, cañón largo, boca eyectora rebajada y reforzada, todo de fábrica.

—Es toda un arma —comentó Mitch, esperando que fuese la forma en que hablaban los aficionados al tema—. Quiero tres cargadores adicionales. Para tirar al blanco.

Añadió las últimas cuatro palabras porque le parecía que, por lo general, la gente no pide cargadores adicionales, a no ser que planee asaltar un banco o ponerse a disparar al azar desde un campanario.

Roland no parecía sospechar nada.

—¿Le aplicaste todas las modificaciones del paquete Super Tuned de Springfield?

Recordando las palabras grabadas cerca del cañón, Mitch trató de salir del paso.

—Sí. El paquete completo.

—¿Le añadiste alguna otra modificación?

—No —respondió Mitch al azar.

—¿No trajiste la pistola? Preferiría verla antes de recomendarte un cargador.

Mitch había supuesto, incorrectamente, que si entraba a la tienda con una pistola lo tomarían por un ratero, un asaltante o algo por el estilo.

—Traje esto —dijo poniendo el cargador sobre el mostrador.

—La pistola sería mejor, pero algo haremos.

Al cabo de cinco minutos, Mitch había comprado tres cargadores y una caja de cien proyectiles 45 ACP.

Se pasó toda la transacción esperando a que sonara alguna alarma. Sentía que sospechaban de él, que lo observaban, que se daban cuenta de lo que iba a hacer. Era evidente que sus nervios no estaban preparados para soportar la tensión que se requiere cuando uno está huyendo de la ley.

Cuando estaba a punto de salir de la armería, miró por la puerta de cristal y vio que había un coche patrulla en el estacionamiento, bloqueando la salida de su coche. De pie ante la puerta del conductor, un policía escudriñaba el interior del Honda.

# Capítulo
## 59

Al mirar con más atención, Mitch vio que la insignia de la puerta del coche patrulla no era el escudo de una ciudad, sino un nombre, First Enforcement, y el logotipo de una agencia de seguridad. El hombre uniformado que miraba el Honda debía de ser un guardia privado, no un agente de policía.

Así y todo, sólo había un motivo posible que explicara su interés por el Honda. La policía debía de haber emitido un aviso con la descripción del vehículo. Estaba claro que este tipo sí escuchaba la frecuencia policial en su radio.

El guardia dejó su coche cruzado frente al Honda y se aproximó a la armería. Parecía tener un objetivo.

Lo más probable era que, al detenerse por alguna razón personal, se hubiera topado por casualidad con el Honda. Ahora, se disponía a cubrirse de gloria con un arresto por cuenta propia.

Un policía de verdad hubiese pedido refuerzos antes de entrar a la armería. Mitch supuso que debía agradecer al menos esa pequeña ventaja.

El estacionamiento rodeaba por dos lados el edificio, que no tenía construcciones contiguas. Había dos puertas de entrada y Mitch, retrocediendo y alejándose de la que estaba a punto de cruzar, se dirigió a la otra.

Salió por esa puerta lateral y se apresuró a dirigirse a la fachada frontal de la tienda. El guardia de seguridad ya había entrado.

Mitch estaba solo en el viento, pero no por mucho tiempo. Corrió hasta el Honda.

El coche de First Enforcement le cerraba el paso. En la parte trasera de la plaza de estacionamiento se elevaba una barrera de seguridad de tubo de acero, sobre un reborde de cemento de quince centímetros de altura y, desde ahí, el terreno descendía a la calle, dos metros más abajo, en una empinada pendiente.

No había nada que hacer. Imposible salir. Tendría que abandonar el Honda.

Abrió la puerta del lado del pasajero y recuperó la Springfield Champion 45 de debajo del asiento.

Cuando cerraba la puerta, vio que alguien salía de la armería. No era el guardia de seguridad.

Abrió el baúl y sacó la bolsa de basura de plástico blanco del compartimiento de la rueda de repuesto. Metió la pistola y lo adquirido en la armería en la bolsa, cuya boca aseguró retorciéndola, cerró el baúl y se alejó.

Tras pasar detrás de otros cinco vehículos estacionados, se metió entre dos utilitarios. Miró su interior, con la esperanza de que alguno de los conductores hubiese dejado las llaves puestas, pero no tuvo suerte.

Caminando a buen paso, pero sin correr, cruzó el asfalto en diagonal, en dirección al lado del edificio por donde acababa de salir.

Cuando llegaba a la esquina su visión periférica detectó un movimiento en la puerta principal de la armería. Al mirar hacia allí por la galería cubierta, atisbó al guardia de seguridad, que salía de la tienda.

No le pareció que el hombre lo viera y, siguiendo su camino, dio vuelta a la esquina y quedó oculto a su vista.

Por esa parte, el estacionamiento terminaba en un bajo muro de bloques de cemento. Apoyó las manos, saltó y lo franqueó, yendo a dar al estacionamiento de un local de comidas rápidas.

Procuraba no correr como un fugitivo. Cruzó el estacionamiento, pasando frente a una hilera de vehículos que aguardaban para hacer pedidos de comida para llevar. El aire olía a los gases de los tubos de escape de los coches y a papas fritas grasientas. Dio la vuelta hasta llegar al fondo del restaurante, donde había otro muro bajo, que también saltó.

Se encontró en un pequeño centro comercial compuesto de seis u ocho tiendas. Aminoró el paso, mirando los escaparates mientras pasaba frente a ellos, como si fuese un hombre cualquiera que ha salido a hacer unas compras con un millón cuatrocientos mil dólares disponibles para gastar.

Cuando llegó al extremo de la calle, un coche patrulla pasó por la avenida, con las luces encendidas. Destellaban, alternando rojo y azul, rojo y azul, rojo y azul. Iba en dirección a la armería. Enseguida apareció otro, inmediatamente detrás del anterior.

Mitch dobló a la izquierda en una callejuela que cortaba la avenida. Aceleró el paso otra vez.

La zona comercial, que daba a la avenida, sólo ocupaba el ancho de una manzana. Por detrás, se extendía un barrio residencial.

En la primera manzana había dúplex y bloques de departamentos. Después, vio casas unifamiliares, casi todas de dos pisos, a excepción de algún que otro bungaló.

Las calles estaban arboladas con viejos y altos podocarpos, que daban mucha sombra. La mayor parte de los jardines estaban verdes, con césped corto y arbustos bien mantenidos. Pero, como en todo barrio, había parcelas descuidadas, de propietarios ansiosos de ejercer su derecho a ser malos vecinos.

Cuando la policía no lo encontrara en la armería, se pondrían a registrar los vecindarios aledaños. En pocos minutos, podrían tener media docena o más de coches patrulla recorriendo el área.

Había atacado a un oficial de policía. Solían poner a quienes actuaban como él en cabeza de su lista de prioridades.

La mayor parte de los vehículos estacionados en esa calle residencial eran utilitarios. Aminoró el paso, espiando por las ventanillas del lado del conductor, con la esperanza de ver alguna llave.

Cuando miró su reloj, vio que eran las 13.14. El trueque estaba fijado para las 15.00 horas, y ahora no tenía vehículo.

# Capítulo
## 60

El viaje ha durado unos quince minutos y Holly, atada y con los ojos vendados, está demasiado atareada haciendo planes como para pensar en gritar.

Esta vez, cuando su lunático chófer se detiene, lo oye estacionar la furgoneta y poner el freno de mano. Nota que sale, dejando la puerta abierta.

En Río Lucio, en Nuevo México, una santa mujer llamada Ermina Algo vive en una casa de estuco azul y verde, o quizás azul y amarillo. Tiene setenta y dos años.

El asesino regresa a la furgoneta, la hace avanzar unos seis metros, vuelve a salir.

En la sala de estar de Ermina Algo hay cuarenta y dos o treinta y nueve imágenes del Sagrado Corazón de Jesús, lacerado por las espinas.

Eso le ha dado una idea a Holly. Una idea osada. Y aterradora. Pero que le parece buena.

Cuando el asesino regresa al vehículo, Holly intuye que éste ha abierto un portón por el que se dirigirán a algún lugar y que acaba de cerrarlo detrás de ellos.

El asesino enterró un «tesoro» en el patio trasero de Ermina Algo, algo que la anciana no aprobaría. Holly se pregunta qué será el tesoro, aunque espera no saberlo nunca.

La furgoneta avanza unos veinte metros por una superficie sin pavimentar. Unos guijarros crujen bajo las ruedas.

Vuelven a detenerse y, esta vez, él apaga el motor.

—Llegamos.

—Bien —dice ella, pues pretende comportarse como si no fuese una cautiva asustada, sino una mujer cuyo espíritu se va elevando hacia la plenitud.

Él abre la puerta trasera y la ayuda a descender. El tibio viento huele un poco a humo de leña. Quizás, hacia el este, haya un incendio en el campo.

Siente el sol en la cara por primera vez en más de veinticuatro horas. La hace sentirse tan bien que está a punto de llorar.

Sujetándola del brazo derecho, escoltándola de manera casi cortés, anda sobre tierra desnuda, sobre yerbajos. Luego viene una superficie dura con un vago aroma calcáreo.

Cuando se detienen, un extraño sonido sordo se repite tres veces: «zup, zup, zup». Lo acompañan ruidos de madera que se astilla y metal que chirría.

—¿Qué es eso? —pregunta.

—Abrí la puerta a tiros —responde él.

Ahora, ella sabe cómo suena una pistola con silenciador. «Zup, zup, zup». Tres disparos.

La hace cruzar el umbral de ese lugar al que entró a tiros.

—Falta poco.

El eco de sus pisadas le da a Holly la sensación de un espacio cavernoso.

—Se diría que esto es una iglesia.

—En cierto modo, lo es —dice él—. Estamos en la catedral del despilfarro.

Ella percibe olor a yeso y aserrín. Aún oye el viento, pero las paredes parecen estar bien aisladas y las ventanas deben de ser dobles, pues su infatigable voz suena amortiguada.

Llegan a un espacio que suena como si fuese más pequeño y de techo más bajo que los que lo precedieron.

Tras detenerse, el asesino habla.

—Espera aquí. —Le suelta el brazo.

Oye un sonido familiar que hace que el corazón le dé un vuelco. Es el tintineo de una cadena.

Aquí, el aroma a aserrín no es tan fuerte como en los otros espacios, pero cuando recuerda la amenaza de cortarle los dedos, se pregunta si en la habitación no habrá una sierra fija montada en una mesa.

—Un millón cuatrocientos mil dólares —dice, calculadora—. Con eso se puede comprar mucho tiempo para dedicar a la búsqueda.

—Se puede comprar mucho de todo —responde él.

La toma de nuevo del brazo y ella no retrocede. En torno a la muñeca izquierda, le enrolla una cadena, que asegura de algún modo.

—Cuando uno se ve obligado a trabajar constantemente —dice ella—, nunca queda tiempo para buscar —y, aunque sabe que lo que ha dicho demuestra ignorancia, espera que sea una ignorancia que él apruebe.

—El trabajo es un sapo que aplasta nuestras vidas con su peso —dice él, y ella se da cuenta de que lo que dijo le agradó.

Desata el chal que le inmoviliza las manos y ella le da las gracias.

Cuando le quita la venda, la joven entorna los ojos y parpadea, adaptándose a la luz. Descubre que está en una casa en construcción.

Tras entrar a este lugar, él se ha vuelto a poner los lentes de esquí. Al menos, finge que le permite elegir entre su esposo y él, y que los dejará con vida.

—Ésta debe de ser la cocina —dice él.

El lugar es enorme para tratarse de una cocina. Mide unos quince metros por diez, y parece destinado a preparar grandes banquetes. El suelo de piedra caliza está cubierto de polvo. Las paredes ya están revocadas, aunque aún no han instalado muebles ni equipamiento.

Al pie de una de las paredes sobresale una tubería de metal, tal vez para gas, de unos cinco centímetros de diámetro. El extremo de su cadena queda sujeto a él. Está cerrado, como el que le aprisiona las muñecas, con un candado. El remate de la tubería tiene una tapa de metal de casi ocho centímetros de diámetro, lo que impide que la cadena se suelte.

El largo total de la cadena es de unos dos metros y medio. Holly puede sentarse, levantarse y hasta caminar un poco.

—¿Dónde estamos? —pregunta.

—En la casa Turnbridge.

—Claro. Pero ¿por qué hemos venido aquí? ¿Tienes algo que ver con ella?

—He estado aquí algunas veces —dice él—, aunque siempre entro de una manera más discreta, sin necesidad de dispararle a la cerradura. Él me hace venir. Aún está aquí.

—¿Quién?

—Turnbridge. No siguió su camino. Su espíritu continúa aquí, enroscado sobre sí mismo, como las diez mil cochinillas de la humedad muertas que hay por toda la casa.

—Estuve pensando en Ermina, la de Río Lucio —dice Holly.

—Ermina Lavato.

—Sí —responde ella, como si no hubiera olvidado el apellido—. Casi puedo ver las habitaciones de su casa, cada una pintada de un color relajante. No sé por qué, no puedo dejar de pensar en ella.

Desde los descomunales lentes, los ojos azules la miran con febril intensidad.

Cerrando los ojos, de pie, con los brazos colgando, laxos, a uno y otro costado, alza el rostro hacia el techo y habla en un murmullo.

—Puedo ver las paredes de su dormitorio, cubiertas de imágenes de la santa Virgen.

—Cuarenta y dos —dice él.

—Y hay velas, ¿verdad? —adivina ella.

—Sí. Velas votivas.

—Es una habitación hermosa. Ella es feliz ahí.

—Es muy pobre —dice él—, pero es más feliz que cualquier rico.

—Y esa pintoresca cocina de la década de 1920, y el aroma de las fajitas de pollo —respira hondo, como saboreando, y suspira.

Él no dice nada.

Abriendo los ojos, Holly sigue.

—Nunca estuve allí, no la conozco. Pero ¿por qué no puedo dejar de pensar en ella y en su casa?

El loco sigue en silencio y ella comienza a preocuparse. Teme haberse excedido en su actuación, que algo haya parecido fingido.

Al fin, él responde.

—A veces, personas que no se conocen tienen una mutua comunicación. Como una resonancia.

Ella repite, pensativa.

—Resonancia...

—En un sentido, vives lejos de ella, pero, en otro, quizás seas su vecina.

Por cuanto Holly puede interpretar de sus reacciones, parece que le ha suscitado más interés que suspicacia. Aunque sabe que creer que puede interpretarlo con facilidad podría ser un error fatal.

—Es extraño —dice ella. Y no habla más del asunto.

Él se humedece los despellejados labios con la lengua, se los lame y relame.

—Tengo que hacer algunos preparativos. Lamento lo de la cadena. No la necesitarás mucho tiempo más.

Cuando sale de la cocina, ella escucha sus pisadas, que se van perdiendo por las vastas habitaciones vacías.

Los escalofríos la sacuden. No puede controlarlos, y los eslabones de la cadena resuenan al entrechocarse.

# Capítulo
## 61

βajo la sombra estremecida de los podocarpos que el viento sacudía, Mitch atisbaba por las ventanillas de los coches estacionados. Al fin, se puso a probar las puertas, para ver si había alguna abierta. Cuando estaban sin llave, las abría y metía medio cuerpo dentro.

Si las llaves no estaban puestas, miraba guanteras, asientos, tableros. Todo. Su busca fue infructuosa, y una y otra vez acabó por cerrar la puerta de los coches y seguir su camino.

Su osadía, nacida de la desesperación, lo sorprendía. Pero dado que un coche policial podía doblar una esquina de un momento a otro, la cautela era más peligrosa que la audacia.

Esperaba que los habitantes de ese barrio no fuesen gentes con un alto sentido de la convivencia comunitaria y activistas, que no les hubiera dado por ejercer la vigilancia vecinal. Si lo fueran, su instructor policial los habría aleccionado para que estuvieran atentos a los sospechosos, de los que él era un ejemplo perfecto, y a informar inmediatamente de su presencia.

Para tratarse de la apacible California del Sur, de Newport Beach, con sus bajas tasas de delincuencia, el porcentaje de personas que cerraba con llave su coche estacionado era deprimentemente alto. Que fueran tan paranoicos comenzó a impacientarlo.

Cuando ya llevaba recorridas dos calles, vio, por delante de él, un Lexus estacionado en el sendero de entrada a una casa. Tenía el motor en marcha y la puerta del lado del conductor abierta. No había nadie al volante.

La puerta del garaje también estaba abierta. Se aproximó al vehículo con cautela y vio que tampoco había nadie en el garaje. El conductor debía de haber entrado a la casa a buscar algo que se había olvidado.

En pocos minutos, informaría del robo del Lexus, pero la policía no se pondría a buscarlo de inmediato. Habría un protocolo reglamentario para informar del robo de un coche; un protocolo era parte de un sistema, un sistema era cosa de burócratas y la razón de ser de la burocracia es la demora.

Tal vez le quedaran un par de horas antes de que la matrícula del coche estuviese en alguna lista de vehículos buscados. Con dos horas le bastaba.

El coche estaba frente a la calle, de modo que se sentó al volante, dejó la bolsa en el asiento del acompañante, cerró la puerta y enseguida emprendió la marcha por el sendero y dobló a la derecha, alejándose de la avenida y de la armería.

Al llegar a la esquina, ignoró la señal de stop y giró a la derecha una vez más. Llevaba recorrido un tercio de calle cuando una leve voz temblorosa habló desde el asiento trasero.

—¿Cómo te llamas, cariño?

Había un anciano acurrucado en un rincón. Llevaba anteojos con cristales como culos de botella y audífono. La cintura de los pantalones le llegaba hasta debajo del pecho. Parecía tener cien años. El tiempo había encogido cada parte de su cuerpo, aunque no en forma proporcionada.

—Oh, eres Debbie —dijo el anciano—. ¿Dónde vamos, Debbie?

El delito conduce a cometer más delitos, y aquí estaba el fruto del delito: la ruina asegurada. Ahora, Mitch se había convertido en un secuestrador.

—¿Vamos a comprar pasteles? —preguntó el anciano con una nota de esperanza en su voz temblorosa.

Quizás padeciese un principio de Alzheimer.

—Sí —dijo Mitch—, vamos a comprar pasteles. —Y volvió a doblar a la derecha en la siguiente esquina.

—Me gustan los pasteles.

—A todos nos gustan los pasteles —asintió Mitch.

Si el corazón no le hubiera latido con tanta fuerza como para hacerle daño, si la vida de su esposa no dependiera de que él se mantuviese en libertad, si no esperase toparse con la policía a cada paso, si no supiera que dispararían primero y discutirían los puntos más sutiles de sus derechos civiles después, quizás la situación le hubiese hecho gracia. Pero no era divertido. Era surrealista.

—No eres Debbie —dijo el anciano—. Yo soy Norman, pero tú no eres Debbie.

—Tienes razón. No soy Debbie.

—¿Quién eres?

—Sólo un tipo que cometió una equivocación.

Norman se quedó pensando hasta que Mitch dobló a la derecha por tercera vez; entonces habló de nuevo.

—Me vas a hacer daño. Eso es lo que harás.

El miedo de la voz del viejo daba pena.

—No, no. Nadie va a hacerte daño.

—Vas a lastimarme. Eres un mal hombre.

—No, sólo cometí un error. Te llevo de regreso a casa —le aseguró Mitch.

—¿Dónde estamos? Esto no es mi casa. No estamos cerca de mi casa.

La voz, apenas perceptible hasta ese momento, ganó volumen y estridencia de repente.

—¡Eres un hijo de puta malo!

—No te excites. Por favor. —A Mitch, el anciano le dio lástima. Se sentía responsable de él—. Ya casi llegamos. Estarás en casa en un minuto.

—¡Eres un hijo de puta malo! ¡Eres un hijo de puta malo!

Al llegar a la cuarta esquina, Mitch dobló a la derecha, entrando a la calle donde había robado el coche.

—¡Eres un hijo de puta malo!

Norman había encontrado un bramido juvenil en las secas profundidades de su cuerpo estragado por el tiempo.

—¡Eres un hijo de puta malo!

—Por favor, Norman. Te va a dar un ataque al corazón.

Tenía la esperanza de estacionar el coche en el camino de entrada, dejándolo donde lo había encontrado, sin que nadie se enterara de que se lo había llevado. Pero una mujer había salido de la casa y estaba en la vereda. Lo vio cuando daba la vuelta a la esquina.

Parecía aterrorizada. Debía de creer que Norman se había puesto al volante

—¡Eres un hijo de puta malo, un hijo de puta malo, malo!

Mitch se detuvo frente a la mujer, pisó el freno, tomó la bolsa de basura y salió, dejando la puerta abierta.

La mujer, de cuarenta y tantos años y un poco regordeta, era atractiva. Llevaba un peinado al estilo de Rod Stewart, cuidadosamente adornado con mechas rubias en algún salón de belleza. Vestía un traje elegante y llevaba tacones demasiado altos como para ir a comprar pasteles.

—¿Eres Debbie? —preguntó Mitch.

Desconcertada, respondió.

—¿Si soy Debbie?

Quizás no existiera ninguna Debbie.

Norman seguía chillando en el coche y Mitch se disculpó.

—Lo siento. Fue un error.

Se alejó caminando, dirigiéndose a la primera de las cuatro esquinas donde había doblado con el coche, y la oyó decir:

—¿Abuelo? ¿Estás bien, abuelo?

Cuando llegó a la señal de stop, se volvió y vio a la mujer asomándose al interior del automóvil, tranquilizando al anciano.

Mitch dio la vuelta a la esquina y se apresuró a salir de la línea de visión de la mujer. No corría, andaba a buen paso.

Al cabo de una calle, cuando se disponía a doblar otra esquina, una bocina bramó detrás de él. Al volante del Lexus, la mujer lo perseguía.

La veía a través del parabrisas; una mano sobre el volante, la otra ocupada con un celular. No estaba llamando a su hermana a Omaha. No llamaba para enterarse de la hora. Llamaba al 911.

## Capítulo
## 62

De cara al viento, que le ofrecía resistencia, Mitch apretó el paso. Una ráfaga de aire hizo salir un enjambre de abejas que anidaban en un tronco, y escapó por milagro de sus picaduras.

Sin perderlo de vista, la decidida mujer del Lexus se mantenía a suficiente distancia como para girar ciento ochenta grados y eludirlo si él, cambiando de dirección, se echaba a correr hacia ella. Emprendió una carrera y ella aceleró para mantenerse a la misma distancia.

Era evidente que su intención era tenerlo localizado hasta que llegara la policía. Mitch admiró sus agallas, aunque sentía deseos de dispararle a los neumáticos.

Los policías no tardarían en llegar. Como habían encontrado su Honda, sabrían que estaba en las inmediaciones. Que alguien hubiese intentado robar un Lexus a pocas calles de la armería los alertaría.

La bocina bramó una y otra vez, y siguió bramando en forma implacable. Ella pretendía alertar a los vecinos de que había un delincuente suelto. La desesperada urgencia de los bocinazos sugería que quien andaba suelto por la calle era Osama bin Laden.

Saliendo de la vereda, Mitch cruzó un terreno, abrió un portón y se apresuró a dirigirse al patio trasero, rogando por no encontrarse con un pit bull. Sin duda, la mayor parte de los perros de esa raza son tan inofensivos como monjas, pero, viendo cómo le iban saliendo las cosas, era de suponer que se encontraría con un perro endemoniado.

El patio trasero era pequeño y estaba rodeado de una valla de cedro de puntas aguzadas. No vio portón alguno. Atándose el extremo retorcido de la bolsa al cinturón, trepó a una acacia y, aprovechando una de sus ramas, que cruzaba sobre el vallado, se dejó caer al otro lado. Fue a dar a un callejón.

La policía esperaría que buscara esas callejuelas de servicio, de modo que no podía meterse ahí.

Cruzó un terreno baldío, sombreado por las indolentes ramas de pimenteros californianos que llevaban mucho tiempo sin ser podados. Se agitaban en círculo, como las enaguas de unas danzarinas del siglo XVIII.

Cuando cruzaba la siguiente calle por mitad de la manzana, un coche de policía pasó por la intersección con rumbo este y a toda velocidad. El chillido de sus frenos le dijo que había sido detectado.

Cruzó un patio, sorteó una valla, cruzó un callejón, pasó por un portillo, atravesó otro patio, cruzó otra calle. Ahora iba a toda prisa y la bolsa de plástico le golpeaba la pierna. Le preocupaba que pudiera abrirse, derramando fajos de billetes de cien dólares.

El final de la última línea de casas daba a una cañada de unos sesenta metros de profundidad y noventa de ancho. Trepó y sorteó una verja de hierro forjado, y se encontró en lo alto de una empinada cuesta de tierra suelta y erosionada. La gravedad y la tierra, que se deslizaba bajo sus pies, lo hicieron descender.

Como un surfero que persiguiera la gloria en la cresta traicionera de una gigantesca ola monolítica, trató de mantenerse erguido, pero la tierra arenosa no se prestaba a ello como el mar.

Perdió pie y se deslizó sentado los últimos diez metros, alzando una estela de polvo blanco, antes de que lo detuviera un inesperado muro de hierba alta y matorrales todavía más altos.

Se detuvo bajo un dosel de ramas. Desde lo alto, se veía que el fondo de la cañada estaba lleno de follaje, pero no que se trataba de árboles grandes. Y ahora, además de los arbustos y matas que esperaba, se encontró en un frondoso bosque.

Había castaños de California, enguirnaldados de fragantes flores blancas. Puntiagudos palmitos crecían con fuerza junto a laureles californianos y mirobálanos de negro fruto. Muchos de los árboles eran nudosos, retorcidos y agrestes, ejemplares poco corrientes, como si sus raíces absorbieran nutrientes mutantes del suelo urbano, pero había plantas del Japón y eucaliptos nivales de Tasmania que él habría empleado de buena gana para algún exigente trabajo de paisajismo.

Unas pocas ratas se escabulleron a su llegada y una víbora se escurrió entre las sombras. Quizás fuese una cascabel. No estaba seguro.

Mientras se mantuviera al amparo de los árboles, nadie podría verlo desde lo alto de la cañada. Ya no había peligro de que lo capturaran de inmediato.

Las ramas de distintos árboles que se entrelazaban eran tan numerosas que ni siquiera el furioso viento permitía el paso del sol entre ellas. La luz era verde y acuosa. Las sombras temblaban y se mecían como anémonas marinas.

Un arroyuelo corría por el punto más bajo de la cañada, lo que no era sorprendente, pues la estación lluviosa había concluido recientemente. Era posible que aquí la capa freática estuviese tan cerca de la superficie que bastara un pequeño pozo artesiano para que fluyera todo el año.

Se desató la bolsa del cinturón y la examinó. Tenía tres rotos y un desgarrón de unos tres centímetros, pero no parecía haberse caído nada.

Mitch improvisó un nudo en la boca de la bolsa y la sujetó apretada contra el cuerpo, bajo el brazo izquierdo.

Según recordaba de lo que había visto desde lo alto, la cañada se hacía más angosta y subía marcadamente hacia el oeste. El gorgoteante arroyo bajaba despacio desde esa dirección y, apretando el paso, siguió su curso.

Una rezumante alfombra de hojas muertas amortiguaba sus pasos. Un placentero aroma a tierra mojada, hojas húmedas y hongos le daba densidad al aire.

Aunque Orange Canyon tiene más de tres millones de habitantes, el fondo de aquella vaguada parecía tan remoto que podría haberse encontrado a kilómetros de toda civilización. Hasta que oyó el helicóptero.

Lo sorprendió que hubiesen salido a volar con tanto viento.

A juzgar por el sonido, el helicóptero cruzó la cañada directamente por encima de Mitch. Se dirigió al norte y voló en círculos sobre el vecindario por donde Mitch había huido. El ruido crecía, disminuía, volvía a crecer.

Lo buscaban desde el aire, pero en el lugar equivocado. No sabían que había bajado a la vaguada.

Siguió moviéndose, pero se detuvo y lanzó una sofocada exclamación de sorpresa cuando sonó el teléfono de Anson. Se lo sacó del bolsillo, aliviado por no haberlo perdido o dañado.

—Habla Mitch.

Jimmy Null dijo:

—¿Estás esperanzado?

—Sí. Déjame hablar con Holly.

—Esta vez, no. La verás pronto. Nuestro encuentro pasa de las tres a las dos.

—No puedes hacer eso.

—Acabo de hacerlo.

—¿Qué hora es?

—Las 13.30 —dijo Jimmy Null.

—No, no. Me será imposible llegar a las dos.

—¿Por qué no? La casa de Anson está a pocos minutos de la casa Turnbridge.

—No estoy en casa de Anson.

—¿Dónde estás, qué haces? —preguntó Null.

Parado sobre las hojas mojadas, Mitch respondió.

—Dando vueltas con el coche, haciendo tiempo.

—Eso es una estupidez. Tendrías que haberte quedado en casa de Anson, listo para el encuentro.

—Digamos que a las 14.30. Tengo el dinero aquí. Un millón cuatrocientos mil. Lo tengo conmigo.

—Te voy a decir algo.

Mitch calló y cuando vio que Null no hablaba le dijo:

—¿Qué? ¿Decirme qué?

—Es sobre el dinero. Te voy a decir algo acerca del dinero.

—Muy bien.

—Yo no vivo para el dinero. Tengo algo de dinero. Hay cosas que para mí significan más que el dinero.

Algo andaba mal. Mitch lo había percibido la última vez que habló con Holly, cuando notó su tono forzado, cuando no le dijo que lo amaba.

—Mira, he llegado muy lejos, ambos hemos llegado muy lejos, lo correcto es que terminemos.

—A las dos —dijo Null—. Ése es el nuevo horario. Si no estás donde debes a las dos en punto, todo terminó. No habrá una segunda oportunidad.

—De acuerdo.

—A las dos.

—De acuerdo.

Jimmy Null cortó.

Mitch corrió.

Holly, encadenada a la cañería de gas, sabe lo que debe hacer, lo que hará. Por lo tanto, sólo puede ocupar su tiempo pensando en todas las cosas que podrían salir mal, o maravillándose ante lo que puede ver de la mansión a medio construir.

Si hubiera vivido, Thomas Turnbridge habría tenido una cocina fantástica. Una vez rematadas las instalaciones, un chef de categoría, secundado por legiones de ayudantes, podría haber cocinado y servido una cena para seiscientos comensales cómodamente sentados.

Turnbridge fue un millonario «punto com». La compañía que fundó, y que lo enriqueció, no fabricaba producto alguno, pero estaba a la vanguardia de las aplicaciones publicitarias de Internet.

Cuando la revista *Forbes* estimó que Turnbridge tenía bienes por un valor neto de tres mil millones, éste se había comprado varias casas en un acantilado, con una espectacular vista al Pacífico, en un codiciado barrio. Adquirió nueve, todas contiguas, pagando el doble de su valor de mercado. Gastó más de sesenta millones de dólares en las casas, que hizo demoler para construir una sola quinta con un parque de algo más de una hectárea de superficie, una parcela casi única en toda la costa del sur de California.

Un importante estudio de proyectos le encargó a un equipo de treinta arquitectos el diseño de una casa de tres plantas, de veinticinco mil metros cuadrados, sin contar los inmensos garajes subterráneos y la sala de máquinas. Iba a construirse en el estilo de las residencias que Alberto Pintos diseña en Brasil.

Elementos tales como una cascada que unía interior y exterior, una galería de tiro subterránea y una pista interior de patinaje sobre hielo requirieron esfuerzos heroicos de ingenieros especializados en estructuras, sistemas y movimientos de suelo.

No había presupuesto. Turnbridge iba gastando según surgían las necesidades.

Se adquirieron suntuosos mármoles y granitos en lotes de piezas idénticas. La fachada de la casa estaría revestida de piedra caliza francesa. Se fabricaron sesenta columnas de piedra de una sola pieza, a un costo de sesenta mil dólares cada una.

Turnbridge estaba tan apasionadamente dedicado a su empresa como a la casa que construía. Creía que la suya llegaría a ser una de las diez corporaciones más importantes del mundo.

Lo siguió creyendo aun cuando la rápida evolución de Internet evidenció los fallos de su modelo comercial. Desde el comienzo, vendió acciones sólo para financiar su estilo de vida, no para consolidar las inversiones. Cuando la cotización bursátil de su empresa cayó, se endeudó para comprar sus propias acciones en el mercado. El precio siguió cayendo, y él siguió comprando y endeudándose.

Como el valor accionarial nunca se recuperó y la compañía se derrumbó, Turnbridge se quedó en la ruina. La construcción de la casa se detuvo.

Thomas Turnbridge, a quien por entonces perseguían acreedores, inversores y una ex mujer furiosa, se dirigió a su inacabada casa y se sentó en una silla plegable, en el balcón del dormitorio principal. Allí, ante el encantador panorama que abarcaba 240 grados de océano y las luces de la ciudad, se tomó una sobredosis de barbitúricos acompañada de una botella helada de Dom Pérignon.

Las aves carroñeras lo encontraron antes que su ex esposa.

Aunque la propiedad costera, de enorme superficie, es muy apetecible, no se pudo vender a la muerte de Turnbridge. Está inmersa en una maraña de pleitos. El valor de mercado del terreno sobrepasa ahora los sesenta millones de dólares que Turnbridge pagó cuando estaba sobrevalorada, lo cual limita la cantidad de potenciales compradores.

Para completar el proyecto según los planes originales, quien la adquiera debería gastar unos cincuenta millones adicionales, así que tendría que tratarse de alguien a quien le guste el estilo en que se estaba haciendo la obra. Si demoliera lo que ya está hecho y volviese a comenzar, debería estar dispuesto a gastar cinco millones además de los sesenta que destine al terreno, pues, según la nueva normativa, deberá hacer una construcción de acero y cemento capaz de soportar un terremoto de 8,2 grados de intensidad en la escala de Richter.

Holly, como aspirante a agente inmobiliario, ni sueña con que le encarguen vender la casa Turnbridge. Se conformaría con gestionar la venta de propiedades en barrios de clase media a personas que se sienten dichosas por el mero hecho de tener casa propia.

De hecho, si pudiera trocar su modesto sueño inmobiliario por la seguridad de que ella y Mitch van a sobrevivir a la entrega del rescate, se conformaría con seguir siendo secretaria. Es buena secretaria y buena esposa. Hará cuanto pueda por ser también buena madre, y eso, la vida, el amor, le bastará para ser feliz.

Pero no hay manera de hacer ese trato; su destino está en sus propias manos, literal y figuradamente. Deberá actuar cuando llegue el momento de hacerlo. Tiene un plan. Está dispuesta a afrontar el riesgo, el dolor, la sangre.

El demente regresa. Se ha puesto un chaquetón gris y un par de guantes finos y flexibles.

Ella está sentada en el suelo, pero se pone de pie cuando él se le acerca.

Rompiendo las normas básicas de comportamiento, se acerca tanto a Holly como si estuviese a punto de tomarla entre sus brazos para sacarla a bailar.

—En la casa de Duvijio y Eloisa Pacheco, en Río Lucio, hay dos sillas rojas de madera en la sala de estar. Son sillas con respaldos de varillas, rematados por una pieza tallada.

Coloca su mano derecha en el hombro izquierdo de Holly, y ella se alegra de que esté enguantada.

—Sobre una silla roja —continúa él—, hay una imagen de cerámica barata de san Antonio. En la otra hay una de un niño vestido como para ir a la iglesia.

—¿Quién es el niño?

—La imagen representa al hijo del matrimonio, también llamado Antonio, que murió a los seis años, atropellado por un conductor borracho. Eso fue hace cincuenta años, cuando Duvijio y Eloisa tenían veintitantos.

Ella, que aún no es madre, pero espera serlo, no logra imaginar el dolor de tal pérdida, su repentino horror.

—Un santuario —murmura la mujer.

—Sí, un santuario de sillas rojas. Desde hace cincuenta años nadie se sienta en esas sillas. Son para las dos imágenes.

—Los dos Antonios —corrige ella.

Tal vez él no se dé cuenta de que es una corrección.

—Imagínate —dice él— el dolor y la esperanza y el amor y la desesperación que han sido volcados sobre esas imágenes. Medio siglo de intensa concentración ha imbuido esos objetos de un poder tremendo.

Ella recuerda a la niña del vestido adornado de puntillas, sepultada con la medalla de san Cristóbal y la figurilla de Cenicienta.

—Iré un día a casa de Duvijio y Eloisa, cuando ellos no estén, y me llevaré la imagen del niño.

Este hombre es muchas cosas, entre ellas, un cruel usurpador de la fe, la esperanza y los preciados recuerdos de los demás.

—No me interesa el otro Antonio, el santo, pero el niño es un tótem con potencial mágico. Llevaré la imagen a Española...

—Donde tu vida volverá a cambiar.

—Profundamente —dice él—. Y quizás no sólo la mía.

Ella cierra los ojos y susurra.

—Sillas rojas. —Hace como si se estuviese representando la escena.

Esto parece suficiente como para mantenerlo a raya por ahora, pues, al cabo de un silencio, le da noticias.

—Mitch estará aquí en algo menos de veinte minutos.

El corazón se le acelera al oírlo, pero el miedo se mezcla con la esperanza y no abre los ojos.

—Iré a esperar su llegada. Traerá el dinero a esta habitación. Entonces, llegará el momento de decidir.

—En Española, ¿hay una mujer que tiene dos perros blancos?

—¿Eso es lo que ves?

—Perros que parecen fundirse con la nieve.

—No lo sé. Pero si los ves, estoy seguro de que es porque allí están.

—Me veo riendo junto a ella, y a los perros, tan blancos... —Abre los ojos y lo mira a la cara—. Será mejor que vayas a esperarlo.

—Veinte minutos —promete él, y sale de la cocina.

Holly se queda muy inmóvil durante un momento, asombrada de sí misma.

Perros blancos. ¿De dónde sacó eso? Perros blancos y una mujer que ríe.

La credulidad de él casi la hace reír, pero el hecho de que se haya metido lo suficiente en su cabeza como para saber qué imaginería lo afecta no tiene nada de gracioso. Que sea capaz de navegar por ese mundo de demencia no le parece del todo admirable.

Los escalofríos la embargan y se sienta. Tiene las manos frías y un estremecimiento recorre sus entrañas.

Mete la mano bajo el saco, entre los pechos, y saca el clavo del corpiño.

Es puntiagudo, pero quisiera que lo fuese más. No tiene forma de afilarlo.

Con la cabeza del clavo, raspa fatigosamente el revoque, hasta acumular un pequeño montón de yeso pulverizado.

Llegó el momento.

Cuando Holly era pequeña, hubo un período en que le temía a la hueste de monstruos nocturnos que engendraba su viva imaginación. Vivían en su armario, en la ventana, bajo la cama.

Su abuela, la buena Dorothy, le enseñó un poema que, según le dijo, repelía a cualquier monstruo. Desintegraba a los del armario, pulverizaba a los de debajo de la cama, enviaba a los de las ventanas de regreso a las ciénagas y cuevas donde habitaban.

Años después, Holly se enteró de que este poema, que la hizo olvidar su temor a los monstruos, se titula «La plegaria de un soldado». Lo escribió un soldado británico, en un trozo de papel que fue hallado en una trinchera en Túnez, después de la batalla de El Agheila.

Quedamente, pero en voz alta, lo recita:

> *Acompáñame, Dios.*
> *La noche es fría.*
> *La noche es larga;*
> *mi pequeña chispa*
> *de valor se apaga.*
> *La noche es oscura.*
> *Acompáñame, Dios,*
> *y dame fuerzas.*

Entonces titubea, pero sólo un instante. Había llegado el momento.

Mitch, con los zapatos llenos de barro y hojas húmedas, la ropa arrugada y sucia, una bolsa blanca de basura sujeta entre sus brazos y apretada contra el pecho como si fuese un precioso bebé, avanza a toda velocidad por el cordón de la carretera. La desesperación le da tanto brillo a sus ojos que, de ser de noche, quizás alumbraran su camino como faros.

Ningún encargado de hacer cumplir la ley que pasara en coche dejaría de prestarle atención. Tiene aspecto de fugitivo, de loco, o de ambas cosas.

A cincuenta metros de él se alza una estación de servicio con un pequeño supermercado. Docenas de coloridos banderines, que anuncian una liquidación de neumáticos, ondean al viento.

Se pregunta si alguien lo llevaría a la casa Turnbridge a cambio de diez mil dólares en efectivo. Probablemente, no. Con el aspecto que tiene, la gente supondría que los va a asesinar por el camino.

Un hombre con pinta de vagabundo ofreciendo diez mil dólares a quien lo quiera llevar pondría en alerta al encargado de la estación de servicio. Quizás llamara a la policía.

Sin embargo, pagar para que lo llevaran parecía su única opción, aparte de robar un coche a punta de pistola, cosa que no estaba dispuesto a hacer. Podía ocurrir que el propietario del coche cometiese la estupidez de intentar quitarle el arma y que se disparase a sí mismo por accidente.

Cuando ya llega a la estación de servicio, ve que un Cadillac Escalade sale de la carretera y se detiene frente a los surtidores más cercanos a ella. Sale una rubia alta, que, con el bolso en la mano, se mete en el supermercado. Deja la puerta del coche abierta.

Las dos hileras de surtidores son de autoservicio. No hay empleados a la vista.

Otro cliente le está echando combustible a su Ford Explorer. Mientras tanto, le lava las ventanillas con una esponja.

Mitch se acerca al Escalade y mira por la puerta abierta. Las llaves están puestas.

Metiendo medio cuerpo dentro, observa el asiento trasero. No hay ningún abuelo, ningún niño en su asiento de seguridad, ningún pit bull.

Se sienta al volante, cierra la puerta, enciende el motor y sale a la carretera.

Aunque está casi seguro de que alguien saldrá corriendo tras él, agitando los brazos y gritando, por el espejo retrovisor no se ve a nadie.

La carretera está dividida por una mediana de cemento. Mitch evalúa la posibilidad de atravesarla. El Escalade puede hacerlo. Pero, dado lo que es el destino, sabe que, si lo hace, un coche patrulla pasará por allí en ese preciso instante.

Sigue avanzando hacia el norte a toda velocidad, hasta que, al cabo de unos cientos de metros, llega a una salida, donde gira para poner rumbo al sur.

Cuando pasa frente a la estación de servicio, ve que aún no ha aparecido ninguna rubia alta y furiosa. Va deprisa, pero respetando el límite de velocidad.

Por lo general, no es uno de esos conductores impacientes que maldicen a sus congéneres lentos o inexpertos. Pero durante este viaje, les desea toda clase de plagas y desgracias horribles.

A las 13.56 está en el barrio donde se halla la delirante obra inacabada de Turnbridge. Estaciona un momento frente al cordón, en un lugar fuera del alcance visual de la mansión.

Maldiciendo la resistencia de los botones, se quita la camisa. Lo más probable es que Jimmy Null se la haga quitar para asegurarse de que no oculta un arma.

Le ordenó que fuera desarmado. Quiere que parezca que cumple con esa demanda.

Saca la caja de balas de calibre 45 de la bolsa de basura y el cargador original de la Springfield Champion del bolsillo de los pantalones. Completa los siete proyectiles que quedan en el cargador original con otros tres.

El recuerdo de algunas películas le sirve de algo. Desliza la plataforma y mete un undécimo proyectil en la recámara.

Las balas se le resbalan de los dedos temblorosos y cubiertos de sudor, así que sólo llega a introducir dos de las tres que faltan en el cargador. A continuación, guarda la caja de munición y el cargador adicional debajo del asiento.

Falta un minuto para las dos.

Guarda los dos cargadores completos en el bolsillo de los jeans y la pistola cargada en la bolsa, con el dinero. Retuerce la boca de la bolsa, pero no la anuda, y se dirige hasta la casa Turnbridge.

Un largo vallado de alambre cubierto de paneles de plástico verde separa la calle de la propiedad. Los vecinos que han tenido que soportar esa chapuza urbanística durante años deben lamentar mucho que Turnbridge se hubiera matado. De estar vivo, podrían atormentarlo con quejas vecinales y legiones de abogados.

El portón está cerrado con una cadena que da una vuelta a los barrotes. Tal como prometiera Jimmy Null, no tiene candado.

Mitch entra hasta la casa y estaciona con la parte trasera del utilitario mirando hacia la misma. Baja y abre las cinco puertas, con la esperanza de que el gesto demuestre su deseo de cumplir en lo posible con los términos del acuerdo. Cierra el portón y vuelve a colocar la cadena abierta.

Con la bolsa en la mano, camina hasta un punto entre el Escalade y la casa, se detiene y espera.

El día es templado, no cálido, pero el sol brilla con fuerza. La luz y el viento azotan sus ojos.

El celular de Anson suena.

—Habla Mitch.

—Son las 14.01. Oh, ahora son las 14.02. Llegas tarde.

# Capítulo
# 65

La casa inacabada parecía grande como un hotel. Jimmy Null podía estar observando a Mitch desde cualquiera de las docenas de ventanas que había alrededor.

—Tenías que venir en tu Honda —dijo.

—Se rompió.

—¿De dónde sacaste el Escalade?

—Lo robé.

—¿En serio?

—Muy en serio.

—Ponlo paralelo a la casa, así podré ver los asientos delanteros y traseros completos.

Mitch hizo lo que el otro le decía y, tras volver a estacionar el vehículo, bajó, dejando las puertas abiertas. Se alejó del utilitario y esperó, con la bolsa en la mano y el teléfono contra la oreja.

Se preguntó si Null le pegaría un tiro desde su escondite antes de acercarse a recoger el dinero. Se preguntó por qué no habría de hacerlo.

—Me preocupa que no hayas venido en tu Honda.

—Ya te dije que se rompió.

—¿Qué ocurrió?

—Pinché un neumático. Adelantaste el intercambio una hora, así que no tuve tiempo de cambiarlo.

—Un coche robado... La policía te podría haber seguido.

—Nadie me vio llevármelo.

—¿Dónde aprendiste a poner en marcha un coche sin llave?

—Las llaves estaban puestas.

Null calló durante un momento. Luego habló.

—Entra a la casa por la puerta principal. No cortes esta llamada.

Mitch vio que la puerta había sido forzada a tiros. Entró.

El vestíbulo era inmenso. Aunque aún no estaba terminado, hasta Julian Campbell se habría impresionado.

Tras dejar que Mitch se reconcomiera durante un minuto, Jimmy Null dijo:

—Cruza por la columnata hasta la sala de estar que tienes justo enfrente.

Mitch fue hasta la sala de estar, en cuya pared occidental las puertas acristaladas se extendían del suelo al techo. Aunque los cristales estaban polvorientos, el panorama que revelaban era tan maravilloso que se entendía por qué Turnbridge había querido morir allí.

—Muy bien. Aquí estoy.

—Vuélvete a la izquierda y cruza la habitación —le ordenó Null—. Un vano ancho da a un recibidor.

No había puertas colocadas en ningún vano. Éstas tendrían que tener casi tres metros de altura.

Cuando Mitch llegó a la segunda sala, cuya vista era tan espectacular como la de la anterior, Null siguió con sus instrucciones.

—¿Ves otro vano ancho frente a aquel donde estás y una única puerta a tu izquierda?

—Sí.

—La de la izquierda da a un corredor. El corredor da a otra serie de habitaciones y desemboca en la cocina. Ella está en la cocina. Pero no te le acerques.

Cruzando la sala, dirigiéndose a la puerta en cuestión, Mitch pregunta:

—¿Por qué no?

—Porque quien pone las reglas soy yo. Está encadenada a una cañería. Yo tengo la llave. Detente en la puerta de la cocina.

El corredor parece hacerse más largo a cada paso que da, pero sabe que ese efecto telescópico debe de ser subjetivo. Está ansioso, loco por ver a Holly.

No mira al interior de ninguna de las habitaciones frente a las que pasa. Null puede estar en alguna de ellas. No le importa.

Cuando Mitch entra a la cocina la ve enseguida, y el corazón se le expande y la boca se le queda muy seca. Todo lo que ha pasado, todos los dolores que ha padecido, cada cosa terrible que ha tenido que hacer, quedan justificados en ese instante.

# Capítulo
## 66

Como el demente había ido a la cocina y se puso junto a ella durante la última parte de la conversación telefónica, Holly le ha oído dar las instrucciones finales.

Contiene el aliento, esperando oír los pasos. Cuando oye que Mitch se aproxima, tibias lágrimas acuden a sus ojos, pero pestañea y las contiene.

Entonces, Mitch entra a la habitación. ¡Dice su nombre con tanta ternura! Su marido.

Ella estaba de pie, con los brazos cruzados sobre los pechos, las manos crispadas metidas bajo los sobacos. Ahora, baja los brazos y los deja colgando, con las manos cerradas.

El demente, que ha sacado una pistola de aspecto aterrador, concentra toda su atención en Mitch.

—Abre los brazos. Rectos, como un ave.

Mitch obedece. La bolsa blanca de basura le cuelga de la mano derecha.

Su ropa está mugrienta. El viento había desordenado su pelo. Su rostro ha perdido todo color. Es hermoso.

—Acércate, despacio —dice el asesino.

Mitch avanza hasta que, cuando lo separan del asesino unos cinco metros, éste le ordena que se detenga.

Mitch se detiene.

—Pon la bolsa en el suelo.

Mitch baja la bolsa hasta la polvorienta piedra caliza. Allí queda, pero no se abre al apoyarla.

El asesino apunta a Mitch con la pistola.

—Quiero ver el dinero. Arrodíllate frente a la bolsa.

A Holly no le agrada ver a Mitch de rodillas. Ésa es la postura en que los ejecutores hacen ponerse a sus víctimas antes de pegarles el tiro de gracia.

Debe actuar, pero siente que aún no ha llegado el momento justo. Si se apresura, su plan puede fallar. El instinto le dice que aguarde, aunque hacerlo con Mitch de rodillas se le hace difícil.

—Muéstrame el dinero —dice el asesino. Sostiene la pistola con las dos manos, el dedo tenso sobre el gatillo.

Mitch abre la boca de la bolsa y saca un fajo de billetes envueltos en plástico. Desgarra un extremo del envoltorio y separa con el pulgar la parte de los billetes que asoma, para que se vean.

—¿Los títulos al portador? —pregunta el asesino.

Mitch deja caer el dinero al interior de la bolsa.

El demente se tensa y extiende su brazo armado cuando Mitch vuelve a meter la mano en la bolsa. Ni siquiera se relaja al verlo sacar un gran sobre y nada más.

Mitch saca del sobre media docena de certificados de aspecto oficial. Extiende uno para que el asesino lo vea.

—Muy bien. Devuélvelos al sobre.

Siempre de rodillas, Mitch obedece.

—Mitch, si a tu mujer se le presentara una oportunidad de realización personal con la que nunca hubiese soñado, la ocasión de alcanzar la iluminación, la trascendencia, tú querrías, sin duda, que ella siguiese ese destino mejor.

Azorado ante este giro de la situación, Mitch no sabe qué decir, pero Holly sí. Había llegado el momento.

—Me ha llegado una señal —dice la joven—. Mi futuro está en Nuevo México.

Alzando las manos, que hasta ese momento le colgaban a uno y otro lado, las abre, dejando ver sangrientas heridas en las palmas.

A Mitch se le escapa una exclamación horrorizada. El asesino mira de reojo a Holly, y se queda atónito ante esos estigmas que sangran para él.

Aunque no atraviesan toda la mano, las heridas producidas por el clavo no son superficiales. Ella se lo ha clavado y después ha hurgado en las heridas, con brutal decisión.

Lo peor fue tener que tragarse cada gemido de dolor. Si el asesino la hubiese oído expresar su dolor, habría ido a ver qué le ocurría.

Al principio, las heridas sangraron demasiado. Ella las llenó de yeso pulverizado para detener la hemorragia. Antes de que el yeso cumpliera su cometido, algo de sangre goteó al suelo, pero la mujer la ocultó con una veloz redistribución del espeso polvo.

En el momento en que Mitch entró a la habitación, Holly se quitó los tapones de yeso con las uñas, reabriendo las heridas.

Ahora, el asesino mira fascinado cómo corre la sangre, mientras Holly habla.

—En Española, donde tu vida cambiará, vive una mujer llamada Rosa González. Tiene dos perros blancos.

Con la mano izquierda se baja el cuello del jersey, descubriendo el nacimiento de sus senos.

La mirada del hombre sube de los pechos a los ojos.

Ella se desliza la mano derecha entre los pechos, y su palma se cierra sobre el clavo. Teme no poder sujetarlo entre sus dedos, resbaladizos por la sangre.

El asesino mira a Mitch.

Ella empuña el clavo como mejor puede y, sacándolo, se lo mete al asesino en la cara. Le apunta al ojo, pero no le acierta. El clavo le atraviesa una mejilla y se la desgarra.

Dando alaridos y lengüetazos contra el clavo, retrocede, tambaleándose. Dispara su pistola al azar y las balas se estrellan contra las paredes.

Ella ve que Mitch se incorpora y se mueve deprisa. También él tiene una pistola en la mano.

# Capítulo
# 67

Mitch gritó.

—¡Holly, muévete! —Y a la primera sílaba de «Holly», ella ya se separaba de Jimmy Null todo lo que su cadena le permitía.

A quemarropa, apuntándole al abdomen, acertándole al pecho, reculando por el retroceso, volviendo a disparar, inclinándose, disparando, disparando, le parece que un par de tiros se desvían, pero ve que tres o cuatro perforan el chaquetón. Cada disparo es un trueno que retumba en toda la casa.

Null pierde el equilibrio y retrocede, tambaleándose. Su pistola tiene un doble cargador. Parece ser completamente automática. Las balas acribillan una pared y parte del techo.

Ahora sujeta el arma con una sola mano, pero el retroceso, o el hecho de que ha perdido todas sus fuerzas, o algún motivo desconocido, hacen que la suelte. La pistola golpea la pared antes de caer sobre el suelo de piedra caliza.

Impulsado hacia atrás por el impacto de las balas, balanceándose sobre sus talones, Null se tambalea, cae de lado, rueda hasta quedar boca abajo.

Cuando los ecos de los disparos se desvanecen, Mitch oye la respiración sibilante de Jimmy Null. Quizás sea ése el sonido que uno produce cuando tiene una herida mortal en el tórax.

A Mitch no le enorgullece lo que hace ahora. Ni siquiera le produce un placer salvaje. De hecho, está a punto de no hacerlo, pero sabe que ese «casi» no le servirá de excusa cuando llegue el momento de rendir cuentas por sus acciones.

Se acerca al hombre que jadea y le pega dos tiros en la espalda. Quisiera dispararle por tercera vez, pero ya ha gastado las once balas de la pistola.

Holly, que se ha mantenido acurrucada, en posición defensiva, durante el tiroteo, se pone de pie para recibir a Mitch, que se le acerca.

—¿Alguien más? —pregunta él.

—Sólo él, sólo él.

Sus emociones contenidas estallan sobre su marido, lo estrecha entre sus brazos. Nunca antes lo ha abrazado con tanta fuerza, con tan dulce ferocidad.

—Tus manos.

—Están bien.

—Tus manos —insiste él.

—Están bien, estás vivo, están bien.

Él besa cada parte de su rostro. Su boca, sus ojos, su frente, sus ojos otra vez, ahora salados por las lágrimas, su boca.

El aire hiede a pólvora, hay un muerto en el suelo, Holly sangra. Mitch siente que se le aflojan las piernas. Quiere besarla al aire libre, frente al viento, al sol.

—Salgamos de aquí —dice.

—La cadena.

Un pequeño candado de acero inoxidable enlaza los eslabones que le ciñen la muñeca.

—Él tiene la llave —dice ella.

Mirando el cuerpo caído, Mitch saca un cargador adicional de un bolsillo de sus pantalones. Expulsa el peine agotado y lo reemplaza por el nuevo.

Apretando el cañón contra la parte posterior de la cabeza del secuestrador, dice:

—Si te mueves, te vuelo los sesos. —Pero, por supuesto, no obtiene respuesta.

Aun así, mantiene la pistola fuertemente presionada, mientras, con su mano libre, registra los bolsillos del demente. Encuentra la llave en el segundo.

Cuando el candado cae con un tintineo sobre el suelo de piedra caliza, la cadena se desprende de las muñecas de Holly.

—Tus manos —dijo él—, tus hermosas manos.

Verla sangrar lo desgarraba y pensó en la escena montada en su cocina, las huellas de manos ensangrentadas. Pero verla sangrar era peor, mucho peor.

—¿Qué te ocurrió en las manos?

—Nuevo México. No es tan grave como parece. Te lo explicaré. Vámonos. Vámonos de aquí.

Él levantó del suelo la bolsa del rescate. Ella se dirigió a una de las puertas, pero él la guió hasta la entrada del pasillo, que era el único camino que conocía.

Mitch le pasaba el brazo derecho sobre los hombros, Holly le enlazaba el izquierdo por el talle. Iban pasando frente a habitaciones vacías, tal vez encantadas, o quizás no. El corazón de Mitch no latía con más serenidad ni lentitud que cuando estaba en medio del tiroteo. Quizás le siguiera latiendo así el resto de su vida.

El pasillo era largo y, cuando llegaron al recibidor, no pudieron evitar quedarse mirando la vasta y polvorienta perspectiva.

Al llegar a la sala de estar, oyeron el rugido de un motor que se ponía en marcha en algún lugar de la casa. El estrépito retumbaba en los pasillos y las habitaciones y rebotaba en los altos techos. Era imposible determinar dónde se originaba.

—Una moto —dijo ella.

—Antibalas —dijo él—. Llevaba un chaleco antibalas bajo el chaquetón.

El impacto de los proyectiles, en particular los dos que le acertaron en la espalda, sacudiéndole la columna vertebral, debía de haber dejado a Jimmy Null inconsciente por un momento.

No había tenido intención de marcharse en la furgoneta en la que llegó. Había ocultado una motocicleta cerca de la cocina o en el comedor. Estaba preparado para huir, si las cosas salían mal, por cualquier ala, por cualquier puerta de la casa. Una vez que estuviese fuera, podría escapar no sólo por el portón del vallado instalado por los constructores, que daba a la calle, sino también lanzándose por la cuesta del acantilado o por algún otro camino.

Cuando el estruendo del motor aumentó, Mitch se dio cuenta de que lo que Jimmy quería no era huir. Y que lo que lo hacía regresar no era el rescate.

Lo que lo impulsaba era lo ocurrido entre él y Holly, fuera lo que fuese, lo de Nuevo México y Rosa González, lo de los dos perros y los estigmas sangrantes. Y también la humillación del clavo en la cara. Por lo del clavo, quería a Holly más que al dinero. Quería matarla.

La lógica indicaba que lo tenían a sus espaldas y que saldría del recibidor.

Mitch se apresuró a conducir a Holly por la enorme sala de estar, hacia el igualmente inmenso vestíbulo de entrada y la puerta principal.

La lógica falló. Iban por mitad de la sala de estar cuando Jimmy Null surgió de la nada, montado en una Kawasaki que avanzaba con la velocidad de una bala por la columnata que los separaba del vestíbulo.

Mitch apartó a Holly mientras Null, sorteando columnas, llegaba al vestíbulo. Dio una amplia vuelta a la entrada y,
ubicándose en la mitad del vano que daba a la columnata, arre-
metió contra ellos, ganando velocidad a medida que cruzaba el
vestíbulo.

Null no tenía su pistola. Se le habrían acabado las balas.
O, enloquecido de rabia, había olvidado tomar su arma.

Poniendo a Holly tras de sí de un empujón, Mitch alzó
la Champion con ambas manos, recordando que debía alinear la
mira con el punto blanco del cañón, y abrió fuego cuando Null
se lanzó sobre ellos.

Esta vez, le apuntó al pecho, con intención de acertarle
en la cabeza. Quince metros, cada vez más cerca, el trueno del
motor retumbando en los muros. El primer disparo sale alto.
«¡Baja el arma!», se dijo Mitch. El segundo, «¡baja el arma!»,
a diez metros y seguía acercándose a ellos. Tercer disparo. «¡Baja el arma!». El cuarto apagó el cerebro de Jimmy Null en forma tan brusca que sus manos saltaron del manillar.

El muerto se detuvo, el motor no. La moto, encabritán-
dose sobre la rueda trasera, con chirrido de neumáticos, siguió
avanzando con un alarido, humeando, hasta que cayó y continuó resbalando hacia ellos. Pasó sin tocarlos, golpeó uno de los
ventanales, lo hizo trizas, desapareció.

«Asegúrate. El mal es tan difícil de eliminar como una cu-
caracha. Asegúrate, asegúrate». Con la Champion sujeta con
las dos manos, se le acercó con cuidado, ahora no había prisa,
trazó un círculo en torno a él. «No pises las salpicaduras del
suelo». Salpicaduras de un rosa grisáceo, esquirlas de hueso,
mechones de pelo. «No puede estar vivo. No des nada por sentado».

Mitch le quitó la máscara para verle el rostro, pero ya no
era un rostro, y ya habían terminado. Habían terminado.

Capítulo
# 68

El verano en que Anthony cumple los tres años, celebran el trigésimo segundo cumpleaños de Mitch con una fiesta en el patio trasero.

Ahora, Big Green tiene tres camionetas y cinco empleados, además de Iggy Barnes. Todos van con sus mujeres e hijos, menos Iggy, que lleva a una chica llamada Madelaine.

Holly ha hecho buenos amigos, como siempre, en la agencia inmobiliaria, donde va segunda en ventas en lo que va de año.

Aunque Dorothy sólo llegó doce meses después que Anthony, no se mudaron a una casa más grande. Holly se crió aquí, esta casa es su historia. Además, juntos han hecho historia en ella.

Le añadirán un piso a la casa antes de que nazca un tercer hijo. Y habrá un tercero.

El mal ha cruzado este umbral, pero su recuerdo no los hará marcharse. El amor es capaz de limpiar las peores manchas. Además, ante el mal no cabe la retirada. Sólo la resistencia. Y el compromiso.

También viene Sandy Taggart, con su mujer, Jennifer, y sus dos hijas. Trae el periódico del día, pues no sabe si Mitch ha visto la noticia, y no, no la había visto. Julian Campbell, a mitad de camino entre la condena y la apelación, ha sido degollado en la cárcel. Se sospecha que es un homicidio por encargo, pero el responsable aún no ha sido identificado.

Aunque Anson no está en la misma prisión, en su momento se enterará del asesinato. Le dará algo en que pensar mientras sus abogados se afanan por salvarlo de la inyección letal.

Portia, la menor de las hermanas de Mitch, viene desde Birmingham, Alabama, con su esposo, el cocinero Frank, y los cinco hijos de ambos. Megan y Connie están lejos en más de un sentido, pero Mitch y Portia han estrechado su relación, y él alberga la esperanza de lograr, con el tiempo, aproximarse a sus otras dos hermanas.

Daniel y Kathy han tenido cinco hijos porque dicen que la continuación de la especie no debe dejarse en manos de los irracionalistas. Los materialistas deben procrear con tanto vigor como los creyentes, si no quieren que el mundo se vaya al infierno de la mano de Dios.

Portia compensó los cinco de sus padres con cinco propios, a quienes crió a la manera tradicional, sin cuarto de aprendizaje.

En esta tarde de cumpleaños, se dan un banquete sentados a las mesas del patio y del jardín, y Anthony se sienta, orgulloso, en su silla especial. Mitch se la hizo según el diseño que esbozó Holly, quien la pintó de un alegre color rojo.

—Esta silla —le dice a Anthony— la hicimos en memoria de un niño que tuvo seis años durante cincuenta años, y que fue muy amado durante cincuenta y seis años. Si alguna vez crees que no eres amado, siéntate en esta silla y sabrás que eres tan amado como ese otro Anthony, que fue amado como el que más.

Como tiene tres años, Anthony responde:

—¿Me das helado?

Después de la cena, instalan una pista de baile improvisada en el patio. La banda no da tanta lástima como la de la boda. No tienen panderetas ni acordeón.

Cuando, mucho más tarde, la banda se marcha y todos los invitados se han ido, cuando Anthony y Dorothy ya duermen profundamente en la doble mecedora del porche, Mitch saca a bailar a Holly al son de la música de la radio. Ahora tienen toda la pista para ellos. La estrecha, pero no con demasiada fuerza, porque no es irrompible. Mientras marido y mujer bailan, ella le acaricia el rostro, como si aún no pudiera creer que él la trajo de regreso a casa. Él besa la cicatriz de la palma de una mano, después, la otra. Bajo ese inmenso dosel de estrellas, a la luz de la luna, está tan bella que a Mitch las palabras no le bastan, como ya le ha ocurrido muy a menudo. Aunque la conoce tan bien como a sí mismo, la encuentra tan misteriosa como adorable. En sus ojos hay honduras eternas. Pero no es más misteriosa que las estrellas, la luna y todas las cosas de la tierra.

# Suma de Letras es un sello editorial del Grupo Santillana

## www.sumadeletras.com.ar

**Argentina**
Avda. Leandro N. Alem, 720
C 1001 AAP Buenos Aires
Tel. (54 114) 119 50 00
Fax (54 114) 912 74 40

**Bolivia**
Avda. Arce, 2333
La Paz
Tel. (591 2) 44 11 22
Fax (591 2) 44 22 08

**Chile**
Dr. Aníbal Ariztía, 1444
Providencia
Santiago de Chile
Tel. (56 2) 384 30 00
Fax (56 2) 384 30 60

**Colombia**
Calle 80, 10-23
Bogotá
Tel. (57 1) 635 12 00
Fax (57 1) 236 93 82

**Costa Rica**
La Uruca
Del Edificio de Aviación Civil 200 m al Oeste
San José de Costa Rica
Tel. (506) 220 42 42 y 220 47 70
Fax (506) 220 13 20

**Ecuador**
Avda. Eloy Alfaro, 33-3470 y Avda. 6 de
Diciembre
Quito
Tel. (593 2) 244 66 56 y 244 21 54
Fax (593 2) 244 87 91

**El Salvador**
Siemens, 51
Zona Industrial Santa Elena
Antiguo Cuscatlan - La Libertad
Tel. (503) 2 505 89 y 2 289 89 20
Fax (503) 2 278 60 66

**España**
Torrelaguna, 60
28043 Madrid
Tel. (34 91) 744 90 60
Fax (34 91) 744 92 24

**Estados Unidos**
2105 N.W. 86th Avenue
Doral, F.L. 33122
Tel. (1 305) 591 95 22 y 591 22 32
Fax (1 305) 591 91 45

**Guatemala**
7ª Avda. 11-11
Zona 9
Guatemala C.A.
Tel. (502) 24 29 43 00
Fax (502) 24 29 43 43

**Honduras**
Colonia Tepeyac Contigua a Banco Cuscatlan
Boulevard Juan Pablo, frente al Templo
Adventista 7º Día, Casa 1626
Tegucigalpa
Tel. (504) 239 98 84

**México**
Avda. Universidad, 767
Colonia del Valle
03100 México D.F.
Tel. (52 5) 554 20 75 30
Fax (52 5) 556 01 10 67

**Panamá**
Avda. Juan Pablo II, nº15. Apartado Postal
863199, zona 7. Urbanización Industrial
La Locería - Ciudad de Panamá
Tel. (507) 260 09 45

**Paraguay**
Avda. Venezuela, 276,
entre Mariscal López y España
Asunción
Tel./fax (595 21) 213 294 y 214 983

**Perú**
Avda. Primavera, 2160
Surco
Lima 33
Tel. (51 1) 313 4000
Fax. (51 1) 313 4001

**Puerto Rico**
Avda. Roosevelt, 1506
Guaynabo 00968
Puerto Rico
Tel. (1 787) 781 98 00
Fax (1 787) 782 61 49

**República Dominicana**
Juan Sánchez Ramírez, 9
Gazcue
Santo Domingo R.D.
Tel. (1809) 682 13 82 y 221 08 70
Fax (1809) 689 10 22

**Uruguay**
Constitución, 1889
11800 Montevideo
Tel. (598 2) 402 73 42 y 402 72 71
Fax (598 2) 401 51 86

**Venezuela**
Avda. Rómulo Gallegos
Edificio Zulia, 1º - Sector Monte Cristo
Boleita Norte
Caracas
Tel. (58 212) 235 30 33
Fax (58 212) 239 10 51

Este libro se terminó de imprimir
en Zonalibro Industria Gráfica
General Palleja 2478, Montevideo, Uruguay
en el mes de julio de 2008

Dep. Legal Nº 345.408 / 08
Edición amparada en el decreto 218/996 (Comisión del Papel)